ハヤカワ文庫 SF

〈SF1573〉

氷と炎の歌①

七王国の玉座Ⅲ

ジョージ・R・R・マーティン

岡部宏之訳

早川書房

5889

日本語版翻訳権独占
早　川　書　房

©2006 Hayakawa Publishing, Inc.

A GAME OF THRONES

by

George R. R. Martin

Copyright © 1996 by
George R. R. Martin

Translated by
Hiroyuki Okabe
Published 2006 in Japan by
HAYAKAWA PUBLISHING, INC.
This book is published in Japan by
arrangement with
RALPH M. VICINANZA, LTD.
through JAPAN UNI AGENCY, INC., TOKYO.

北部
凍結海岸
霜の牙《フロストファング》
幽霊の森
"壁"
影の塔《シャドウ・タワー》
黒の城《キャッスル・ブラック》
海辺の東方監視所
スカゴス島
あざらしの入り江
氷の入り江
熊の島《ベア・アイランド》
最後の川
カーホールド
海竜の岬
ディープウッド・モット
狼の森
ドレッドフォート
N
ウィンターフェル
ホワイトナイフ川
王の道《キングズロード》
トーレンズ・スクエア
石の浜《ストーニイ・ショー》
丘陵地帯
ホワイト・ハーバー
やもめの見張り所
細流地帯《リルズ》
ソルトスピア
モウト・ケイリン
ブレイズウォーター湾
フリンツフィンガー
地峡《ネック》
バイト灘
グレイウォーター監視所
クラーケン岬
火打ち石の崖
三姉妹諸島
フィンガーズ岬
鉄諸島
双子の町《ツインズ》
オールドウィック
鷲の岬
シーガード
緑の支流
アリンの谷間《ヴェイル》
高巣城《アイリー》
鉄人の湾
血みどろの門
パイク
グレイト・ウィック
青の支流
リヴァーラン
赤の支流
ジェイムズ・シンクレア作図

南部
三姉妹諸島
フィンガーズ岬
王の道《キングズロード》
緑の支流
鉄諸島
シーガード
トライデント川
アリンの谷間《ヴェイル》
高巣城《アイリー》
血みどろの門
ガルタウン
パイク
青の支流
赤の支流
タンブルストーン川
リヴァーラン
蟹の入り江
フェア島
ハレンホール
王の道《キングズロード》
顔のある島
金の歯
メイデンプール
蟹爪岬
ドラゴンストーン
神の目
ダスケンデール
キャスタリーロック
ラニスポート
ロズビー
水道《ガレット》
キングズ
ランディング
金の道
ブラック
ウォーター湾
マッセイの
鉤状砂嘴
ブラックウォーター急流
河間平野《リーチ》
N
海の道
ウェンドウォーター川
王の森
薔薇の道
ビターブリッジ
タース島
マンダー川
ストームズ
エンド
アッシュフォード
破船湾《シップブレーカー・ベイ》
ハイガーデン
雨の森
ドーンの辺境
怒りの岬《ケープ・ラス》
ドーン海
オールドタウン
スターフォール
ドーン
折れた腕
サンスピア
アーバー
ジェイムズ・
シンクレア作図

目次

28 ケイトリン 11
29 サンサ 28
30 エダード 49
31 ティリオン 84
32 アリア 111
33 エダード 134
34 ケイトリン 150
35 エダード 185
36 デーナリス 197
37 ブラン 216
38 ティリオン 240

39　エダード　265
40　ケイトリン　278
41　ジョン　301
42　ティリオン　316
付録　333
人物索引　366

七王国の玉座Ⅲ

28　ケイトリン

「奥方様、頭を覆わないと」馬を北に進めながら、サー・ロドリックが彼女にいった。

「風邪を引きます」

「ただの水ですよ、サー・ロドリック」ケイトリンは答えた。彼女の髪は雨に濡れて重く垂れさがり、ほつれた髪の房が額に張りついていた。そして、自分がどんなに惨めたらしく、粗野に見えるか、想像がついた。しかし、このときばかりは気にならなかった。南国の雨は柔らかくて暖かかった。それが顔にかかる感触は、まるで母のキスのように優しくて快かった。幼年時代が——リヴァーランでの長い灰色の日々が——思いだされた。神々の森の思い出。湿った枝が重々しく垂れさがり、散り敷いた濡れ落ち葉の上で、自分を追いかける弟の笑い声。それから、リサと一緒に泥のパイを作ったこと。あの泥のパイの重さ。指の間でぬるぬるする茶色の泥。それらを、くすくす笑いながらリトル

フィンガーに差しだすと、かれはそれを食べた。あまりたくさん泥を食べたので、かれは一週間も病気になったっけ。みんな、なんと若かったのだろう。

ケイトリンは忘れかけていた。北国では、雨は冷たく激しく降る。そして、夜には氷に変わることもある。それは作物を育てもするが、枯らしもする。そして、人々を近くの物陰に走りこませる。あれは幼い少女たちが濡れて遊ぶような雨ではなかった。

「びしょ濡れですよ」サー・ロドリックはこぼした。「骨まで濡れました」かれらの周囲に森が押しよせ、ぱたぱたと絶え間なく木の葉を打つ雨音に、馬が泥から蹄《ひづめ》を引き抜くときに出る吸いこむようなかすかな音が混じる。「今夜は火が欲しいですな、奥方様、それと熱い食事があれば、二人とも助かります」

「この先の十字路に旅籠《はたご》があります」ケイトリンはいった。彼女は若いころ、父親と一緒に旅をして、そこによく泊まったものだった。ホスター・タリー公は、血気盛んな頃には落ち着きのない人で、いつもどこかに馬で出かけていた。彼女はまだ旅籠のおかみを覚えていた。マシャ・ヘドルという太った女で、昼も夜もサワーリーフを噛んでいて、微笑みと子供のための甘いお菓子なら無尽蔵に出してくれるように思えた。その甘いお菓子は蜂蜜漬けになっていて、舌にのせると芳醇で濃厚な味がした。それにしても、ケイトリンはその笑顔をなんと恐れたことか。サワーリーフのためにマシャの歯は暗赤色に染まっていて、その笑顔はおどろおどろしい血みどろの化け物の顔のように見えたの

だった。

「旅籠ですか」サー・ロドリックは憧れに満ちた口調で繰り返した。「もしも——いや、危険は冒さないほうがいい。身分を隠していたいなら、小さな砦でも見つけたほうがいいのですが——」道路の先から物音が聞こえてきたので、かれは口をつぐんだ。水のはねる音、鎖帷子の鳴る音、馬のいななき。「騎馬武者だ」かれは警戒していい、剣の柄に手をかけた。たとえ王の道《キングズロード》でも、用心するにこしたことはない。

道路のゆるい湾曲に沿って、音のするほうに進んでいくと、相手が見えた。甲冑をつけた兵士の一隊が水かさの増した川をざぶざぶと渡ってくるのだった。ケイトリンはかれらをやり過ごそうとして、馬を止めた。先頭の騎馬武者が持っている旗印は、濡れて垂れさがっていた。だが、その衛兵たちは藍色のマントをまとい、その肩にはシーガードの銀の鷲が舞っていた。「マリスター家の連中です」サー・ロドリックはささやいた。あたかも、彼女がそれを知らないかのように。「奥方様、フードをおかぶりください」

ケイトリンは動かなかった。ジェイソン・マリスター公自身が騎士たちに囲まれて、馬でやってきた。そして、息子のパトレックがその横にいて、従者たちがすぐあとに続いていた。かれらはキングズランディングに——そして〝手〟の馬上槍試合に——行くところだと彼女は察した。先週の王の道《キングズロード》は、群がる蝿のような旅人で賑わっていた。騎士に自由騎手《フリーライダー》、竪琴や太鼓を持った歌い手。ホップの実、穀物、蜂蜜の樽を積んだ重い

荷車。商人に職人に娼婦。それらがすべて南に向かっていた。

彼女はジェイソン公を大胆に観察した。最後にかれに会ったのは、彼女の婚礼の宴《うたげ》で、かれは叔父と冗談をいいあっていた。マリスター家はタリー家の旗手をつとめていて、かれの贈り物は気前のよいものだった。今やかれの茶色の髪はごま塩混じりになっており、その顔は年をとってやつれている。だが、長い年月もその誇りには影響していなかった。かれは何物も恐れぬ人のように馬に乗っていた。ケイトリンはその点は羨ましく思った。わたしはあまりにも多くのことを恐れるようになってしまった。騎馬武者たちが通過するとき、ジェイソン公はそっけなく頭を下げて挨拶したが、それはたまたま路上で出会った見知らぬ人への、貴人としての礼儀にすぎなかった。かれの獰猛な目には、彼女を認識した気配はなかった。そして、かれの息子はこちらを見ようともしなかった。

「あなたとわかりませんでしたな」後で、サー・ロドリックが不思議そうにいった。

「かれが見たのは、道端にびしょ濡れで疲れて立っている、二人の泥だらけの旅人ですよ。その一人が自分の君主の娘だなどとは夢にも思わなかったでしょう。このぶんなら、旅籠に泊まっても大丈夫だと思いますよ、サー・ロドリック」

旅籠に着いたのは、日没近くになってからだった。その旅籠は三叉川《トライデント》の大きな合流点の北の十字路にあった。マシャ・ヘドルは彼女の記憶よりも、もっと太って、髪が白くなっていた。いまだにサワーリーフを嚙んでいたが、彼女らをごくぞんざいに見ただ

けで、あの化け物のような赤い笑いのかけらも見せなかった。「階段の上の二部屋だよ。それしかないんだから」彼女はずっとサワーリーフを噛みながらいった。「鐘楼の下だから食事を食べ損なうことはない。喧《やかま》しいと感じる人もいるがね。どうしようもないんだよ。満員、まあ満員に近いんだ。その部屋に寝るか、野宿するか、どちらかにしな」

それは狭苦しい細い階段の上の、天井が低くて埃っぽい屋根裏部屋だった。「靴はここに脱いで上がっておくれ」マシャは金を受け取ってから、いった。「小僧がきれいにするからね。家の階段に泥の足跡をつけてもらいたくないんだよ。鐘に気をつけな。食事に遅れてきた人は、食べられないよ」微笑みもなく、甘いお菓子も出なかった。

夕食の鐘が鳴ると、その大きな音で鼓膜が破れそうになった。ケイトリンは乾いた衣服に着替えて、窓際に坐り、ガラスを流れおちる雨を眺めていた。濁って気泡がいっぱい入ったガラスだった。そして、戸外には、湿った夕闇が落ちていた。二つの大きな道路が出会うぬかるんだ十字路がかろうじて見えた。

ケイトリンはその十字路を見て、思わず考えた。もしここから西に曲がれば、リヴァーランまで馬で楽に行ける。彼女がいちばん相談をしたいときに、彼女の父はいつも賢明な助言を与えてくれた。そして今、彼女はかれと話したいと、しきりに思った。嵐が接近してくると警告したかった。もし、ウィンターフェルが戦争に備える必要があるとすれば、リヴァーランにはその必要がもっとあった。なぜなら、キャスタリーロックの

勢力が西のほうに影のように迫っているし、キングズランディングにより近いからである。父がもっと丈夫だったら、警告をしていたかもしれない。しかし、父ホスター・タリーはこの二年間、病弱で寝たきりになっている。ケイトリンは今かれに重い負担をかけるのは気が進まなかった。

東の道は西より荒れていて、もっと危険である。岩だらけの麓の丘を登り、密生した森林を抜けて〝月の山〟に入り、高い峠を越え、深い地面の割れ目を越え、アリンの谷《ヴェ》間《イル》に入り、その先の岩だらけのフィンガーズ岬に出る。アリンの谷間《ヴェイル》の上には、高くて難攻不落な高巣城《アイリー》が聳《そび》え、そのいくつもの塔が天を指している。あそこに行けば、妹に会えるだろう——そして、おそらく、ネッドが探している答えのいくつかが見つかるだろう。きっと、リサは手紙に書かなかったことを、もっといろいろと知っているはずだ。ネッドがラニスターを滅ぼすのに必要な証拠そのものを、彼女は握っているかもしれない。そして、もし戦争ということになれば、アリン家および、それに奉仕する義理のある東方の諸公の力が必要になるだろう。

それにしても山道は危険だ。あのあたりの峠にはシャドウキャットがうろついているし、崖崩れは頻繁にあるし、山の民《クラン》は無法者つまり山賊であって、高地から下りてきて物を盗み、人を殺す。そして、アリンの谷間《ヴェイル》から騎士たちが捜査に出かけると、かならず雪のように跡形もなく溶けてしまうのだ。これまでにアイリーが知ったいかなる領主

にもまして偉大だったジョン・アリンでさえも、山越えをするときにはいつも軍勢を連れて旅をした。だが、ケイトリンの唯一の軍勢は、忠誠心という甲冑を着たただ一人の老騎士にすぎなかった。

だめだ、と彼女は思った。リヴァーランとアイリーは後まわしにしなければならない。わたしの道は北のウィンターフェルに通じる道だ。そこには、息子たちと、わたしの義務が待っている。無事に地峡《ネック》を通過したら、ネッドの旗手の一人に、わたしの身分を明かし、前方に急使を走らせて、王の道《キングズロード》に見張りを立てるように伝えさせよう。

十字路の先の野原は雨に煙っていた。だが、ケイトリンは記憶の中でその土地をはっきりと見ることができた。道のすぐ向こう側に市場があり、一マイル先に村があり、五十戸ほどの白いコテージが小さな石の神殿を取り巻いている。今は、もっと戸数が増えているだろう——この夏は長くて平和だったから。この北で、王の道《キングズロード》はトライデント川の緑の支流《グリーン・フォーク》に沿って走り、肥沃な谷間や緑の森林地帯を抜け、栄えている町々や頑丈な砦や、川岸の諸公《リヴァー・ロード》の城のそばを通っていく。

ケイトリンはかれらのすべてを知っていた。ブラックウッド家とブラッケン家はいつも仲が悪く、かれらの喧嘩を彼女の父はいつもおさめなければならなかった。レディ・フェントは彼女の家系の最後の人で、ハレンホールの洞窟のような地下納骨堂で幽霊たちと暮らしている。癇癪持ちのフレイ公は、七人の妻よりも長生きをして、子供、孫、

曾孫、私生児、私生児の子たちで、双子城《ツイン・キャスル》を満員にしている。かれらのすべてがタリー家の旗手をつとめ、剣にかけてリヴァーランに奉仕すると誓っている。しかし、万一戦争となったら、それで充分だろうかとケイトリンは怪しんだ。父はこれまでに生きた最も忠実な人間だった。そして、かれが旗手たちを招集することは疑いないと彼女は思った――だが、はたして、旗手たちは来るだろうか？　ダリー家とライガー家とムートン家もリヴァーランに対して服従の誓いを立てていた。それなのに、かれらはトライデント川でレーガー・ターガリエンに味方して闘った。一方、フレイ公は戦闘が終わったずっと後になってから、招集兵を連れてやってきたので、かれがどちらの軍に加わるつもりだったか、いささか疑問が残った（かれは合戦の直後に、勝利者に対してあなたがたの軍に加わるつもりだったと厳かに保証したのだった。だが、それ以来ずっと、父はかれをフレイ遅参公と呼んでいた）。戦を起こしてはならぬ、とケイトリンは強く思った。どうしても阻止しなければ。

サー・ロドリックは鐘がちょうど鳴りおえたときにやってきた。「今夜、食事をするなら、急がないといけません、奥方様」

「地峡《ネック》を通過するまで、わたしたちは騎士と奥方でないほうが安全です」彼女はかれにいった。「普通の旅行者のほうが注意を引きにくいでしょう。家族の用事で旅に出た父と娘ということにしましょうよ」

「わかりました、奥方様」サー・ロドリックは賛成した。そして、彼女が笑って初めて、自分のいい損じに気づいた。「古い礼儀はなかなか抜けませんな、お――お、娘よ」かれは剃ってしまった頬髭を引っ張ろうとし、苛立たしげに溜め息をついた。

ケイトリンはかれの腕を取った。「行きましょう、お父さん」彼女はいった。「マシャ・ヘドルがおいしい物を出してくれると思うわ。でも、彼女をほめないでね。あの笑い顔は本当に見たくないものだから」

食堂は細長くて、隙間風が入ってきた。一方の端にビヤ樽が並び、もう一方に暖炉があった。給仕の少年が串焼きの肉を持ってあちこち走りまわり、マシャはずっとサワーリーフを噛みながら、樽からビールを流しだしていた。

ベンチは混雑しており、町民や農民があらゆる種類の旅人と自由に入り混じっていた。十字路は奇妙な組み合わせを作るのに役立った。手が黒や紫に染まった染物屋が魚臭い川漁師とベンチを共にし、筋骨たくましい鍛冶屋が痩せ衰えた老神官の隣に押しこまれ、百戦錬磨の傭兵が柔らかでぽっちゃりと太った商人と、愉快な仲間のように情報を交換していた。

ケイトリンにとってありがたくないことに、この中には多くの剣士がいた。暖炉のそばの三人組はブラッケン家の赤い雄馬の紋章をつけており、また、青い鋼の環《リングメイル》鎧と銀灰色のケープをまとったもっと大勢のグループもいた。かれらの肩にはもう一つの見慣

れた紋章がついていた。フレイ家の双子の塔である。かれらの顔を観察したが、みな若すぎて、彼女のことを知らないようだった。いちばん年長の男でも、彼女が北国に嫁入りした頃には、今のブランの年齢にさえ達していなかったろう。

サー・ロドリックは調理場のそばのベンチに空いたところを見つけた。テーブルの向こう側には、一人のハンサムな若者が木の竪琴を爪弾いていた。「あなたがたに、七つの祝福がありますように」かれらが坐ると、若者はいった。テーブルのかれの前には空のカップが置かれていた。

「あなたにもね、歌い手さん」ケイトリンは答えた。サー・ロドリックは今すぐ持ってこいという口調で、パンと肉とビールを注文した。歌い手——十八歳ぐらいの若者——は大胆にかれらを見て、どこに行くのか、どこから来たのか、どんな情報を持っているかと、答えを待つ間もおかずに矢継ぎ早に尋ねた。「わたしたちは二週間ほど前にキングズランディングを発ったのよ」ケイトリンはかれの質問の中で、最も当たり障りのない質問に答えた。

「そこに、ぼくは行くんですよ」若者はいった。彼女が察したように、かれは他人の話を聞くよりも、自分のことをしゃべりたがっていた。歌い手というものは、何物にもまして自分自身の声を愛しているのだ。「〝手〟の馬上槍試合とくれば、膨らんだ財布を持った貴族が集まります。この前のときには、ぼくは持ち切れないほどの銀貨を稼ぎま

したよ――いや、王殺《キングスレイヤー》しがその日の勝利者になるという賭けに、有り金残らず注ぎこんでいなかったらの話ですがね」

「神々は博打うちに眉をひそめる」サー・ロドリックは厳しくいった。かれは北部の人間で、馬上槍試合についてはスターク家と意見を同じくしていたのである。

「神々がぼくに眉をひそめられたのは確かですね」歌い手はいった。「あなたがたの残酷な神々と、花の騎士が一緒になって、ぼくを破滅させました」

「きみにとって、よい薬になったにちがいない」サー・ロドリックはいった。

「そうでした。次からは、ぼくの金はサー・ロラスを擁護します」

サー・ロドリックは存在しない頰髭を引っ張ろうとした。だが、叱責の言葉を考えだす前に、給仕の少年が小走りにやってきて、かれらの前にパンののった木の大皿を置き、その上に、熱い汁が滴っている茶色の肉片を焼き串から抜きとってのせた。もう一本の串には小さなタマネギと真っ赤な唐がらしと太ったマッシュルームが刺さっていた。サー・ロドリックは、少年がビールを取りに駆け戻っていくと、勢いよく食べはじめた。

「ぼくはマリリオンといいます」歌い手はそういって、木の竪琴の一本の弦を弾《はじ》いた。「あなたがたもきっとどこかで、ぼくの演奏を聞かれたでしょうね？」

その様子を見て、ケイトリンは微笑した。ウィンターフェルまで出かけてくるような放浪歌手はめったにいない。しかし、娘時代にリヴァーランで、このような歌い手を見

かけたことがあった。「ないと思うわ」彼女はかれにいった。

かれは木の竪琴から悲しげな和音を引きだした。「それは残念です」かれはいった。「あなたがたがこれまでに聞かれた、いちばんうまい歌い手はだれでしたか?」

「ブラーボスのエイリアだ」サー・ロドリックはすぐに答えた。

「おや、ぼくはあんな老いぼれよりもずっとうまいですよ」マリリオンはいった。「一曲につき銀貨一枚くだされば、喜んでお耳に入れます」

「銅貨の一枚や二枚は持っているかもしれないが、おまえの遠吠えに与えるくらいなら、井戸に放りこんだほうがましだ」サー・ロドリックはぶつぶついった。かれの歌い手についての意見は有名である——小娘が音楽を美しいというのはわかるが、健康な男子が剣を持つべき手に、竪琴を持つなど理解できん。

「お祖父さまは根性が曲がっておいでですね」マリリオンはケイトリンにいった。「ぼくはあなたに敬意を表したかったんです。その美しさをほめたたえたかったんです。実をいうと、ぼくは王様や貴族のみなさんの前で歌うように生まれついているんですよ」

「ええ、わかりますよ」ケイトリンはいった。「タリー公は歌が好きだと聞いています。あなたはきっとリヴァーランに行ったでしょうね」

「百回は行きました」歌い手は陽気にいった。「あそこでは、ぼくのために部屋を用意していてくれます。あそこの若様とは兄弟づきあいをしているんですよ」

これを聞いて、エドミュアは何と思うだろうかと思いながら、ケイトリンは微笑した。ある歌い手が、かつて弟が思いを寄せていた少女と寝たことがあったため、それ以来かれはこの種の人物を毛嫌いしていた。「では、ウィンターフェルは？」彼女は尋ねた。「北国に旅したことは？」

「どうして、あんなところに？」マリリオンは尋ねた。「あちらには、暴風雪と熊の毛皮しかありませんよ。それに、スターク家の人々は狼の遠吠えは知っていても、音楽は全然知りませんからね」部屋のずっと端で、扉がどかんと開いたのを彼女は聞いた。

「おかみ」従僕の声が後ろで聞こえた。「馬を厩舎に入れてもらいたい。そして、ラニスターの殿様が部屋と熱い風呂を所望しておられる」

「ち、ちくしょう」ケイトリンが手を伸ばしてかれの腕をつかみ、黙らせようとするより早く、サー・ロドリックがいった。

マシャ・ヘドルがお辞儀をし、あの不気味な赤い笑顔をつくった。「すみません、御前様。本当に満員なんでございますよ。どの部屋も」

一行は四人だと、ケイトリンは見てとった。夜警団《ナイツウオッチ》の黒衣をまとった老人が一人。従僕が二人——そして、かれがそこに立っていた。まごうことなき小さなかれが。「家来どもは厩舎で眠る。そして、わたし自身としては、まあ、見ての通り、大きな部屋は必要ない」かれはちらりと自嘲的な笑い顔を見せた。「暖炉が暖かく、寝わらに蚤がほど

ほどに少なければ、それで満足だ」

マシャ・ヘドルは逆上した。「殿様、一部屋もありませんよ。馬上槍試合なんですから。どうしようもないんです。あら——」

ティリオン・ラニスターは財布からコインを一枚取りだして、頭上に弾きあげ、それを受け取り、また弾きあげた。部屋の反対側に坐っているケイトリンからでさえ、黄金のきらめきは間違えようもなかった。

一人の色褪せた青いマントの自由騎手がよろよろと立ちあがった。「わたしの部屋に歓迎いたします、殿様」

「ほら、利口な人がいる」ラニスターは部屋のそちら側にコインをはねとばしていった。自由騎手はそれを空中でひっつかんだ。「しかも、手が速い」その小人はマシャ・ヘドルのほうを振り向いた。「食事をなんとかできるだろうな?」

「何でも、お好みのものをお作りいたします、殿様」宿のおかみは請けあった。〝それを食べて窒息するがいい〟とケイトリンは思った。しかし、彼女の頭に浮かんだのは、自分自身の血に溺れて、窒息するブランの姿だった。

ラニスターは手近なテーブルをちらりと見た。「わたしの家来はこの人たちが食べているものなら何でも食べるだろう。ただし、分量を倍にして。長く、辛い騎行をしてきたから。わたしは焼き鳥をもらう——チキン、鵞鳥《がちょう》、鳩、何でもよいぞ。そして、この

宿最上のワインを一瓶、部屋に届けてくれ。ヨーレン、わたしと一緒に食事するか？」

「はい、殿様。そうさせていただきます」黒衣の男は答えた。

小人は部屋のずっと端のほうは見向きもしなかった。そしてケイトリンが、かれと自分たちとの間に混みあったベンチがあることは、なんとありがたいことだろうと思っていると、突然、マリリオンがぽんと立ちあがった。「ラニスターの殿様！」かれは叫んだ。「お食事中、お慰め申しあげます。どうか、キングズランディングでのお父上の偉大なる勝利の歌を、うたわせてください！」

「それ以上に食事をまずくするものは他にあるまい」小人はそっけなくいった。かれの不調和な目が歌い手をちょっと観察し、それから他に移ろうとして――ケイトリンを見つけた。かれは当惑した様子で、しばらく彼女を眺めていた。彼女は顔を背けたが、遅すぎた。その小人は微笑していた。「スタークの奥方、これは思いがけない喜びです」かれはいった。「ウィンターフェルではお目にかかれなくて残念でした」

マリリオンはあっけにとられて彼女を見た。その混乱の表情は、ケイトリンがゆっくりと立ちあがると、無念の表情に変わった。彼女はサー・ロドリックがちくしょうと罵るのを聞いた。彼女は思った――あの男が〝壁〟にもうちょっと長居をしてくれていさえしたら、そして――

「レディ――スターク？」マシャ・ヘドルがだみ声でいった。

「この前にここに泊まったときには、まだわたしはケイトリン・タリーでしたね」彼女はおかみにいった。人々のつぶやきが聞こえ、自分に注がれる視線が感じられた。ケイトリンはちらりと部屋を見まわし、騎士や剣士たちの顔を見て、心臓の激しい鼓動を押さえようと深呼吸をした。あえてリスクを冒してしまったのだろうか？　よく考えている暇はなかった。ほんの一瞬おいて、自分自身の声が耳に鳴り響いた。「隅にいるそのお方」彼女はそれまで気づかずにいた一人の年配の男に声をかけた。「あなたの外衣に刺繍されているのは、ハレンホールの黒コウモリではありませんか？」

その男が立ちあがった。「その通りです、奥方」

「レディ・フェントは、わが父リヴァーラン公のホスター・タリー公にとって、真の、正直な友でしょうか？」

「その通りです」その男はしっかりと答えた。

サー・ロドリックは静かに立ちあがって、剣の鯉口を切った。小人はぽかんとして、不調和な目に当惑の表情を浮かべ、目をぱちくりしながらかれらを見つめていた。

「赤い雄馬の姿は、リヴァーランではつねに歓迎されました」彼女は炉端の三人組にいった。「父はジョノス・ブラッケンを、かれの最も古く最も忠実な旗手の一人と考えていますよ」

三人の兵士は落ち着かない視線を交わした。「われらの主人は、お父上の信用を名誉

と考えております」その一人がためらいがちにいった。

「お父上がこのような立派な友人を持っておられて羨ましい」ラニスターが皮肉にいった。「しかしこの目的が、わたしにはよくわかりませんな、レディ・スターク」

彼女はかれを無視して、大勢の青色と灰色の衣服の一団のほうを向いた。かれらが問題の核心だ。二十人以上いる。「あなたがたの紋章も知っていますよ。フレイの双子の塔ですね。あなたがたの御主人はお元気ですか？」

隊長が立ちあがった。「ウォルダー公は元気です、奥方様。かれは九十回めの命名日に、新妻を迎えるつもりでおります。そして、婚礼には、あなたの父君に来臨の栄を賜りたいと申しております」

ティリオン・ラニスターがくすくす笑った。ケイトリンがかれを仕留めたと思ったのは、このときだった。「この男はわが家に賓客として入りこみ、そこで、わたしの息子――七歳の少年――を殺す陰謀を企てました」彼女は指さして、部屋全体に公言した。サー・ロドリックは剣を手にして彼女のそばに寄った。「ロバート王の名と、みなさんのご主君の名において、要請します。わたしはこの男を捕らえてウィンターフェルに送り返し、王の裁きを受けさせるつもりです。助力をお願いしたい」

彼女は十数本の剣が一斉に抜かれる音を聞き、ティリオン・ラニスターの顔に浮かんだ表情を見た。そして、これ以上の満足を味わったことはないと思った。

29——サンサ

サンサはモーディン尼やジェイン・プールと一緒に輿《こし》に乗って〝手〟の武芸競技大会に出かけた。輿には完全に透けて外が見えるほど薄い黄色い絹のカーテンがかかっていたので、世界が金色に見えた。市の城壁の外の川端に、無数の天幕が張られていた。そして、試合を見るために平民が何千人も出てきていた。その素晴らしい光景を見て、サンサは息を飲んだ。輝く甲冑、金銀の飾り衣装をつけた大きな軍馬、群衆の叫び声、風にはためく旗印……そして騎士たち。特に騎士たちが素晴らしかった。

「歌より素晴らしいわ」身分の高い貴族、貴婦人たちの席の間に、父の約束してくれた席を見つけて、彼女はささやいた。この日、サンサは美しい衣装をまとっていた——鳶色の髪を引きたてる緑色のガウンを。そして、人々が自分を見て、微笑むのがわかった。

歌にうたわれた多くの英雄たちが次々に馬に乗ってくるのを人々は見つめた。それぞれが前の者よりも素晴らしい騎士だった。王を守る七人の騎士が入場した。かれらはジェイム・ラニスターを除いて、ミルク色の小札鎧《こざねよろい》を着用し、新雪のように白いマントを

羽織っていた。サー・ジェイムも白いマントを羽織っていたが、その内側は頭から足まで金色に輝いていた。ライオンの頭をかたどった兜に、黄金の剣。〝馬を駆る山《マウンテン・ザット・ライズ》〟ことサー・グレガー・クレゲインが雪崩のような地響きをたてて、彼女らの前を通りすぎた。サンサはヨーン・ロイス公を覚えていた。かれは二年前にウィンターフェルの賓客になったことがあった。「あの人の甲冑はブロンズで、何千年も昔のもので、災いからかれを守る魔法の古代文字が彫られているのよ」彼女はジェインにささやいた。モーデイン尼はジェイソン・マリスター公を指さした。かれは藍色に銀の打ち出し模様を施した鎧を着用し、その兜には鷲の翼がついていた。かれはかつてトライデント川の合戦でレーガーの旗手の三人を切り倒したのだった。少女たちはミアのソロスという僧兵を見てくすくす笑った。かれは頭を剃り、赤い衣をはためかせていた。しかし、かつてかれは燃えたつ剣を振りかざしてパイクの城壁をよじ登ったと尼から聞かされて、彼女らは笑うのをやめた。

その他の騎馬武者たちを、サンサは知らなかった。フィンガーズ岬やハイガーデンやドーンの山岳地帯からやってきた放浪の騎士たち。歌にはうたわれていない自由騎手たち。新たに従者になった者たち。身分の高い貴族の若い息子たち。下位の家の跡取りたち。まだ大きな手柄を立てていない若い男たち。しかし、かれらの名前は、いずれ七王国に轟きわたるだろうと、サンサとジェインは話しあった。サー・バロン・スワン。辺《マー》

境《チ》のブライス・キャロン公。ブロンズ・ヨーンの跡取りであるサー・アンダー・ロイス。その弟のサー・ローバー。かれらの銀メッキの板金鎧には、その父を守ったのと同じ古代文字がブロンズで象嵌されていた。双生児のサー・ホラスとサー・ホッバーの楯には、青地に赤紫色のぶどうの房をかたどったレッドワイン家の紋章がついていた。ジェイソン公の息子のパトレック・マリスター。〝渡り場《クロッシング》〟のフレイ家の六人――サー・ジャレッド、サー・ホスティーン、サー・ダンウェル、サー・エンモン、サー・セオ、サー・パーウィン。ウォルダー・フレイ老公の息子たちに孫たち。そして、かれの私生児であるマーティン・リヴァーズも。

ジェイン・プールはジャラバー・コーの顔を見て怖いと白状した。この人物は夏諸《サマー・アイ》島《ランズ》から亡命した王子で、夜のように黒い肌の上に、緑色に真紅の羽毛をちりばめたケープをまとっていた。ところがジェインは、稲妻の走っている黒い楯を持ち、純金のような髪を持った若い貴公子ベリック・ドンダリオンを見るや、今すぐにでも結婚したいと口走った。

〝猟犬《ハウンド》〟も試合場に入った。また、王の弟であるハンサムなストームズエンドのレンリー公も。そして、ジョリー、オリーン、およびハーウィンは、ウィンターフェルと北部を代表して参加した。ジョリーが入場したとき、モーデイン尼は鼻を鳴らしていった。

「ジョリーなんて、他の人々と比べるとまるで乞食ですね」と。サンサは賛成するしか

なかった。ジョリーの甲冑は青灰色の板金で、紋章も装飾もついておらず、汚れたぼろ布のような薄い灰色のマントがその肩から垂れていた。だが、かれは立派に振る舞い、最初の対戦でホラス・レッドワインを落馬させ、二度めの試合でフレイ家の一人を下した。三度めの試合では、かれ自身と同じように冴えない甲冑をつけたロータ－・ブルーンという自由騎手と、三度も激突を繰り返したが、どちらも馬から落ちなかった。だが、ブルーンの槍のほうが安定しており、その打撃がよい場所に当たったので、王はかれを勝利者と認定した。オリーンとハーウィンはそれほど立派には戦わなかった。ハーウィンは第一回戦で近衛騎士のサー・マーリンに破れ、オリーンはサー・バロン・スワンに負けた。

武芸競技大会は一日中行なわれ、夕暮れまで続いた。大きな軍馬の蹄《ひづめ》が地響きをたてて試合場を走り、地面はめちゃめちゃに踏み荒らされた。サンサとジェインは騎馬武者たちが激突し、槍が砕けて散るたびに、声をそろえて歓声をあげ、平民たちは贔屓《ひいき》の騎士たちにかん高い声援を送った。落馬する人があるたびに、ジェインは怯えた少女のように目を覆ったが、サンサはもっとしっかりしていた。立派な淑女は武芸大会で、どのように振る舞えばよいか知っているのだ。モーディン尼でさえも彼女の落ち着きに目をとめて、よろしいとうなずいた。

〝王殺し《キングスレイヤー》〟は見事な腕前を見せた。かれはサー・アンダー・ロイスとブライス・キャ

ロン辺境公を、まるで環的を突くようにたやすくやっつけ、それから、白髪のバリスタン・セルミーと激闘を演じた末に勝った。この老人は最初の二つの対戦で自分よりも三、四十歳年下の相手と戦い、勝ちあがってきたのだった。

サンダー・クレゲインと、その兄で、〝山《マウンテン》〟とあだ名される大男のサー・グレガーも、とどまるところがないように見えた。かれらは凶暴なスタイルで敵を次々に負かした。この日の最も恐ろしい場面は、サー・グレガーの二度めの対戦のときに起こった。そのとき、かれが槍を上げて、谷間《ヴエイル》出身の若い騎士を突くと、槍は猛烈な勢いで相手の頸甲《けいこう》の下に入り、喉を刺し貫いたので、その騎士は即死した。その若者はサンサの座席から十フィートも離れていないところに落下した。サー・グレガーの槍の穂先はその騎士の首に刺さったまま折れてしまい、かれの生命の血潮がゆっくりと脈打って流れだし、しだいに勢いを失なっていくのが見えた。かれの甲冑はピカピカの新品で、日光が鋼に反射すると、かれの伸びた腕から火のように赤い一本の筋が流れおちた。それから太陽が雲間に隠れると、その筋は見えなくなった。かれのマントは晴れた夏の日の空のように青く、それに三日月を連ねた縁飾りがついていた。だが、血が染みこむにつれて、布は黒ずみ、三日月が一つ一つ赤く変わっていった。

ジェイン・プールがあまりにもヒステリックに泣いたので、ついにモーデイン尼は彼女を落ち着かせるために連れさらねばならなかった。しかし、サンサは膝の上に手を組

んで坐り、吸いこまれるような不思議な気分で見つめていた。彼女はこれまでに人の死ぬのを見たことがなかった。自分も泣き叫ぶべきだと思ったが、どうしても涙が出てこなかった。おそらく、彼女の涙は狼のレディと弟のブランのために出つくしてしまったのだろう。死んだのが、もしジョリーとか父だったら、事情はまた違っていたろう、と彼女は思った。青いマントの若い騎士は、彼女にとって何でもなかった。アリンの谷間《ヴェイル》からやってきた、名前も聞いたとたんに忘れてしまった他人にすぎなかった。そして、今に世間もかれの名前を忘れるだろうと、サンサは気づいた。かれのために歌われる歌はないだろう。それはかわいそうなことだった。

かれの死体が運びさられると、一人の少年が犂《すき》を持って試合場に走ってきて、かれの倒れた場所に土をかけて血を覆い隠してしまった。それから馬上槍試合が再開された。

サー・バロン・スワンもまたグレガーに負けた。そして、レンリー公も〝猟犬《ハウンド》〟に負けた。レンリー公はあまり激しく落馬したので、足を宙に浮かして馬の背から、後ろに飛んだように見えた。頭が地面に当たって、ゴツンと大きな音がしたので、観衆は息を飲んだ。だが、兜の黄金の枝角が折れただけだった。枝角の片方が体の下になったため、折れてしまったのである。レンリー公が立ちあがると、観衆は大きな歓声をあげた。このロバート王のハンサムな弟は非常に人気があったからである。かれは勝利者にうやうやしくお辞儀をして、折れた枝角を渡した。だが、ハウンドはばかにしたように鼻を鳴

らして、折れた角を群衆の中に投げこんだ。人々は殴りあったり、引っ掻きあったりして、その小さな金のかけらを奪いあった。しまいにはレンリー公が割って入って、平和を回復しなければならなかった。この頃にはモーディン尼は一人で戻ってきていた。ジェインの気分が悪くなったので、城に連れ戻さなければならなかったと彼女は説明した。サンサはほとんどジェインのことを忘れてしまっていた。

その後、市松模様のマントを着た放浪の騎士が、ベリック・ドンダリオンの馬を殺すという不始末をしでかし、罰金を課せられた。ベリック公は新しい馬に鞍をつけかえたが、たちまちミアのソロスに打ち倒されてしまった。サー・アロン・サンタガーはロータ―・ブルーンと三度対戦したが結果が出なかった。その後、サー・アロンはジェイソン・マリスター公に破れ、ブルーンはヨーン・ロイスの末息子のローバーに破れた。最後に四人が残った。ハウンドと、その兄の怪物のようなグレガーと、王殺《キングスレイヤー》しことジェイム・ラニスター、そして〝花の騎士〟と呼ばれる若者のサー・ロラス・ティレルである。

サー・ロラスは、ハイガーデンの領主にして南部総督メイス・ティレルの末息子である。かれは十六歳で、この試合場で最も若い選手だったが、この朝最初の三度の馬上槍試合で近衛騎士の三人を落馬させた。これほど美しい人を、サンサはこれまでに見たことがなかった。かれの板金鎧は手のこんだ作りで、さまざまな花を束ねた七宝細工のブ

ーケがついていた。そして、純白の雄馬には赤と白のバラの花で作った垂れ布がついていた。サー・ロラスは勝利するたびに兜を脱いで、ゆっくりと柵の周囲をまわり、最後に馬の垂れ布から白いバラを一輪摘みとって、観衆の中の美しい乙女に投げ与えるのだった。

この日、かれの最後の対戦者は若いほうのロイスだった。サー・ローバーの古代の神秘文字もたいしたお護りにはならなかった。サー・ロラスはかれの楯を割り、鞍から突きおとしたので、かれは恐ろしい響きをたてて地面に落ちた。ローバーは勝利者が試合場をまわっている間、うめきながら横たわっていた。結局、担架が持ってこられ、かれは目をまわして動かないまま、テントに運びさられた。サンサはそれをまったく見ていなかった。彼女の目はサー・ロラスだけに向けられていた。その白馬が前に止まったときは、心臓が破裂するかと思った。

他の乙女たちには白バラを与えたのに、彼女のためにかれが引き抜いたのは赤いバラだった。「お嬢様」かれはいった。「どんな勝利も、あなたの美しさの半ばにも及びません」サンサはかれの雄々しさに打たれ、言葉もなく、その花をおずおずと受け取った。かれの髪はゆるやかな茶色の巻き毛の束であり、その目は溶けた黄金のようだった。彼女はそのバラの芳しい香りを吸いこみ、サー・ロラスが去ったずっと後まで、それをつかんで坐っていた。

サンサが最後に目を上げると、一人の男性がそばに立って見おろしていた。背が低く、尖った顎髭をたくわえ、頭髪には白いものが混じっていた。彼女の父親と同じぐらいの年齢だった。「あなたは彼女の娘さんの一人にちがいない」かれは彼女にいった。かれは灰緑色の目をしており、口が笑ってもその目は笑わなかった。「あなたはタリー家の顔をしているね」

「わたしはサンサ・スタークです」彼女は固くなって答えた。その男は毛皮の襟のついた重いマントを羽織り、銀のモッキングバードの留め金をつけていた。そして、位の高い貴族特有のゆったりとした態度をしていた。だが、彼女はかれを知らなかった。「失礼ながら、あなたを存じあげないのですが」

モーディン尼が慌てて話に加わった。「あらまあ、このお方は王の小議会のピーター・ベーリッシュ様ですよ」

「あなたのお母上は昔、わたしの美の女王様でした」その男は静かにいった。その息はミントの香りがした。「あなたは彼女と同じ髪をしている」かれが彼女の鳶色の髪の一房を撫でたとき、その指が彼女の頬に触れた。それから、不意に向きを変えて、歩みさった。

この頃には、月が高く昇り、観衆は疲れ果てていた。それで王は、最後の三試合は明朝、乱闘《メレー》の前に行なうと宣言した。大衆が今日の馬上槍試合や明朝行なわれる試合の話

をしながら、家路につきはじめると、宮廷の人々は宴会をするために川端に場所を移した。何時間も前から、調理人の少年たちが木の焼き串に刺した六頭の巨大な野牛を、火の上でゆっくりと回転させ、それにバターと香草のたれをかけながら焙《あぶ》っていた。そして今では、肉はジュージューパチパチと音をたてていた。天幕の外側には、甘草《スウイートグラス》とイチゴと焼きたてのパンを積みあげた、いくつものテーブルとベンチが並べられていた。

サンサとモーディン尼は、王その人と王妃が並んで坐っている、一段高くなった台座の左側、その大変に名誉ある席を与えられた。彼女の右にジョフリー王子が着席すると、サンサは喉が詰まったように感じた。かれはあの恐ろしい出来事以来、彼女にたいして一言も口をきいていなかった。そして、彼女もあえてかれに口をきかなかった。彼女は最初、レディがあんなことをされたので、それで自分はかれを憎んでいるのだと思っていた。しかし、涙が出なくなるほど泣いた後、あれは、実はジョフリーの仕業ではなかったと自分にいい聞かせた。あれをやったのは王妃だ。王妃こそ憎むべき相手だ。彼女とアリアだ。アリアがいなかったら、何も悪いことは起こらなかっただろうに。

今夜、彼女はジョフリーを憎むことができなかった。かれは憎むにはあまりに美しかった。濃紺の胴衣《ダブレット》に、ライオンの頭をかたどった金の飾りボタンが二列に並んでいる。そして額には、サファイアをちりばめた華奢な黄金の小冠をかぶっていた。その髪は金属のように輝いていた。サンサはかれを見て体が震えた。ひょっとしたら、かれはわた

しを無視するのではないか。いや、もっと悪ければ、また憎々しく背を向けて、自分はいたたまれなくなって泣きながらテーブルから去るようなことになるのではないか。

ところが、ジョフリーはにっこり笑って彼女の手にキスをして、歌にうたわれているどんな王子にも劣らずハンサムに、そして優しく、いったのだった。「サー・ロラスは美人を見分ける鋭い眼力を持っていますねえ」

「身に余る光栄でした」彼女は心臓が高鳴っているのに、慎み深くまた冷静になろうと努力しながら、上品ぶっていった。「サー・ロラスは真の騎士ですわ。かれは明日、勝つでしょうか、王子様？」

「いいや」ジョフリーはいった。「ぼくの〝犬〟がかれをやっつけますよ。いや、もしかしたら叔父のジェイムがね。そして、あと二、三年で、ぼくが試合に出る年齢に達したら、ぼくが全部やっつけてやりますよ」かれは手を上げて、召使に氷の入ったサマーワインの瓶を持ってこさせ、彼女のカップに注いだ。彼女は困った顔でモーデイン尼を見た。結局、ジョフリーは身を乗りだして尼のカップにもワインを注いだ。それで、尼はうなずいて慇懃に礼をいい、それ以上何もいわなかった。

召使たちは一晩中、ワインを注ぎつづけた。だが、サンサは後になってワインを味わったことさえ思いだすことができなかった。彼女にはワインは要らなかった。彼女はその夜の魔法に酔い、魔力でふらふらになり、物心ついて以来夢見てはいたが、よもや現

実に知るとは思っていなかった美しさに魂を奪われた。歌い手たちが王の天幕の前に坐って、夕闇を音楽で満たした。曲芸師は燃える棍棒を空中に投げあげて、炎の滝を作った。王自身の道化――ムーン・ボーイという名の丸顔の間抜け――が、斑《まだら》服に身を包み、高脚に乗って踊りまわり、一人一人を嘲って歩いた。その残酷な嘲りがあまりにも巧みだったので、サンサはかれは本当に間抜けなのだろうかと怪しんだ。モーディン尼さえも、かれにかかっては手も足も出なかった。かれが大神官について小歌をうたうと、彼女は笑い転げて、ワインを自分の体にこぼしてしまった。

そしてジョフリーは優雅な振る舞いの権化だった。かれは一晩中サンサに話しかけ、賛辞の雨を降らせ、彼女を笑わせ、宮廷のゴシップをお裾分けし、ムーン・ボーイの冗談を解説した。サンサは魂を奪われ、すっかり礼儀を忘れて、左に坐っているモーディン尼を無視してしまった。

その間じゅうずっと料理が出ては、下げられていった。大麦と鹿肉の濃厚なスープ。スウィートグラスとホウレン草とプラムに砕いたナッツを振りかけたサラダ。蜜とニンニクで味をつけたカタツムリ。サンサはこれまでにカタツムリを食べたことがなかった。ジョフリーはカタツムリの殻から身を出す方法を教え、その甘い最初の一切れをみずから彼女に食べさせた。それから川から捕れたての鱒が出てきた。それは粘土で包み焼きしてあったが、彼女のプリンスはその固い包みを砕いて、中の白身のフレークを出すの

を手伝った。そして肉料理が出てくると、かれは手ずから、クィーンサイズの肉を骨つき肉から削ぎとって、にっこり笑って彼女の皿にのせた。かれの右腕の動かし方から、その腕の具合がまだ悪いとわかった。しかし、かれは一言も不満をいわなかった。

その後、仔牛の膵臓《すいぞう》と鳩のパイと、シナモンの香りのする焼きリンゴと、砂糖をまぶしたレモンケーキが出た。だが、この頃にはサンサはお腹がいっぱいで、大好きなレモンケーキも小さいのをたった二切れしか食べられなかった。彼女が三切れめに手を出そうかしらと思案していると、王が怒鳴りだした。

ロバート王の声は料理が出るたびに大きくなっていった。ときどき、皿やナイフやスプーンの騒音や音楽に負けないような大きな声で、王が笑ったり、命令を怒鳴ったりしているのが、サンサのところまで聞こえてきた。だが、席が離れすぎているので、言葉の内容は聞きとれなかった。

それが今やだれもが聞くことができた。「ばか者!」他のすべての話し声をかき消すような大声で、かれは怒鳴った。サンサは王が赤い顔をし、千鳥足で立ちあがったのを見て、ショックを受けた。かれは片手にワインのカップを持ち、これ以上ないほど酔っぱらっていた。「きさまの指図は受けんぞ、女め」かれは王妃サーセイに向かって金切り声をあげた。「余はこの国の王だぞ、わかってるか? 余はこの国を支配している。そして、明日戦うと余がいえば、余は戦うのだ!」

だれもが見つめていた。サンサは見た――サー・バリスタン、それに王の弟レンリー、そしてさっき不思議なことをいって彼女の髪に触ったあの背の低い男。だが、だれも止めに入らなかった。王妃の顔は仮面のようで、雪の彫刻のように血の気がなかった。彼女はテーブルから立ちあがり、スカートを持ちあげて、無言のまま荒々しく去っていき、召使たちがその後を追った。

ジェイム・ラニスターが王の肩に手をかけた。だが、王はかれを乱暴に突きとばした。ラニスターはよろめいて倒れた。王は高笑いをした。「偉大な騎士だと。余はまださきまを地面に打ち倒すことができるのだ。覚えておけ、王殺《キングスレイヤー》しめ」かれは宝石のはまったゴブレットでかれの胸を打った。そのサテンのチュニックがワインでびしょびしょに濡れた。「余の戦槌《せんつい》を持ってこい。それを持てば、この国で余の前に立つことのできる者は一人もおらん！」

ジェイム・ラニスターは起きあがり、体を拭った。「仰せの通りです、陛下」かれは固い声でいった。

レンリー公が微笑して進みでた。「ワインをこぼしたね、ロバート。わたしが新しいゴブレットを持ってくるよ」

サンサは自分の腕にジョフリーが手を置いたので、はっとした。「夜が更けます」王子はいった。かれは奇妙な表情を浮かべていた。まるで、彼女を全然見ていないかのよ

うな。「城に戻るのに、エスコートが必要ですか？」

「いいえ」サンサはいいかけた。そして、モーディン尼を探した。ところが、驚いたことに彼女はテーブルに頭をのせて、かすかないびきを——淑女らしいいびきを——かいていた。「い、いえ……お願いします。そうしていただければ助かります。わたし疲れていますし、道が真っ暗ですから。守っていただければうれしいです」

ジョフリーは大声で呼んだ。「犬！」

サンダー・クレゲインがあまりにも素早く現われたので、まるで夜の闇から生まれ出たかのようだった。かれは甲冑を脱いで、赤いウールのチュニックに着替えていた。その胸には革で作った犬の頭が縫い付けられていた。松明《たいまつ》の明かりが、その火傷した顔を鈍く赤く照らした。「はい、殿下？」かれはいった。

「ぼくの婚約者を城までお送りしろ。粗相《そそう》がないように注意するのだぞ」王子はぶっきらぼうにいった。そして、さようならの一言もいわずに、彼女を残して立ちさった。

サンサは〝猟犬《ハウンド》〟が自分を見つめているのを感じることができた。「あんた、ジョフが自分で送ってくれると思ったのかい？」かれは笑った。かれの笑い声は檻の中で唸っている犬の声のようだった。「そんなチャンスはまあないな」かれは抵抗できない力で彼女を立ちあがらせた。「おいで、眠りが必要なのはあんた一人ではない。おれは飲みすぎた。そして、明日は自分の兄を殺す必要があるかもしれない」かれはまた笑った。

突然サンサは怖くなり、モーディン尼を起こそうとして、その肩を押した。だが、彼女のいびきが大きくなっただけだった。ロバート王はよろよろと立ちさってしまい、ベンチの席の半分が急に空になってしまっていた。宴《うたげ》は終わった。そして、それとともに美しい夢も終わってしまった。

ハウンドは松明を持ちあげて、道を照らした。サンサはぴったりとその横についていった。地面は岩だらけで、でこぼこしていた。ちらちら揺れる明かりのために、足の下の地面がゆらゆらと揺れるように思われた。彼女は下を見て、足を下ろす場所に注意を払いながら歩いた。二人は天幕の間を歩いていった。それぞれの天幕に旗が立っており、甲冑が外に吊るされていた。一歩あゆむごとに、静けさが重くのしかかってきた。サンサはかれの顔を見るのに耐えられなかった。それほどかれは恐ろしかった。だが、彼女はずっと礼儀正しく育てられてきた。真の淑女ならかれの顔に注意を払わないだろうと、彼女は思った。「あなたは今日、雄々しく戦いましたね、サー・サンダー」彼女は無理にいった。

サンダー・クレゲインは、ばかにしたように鼻を鳴らした。「空虚なお世辞はおやめなさい……そして、サー呼ばわりするのも。おれは騎士ではない。あんな連中も、やつらの誓いも、くだらん。おれの兄は騎士だがな。今日やつが試合するのを見たか？」

「ええ」サンサは震えながら、ささやいた。「かれは……」

「雄々しかった？」ハウンドが引きとっていった。

かれはわたしをからかっている、と彼女は気づいた。「だれもかれに対抗できませんでしたよ」彼女はやっといい、自分にも勇気があると思った。これは嘘ではなかった。サンダー・クレゲインは暗くて何もない野原の真ん中で、急に足を止めた。彼女もその横に止まらないわけにはいかなかった。「尼か何かが、しっかり仕込んだとみえる。あんたは夏諸島《サマー・アイランズ》から来た鳥のようだ。違うか？　教えられたちょっとしたきれいな言葉を繰り返す、美しいおしゃべり鳥にそっくりだ」

「まあ、ひどい」サンサは胸の中で心臓がどきどきするのを感じた。「わたしを脅しているのね。もう行きます」

「だれもかれに対抗できなかった」ハウンドは耳障りな声でいった。「それはまさに真実だ。今までにグレガーに対抗できたやつはいなかった。今日のあの小僧、かれが二番めに対戦したやつ、おう、あれはちょっとした見物だった。あんたも見たろう？　ばかな小僧だ。あいつにはこの試合に出る資格なんかなかったのだ。金がない。従者がいない。甲冑をつけるのを手伝うやつがいない。あの頸甲はちゃんと締まっていなかった。グレガーがそれに気づかなかったと思うか？　あんた、サー・グレガーの槍が偶然に上がったと思うのか？　小さな、きれいな、おしゃべり鳥よ。あんたはそう信じている。本当に小鳥のように頭が空っぽだ。グレガーの槍は、グレガーが突こうと思うところに

当たるのだ。おれを見ろ。おれを見ろ！」サンダー・クレゲインは大きな手を彼女の顎の下に入れ、無理に彼女を上向かせた。かれは彼女の前にしゃがんで、松明を近寄せた。「さあ、きれいなものを見せてやる。じっとよく見ろ。見たいと思っているくせに。王《キン》の道《グズロード》をずっと旅してきた間、あんたが顔を背けるのにおれは気がついていた。くそったれ。さあ、見ろ」

かれの指はまるで鉄の罠のように強く彼女の顎をつかんだ。かれの目が彼女の目を見つめた。酔っぱらった目、不機嫌な怒った目。彼女は見ないわけにはいかなかった。

かれの顔の右側は不気味だった。鋭い頬骨と、太い眉の下の灰色の目。その鼻は大きい鷲鼻で、頭髪は薄く、黒っぽい。かれはその髪を長く伸ばして、横に撫でつけている。なぜなら、顔の反対側には髪が生えていないからだ。

かれの顔の左側はさながら廃墟となっている。耳は燃えてなくなっており、孔しか残っていない。目はまだ健全だが、周囲をぐるりと引きつった傷跡が取りかこんでいる。革のような固い、てらてら光る黒い肉。動かすと赤く濡れて見えるような深い割れ目があって、孔がぼつぼつあいている。下のほうの、顎のあたり、肉が焦げてなくなってしまった部分では、うっすらと骨の輪郭がわかる。

サンサは泣きだした。すると、かれは手を離して、松明を砂に突っこんで消した。

「これに対してきれいな言葉はないのかい、娘さん？　ちょっとしたお世辞を、尼は教

えなかったのかい？」答えがないと、かれは続けた。「たいていのやつは、これは戦争か何かのせいだと思う。包囲戦、燃える塔、松明を持った敵などを想像する。ドラゴンに息を吹きかけられたのかと尋ねたばかもいた」かれの笑いは今度はもっと穏やかだった。だが、苦笑いにはちがいなかった。「本当のところを教えてやろう、娘さん」かれはいった。夜の闇から声が聞こえ、今ではその影があまりにも近くに迫っていたので、息に混じるワインの悪臭が感じられた。「おれはあんたより若かった。六歳だった。もしかしたら七歳だったかもしれない。村で、親父の城の下に木彫師が店を開いた。そいつは贔屓《ひいき》にしてもらいたくて、おれたちに贈り物をした。そのじじいは素晴らしい玩具を作った。自分が何をもらったか覚えていないが、グレガーがもらった物が、どうしても欲しかった。木で作った騎士人形で、きれいに色が塗られ、関節が一つ一つ木釘でとめられ、糸でつながっていて、戦わせることができたのだ。グレガーはおれより五歳も年上で、そんな玩具などなんとも思わないはずだった。かれはすでに従者をしており、身長は六フィート近く、雄牛のように筋骨たくましかった。で、おれはその騎士人形を盗んだ。だがなあ、喜びはなかった。ずっと怯えていた。そして、実際に見つかってしまったのだ。部屋に火鉢があった。グレガーは一言もいわずに、おれを脇に抱えて、顔の側面を燃えている石炭の中に押しこんで、おれがいくら泣き叫んでも、そのまま押さえていた。あんたもかれがどんなに強いか見ただろう。当時でさえも、三人の大人が力

を合わせなければ、かれをおれから引き離すことができなかった。神官たちは七つの地獄の説教をするが、やつらが何を知っている？　地獄が実際にどんなものか、燃やされた人間でなければわからないぞ。

父はみんなに、おれのベッドに火がついたといい、家のマイスターが膏薬を塗ってくれた。膏薬をだ！　グレガーもそれなりに油を塗られた——四年後、かれは七つの聖油《オイル》を塗られ、騎士の宣誓をし、レーガー・ターガリエンがやつの肩を剣で叩いていった。〝立て、サー・グレガーよ〟と」

耳障りな声が小さくなって消えた。かれは黙って彼女の前にうずくまっていた。彼女の目には、夜の闇をまとった大きな黒い影しか見えなかった。彼女の耳には、かれの荒い息遣いが聞こえた。わたしはかれに同情している、と彼女は自覚した。どういうわけか、恐怖は消えさっていた。

沈黙がいつまでも続いた。それがあまり長く続いたので、彼女はまた怖くなった。しかし、いま心配なのは、かれのことであって、自分のことではなかった。彼女はかれの大きな肩を手探りした。「かれは決して真の騎士ではなかったのね」彼女はかれにささやいた。

ハウンドは首をのけぞらせて、大声をあげた。サンサはよろよろと後ずさりした、だが、かれは彼女の腕をつかんだ。「そうだ」かれは彼女に向かって怒鳴った。「そうだ、

小鳥さん、やつは決して真の騎士ではなかったんだ」

市内に入っていく道の残りでは、サンダー・クレゲインは一言も口をきかなかった。かれは客待ちをしている軽馬車のところに彼女を連れていき、「おれたちを赤い城《レッド・キープ》まで乗せていけ」と御者に命じ、彼女の後から馬車に乗りこんだ。二人は黙ったまま、王の門を通り、松明の明かりの灯っている市街に入っていった。かれは城の通用口を開けて、彼女を城内に入れた。その火傷した顔は引きつり、目は物思いに沈んでいた。かれは彼女の後に一歩下がって、塔の階段を登っていった。そして、彼女の寝室の外側の回廊まででずっと彼女を守って歩いていった。

「ありがとうございます」サンサは弱々しくいった。

ハウンドは彼女の腕をつかんで身を寄せた。「今夜おれのいったことを」かれはいつもよりもっと荒々しく聞こえる声でいった。「もし万一、あんたがだれかに……ジョフリーや……姉妹や、父親や……だれかに……しゃべったら……」

「しゃべらない」サンサはささやいた。「約束するわ」

これだけでは不足だった。「もし万一だれかにしゃべったら」かれはいった。「あんたを殺すぞ」

30　エダード

「わたしが通夜をしてやった」馬車の奥の死骸をみんなで見おろしていると、サー・バリスタン・セルミーがいった。「かれには他にだれもいなかった。谷間《ヴェイル》に母親がいると聞いているが」

夜明けの青白い光の中で、その若い騎士はまるで眠っているように見えた。ハンサムではなかったが、死はその粗削りの容貌をなめらかにしていた。そして、沈黙の尼僧たちが、かれの持っているいちばん上等のビロードのチュニックを着せてやり、槍が作った喉の傷を高い襟で隠してやっていた。エダード・スタークはかれの顔を見て、この若者が死んだのは自分のせいではないかと思った。自分がかれを尋問しないうちに、ラニスターの旗手に殺されたのだ。はたして、これがただの偶然といえるだろうか？　答えは決してわからないだろう、とかれは思った。

「ヒューは四年間ジョン・アリンの従者をつとめていた」セルミーは続けた。「かれが北国に帰る前に、王が騎士に任じたのです。ジョンを記念するために。この若者は騎士

になることを熱心に願っていた。しかし、まだ準備ができていないとわたしは危惧していました」

ネッドは昨夜よく眠れなかった。そして、その年齢以上に疲れを感じていた。「だれだって準備はできていないさ」かれはいった。

「騎士に叙任されるのに？」

「死ぬのにさ」ネッドは優しくその若者にマントをかけてやった。三日月の模様で縁取りしたその青い布は血で汚れていた。息子がなぜ死んだのかと母親が尋ねたら、人々は〝王の手〟であるエダード・スタークの名誉のために戦ったというだろう。かれは苦々しく思った。「死ぬ必要はなかった。戦いをゲームにすべきではない」馬車のそばに女がいた。灰色の経帷子をまとい、目だけ出して顔を覆っている。沈黙の尼僧は使者を墓に送る準備をするが、その死の顔を見るのは縁起が悪いとされている。ネッドは彼女にいった。「かれの甲冑を谷間《ヴェイル》の家に送ってやりなさい。母親が欲しがるだろう」

「相当に高価なものです」サー・バリスタンがいった。「この若者は馬上槍試合のために特別に製作させせました。質素な作りですが、よいものです。製作者に支払いがすんでいるかどうか知りませんが」

「かれは昨日、支払いましたよ。それもかなりの代償をね」ネッドは答えた。そして、沈黙の尼僧に向かっていった。「母親にこの鎧を送ってやりなさい。わたしはこの製作

者と話をしてみよう」彼女は頭を下げた。

その後、サー・バリスタンはネッドと一緒に王の天幕に行った。宿営地は動きはじめていた。太いソーセージが火の上でジュージューパチパチと音をたて、ニンニクと胡椒の香りが漂っていた。若い従者たちが用を足すために走りまわり、かれらの主人は目覚め、欠伸《あくび》や伸びをし、新しい日を迎えた。小脇に鵞鳥《がちょう》を抱えた召使が、かれらの姿を見て膝を曲げ、「おはようございます」といい、鵞鳥はガーガー鳴いて、そいつの指をついた。それぞれの天幕の外側に楯が展示されており、そこの主人がだれであるかを示していた。シーガードの銀の鷲。ブライス・キャロンのナイチンゲールの野原。レッドワイン家のぶどうの房。斑《まだら》の猪。赤い雄牛。燃える樹木。白い雄羊。三つの渦巻き。紫の一角獣。踊る乙女。黒い毒蛇。双子の塔。角のあるフクロウ。そして最後に、近衛騎士の純白の紋章が曙光のように輝いていた。

「王は今日の乱闘《メレー》に出るつもりです」サー・バリスタンは、サー・マーリンの楯のところを通りながらいった。その楯には深い傷があり塗料が剝げていた。ロラス・ティレルの槍がかれを鞍から突きおとしたときに、木に傷がついたのである。

「ああ」ネッドは暗い口調でいった。昨夜ジョリーに起こされて、それを知らされたのだった。よく眠れなかったのも無理はない。

サー・バリスタンも困った顔をしていた。「夜の美人は夜明けには色褪せ、ワインの

子らは朝の光の中で勘当される、と申しますが」

「そうですなあ」ネッドはうなずいた。「しかし、ロバートは違う」他の男なら、酒の上の大言壮語、と考え直すかもしれないが、ロバート・バラシオンは覚えており、きちんと思いだして、決して撤回しない。

王の天幕は水際にあった。そして、川面から立ちのぼる朝霧がそれを灰色の霞で包んでいた。その天幕は全部が金色の絹でできていて、宿営地で最も大きく、最も立派な建造物だった。入り口の外側に、ロバートの戦鎚《せんつい》が、バラシオン家の王冠をいただいた雄鹿の紋章のついた巨大な鉄の楯と並べて、展示してあった。

ネッドは王がまだ酔っぱらって寝ていればよいと願っていた。だがあいにく、ロバートは磨かれた角杯でビールを飲みながら、鎧をかれに着せようとする二人の若い従者を、怒鳴りつけていた。「陛下」一人が、ほとんど泣きそうな声でいっていた。「これは小さすぎます。はまりません」かれが不器用に手を動かすと、ロバートの太い首につけようとしていた頸甲《けいこう》が、地面に落ちた。

「ちくしょうめ！」ロバートは罵った。「余が自分でやらねばならぬのか？　くそったれ、二人とも。それを拾え。ぼんやり、つったっているな。ランセル、それを拾えったら！」その若者が飛びあがった。そして、王は来客に気づいた。「見てくれ、ネッド、この間抜けどもを。女房のやつ、この二人を従者にしろと、うるさくいいおった。とこ

ろが、役立たずどころか、もっとどじだ。ちゃんと鎧を着せることさえできん。こいつらが従者だと。とんでもない、絹の服を着た豚飼いどもだ」

ネッドにはうまくいかない理由が一目でわかった。「この少年たちが悪いのではない」かれは王にいった。「鎧にくらべて、あなたが太すぎるのですよ、ロバート」

ロバート・バラシオンはビールをぐーっと飲んで、空の角杯を毛皮の寝具の上に放った。そして、手の甲で口を拭い、暗い声でいった。「太い？ 太いだと？ それが王に対していう言葉か？」かれは突然の嵐のように高笑いした。「ああ、ちくしょう、ネッド、どうしてきみはいつも正しいんだ？」

従者たちは不安そうに微笑したが、王が矛先を向けると、ぱっと真顔になった。「きさまら。そう、きさまら二人だ。今の〝手〟の言葉を聞いたな。王は太すぎて鎧を着ることができない、だと。サー・アロン・サンタガーを探しにいけ。胸当伸長具が必要だと伝えろ。行け！ 何を待っている？」

少年たちはあまり慌てて天幕を出ようとしたので、ぶつかりあって転んだ。ロバートはかれらが行ってしまうまで、かろうじて厳しい顔を保っていた。それから椅子に戻り、体を震わせて大笑いした。

サー・バリスタン・セルミーは一緒になってくすくす笑った。エダード・スタークさえもなんとか微笑を浮かべることができた。だが、いつものことながら、より憂鬱な考

えが生じた。この二人の従者に注目しないわけにはいかなかった。立派な少年たちで、色白で体格もよい。一人はサンサの年頃で、長い金色の巻き毛をしている。もう一人はたぶん十五歳ぐらいで、砂色の髪。かすかに口髭が生え、王妃と同じエメラルド・グリーンの目をしている。

「ああ、おれもあそこに行ってサンタガーの顔を見ることができればよいのだが」ロバートはいった。「あの二人をたらいまわしにするだけの才覚が、サンタガーにあればよいのに。あんな間抜けどもは、一日中駆けまわらせておけばいいのだ！」

「あの少年たちは」ネッドはかれに尋ねた。「ラニスター家の者ですね？」

ロバートは目に浮かんだ涙を拭いながら、うなずいた。「従兄弟《いとこ》同士だ。タイウィン公の兄弟——死んだほうの——の息子たちだ。いや、考えてみると、生きているほうかもしれん。覚えていないわ。女房の実家はすごい大家族だからな、ネッド」

すごく野心的な家族でもある、とネッドは思った。これらの従者たちには何の問題もないが、ロバートが寝ても覚めても王妃の親族に取りかこまれているのを見ると心配になる。地位や栄光に対するラニスター家の欲望には限りがないように思われた。「あなたと王妃様が昨夜、口論をされたということですが」

ロバートの笑顔が凍りついた。「あの女、おれが乱闘《メレー》に出るのを禁止しようとしやがった。あんちくしょう、今ごろは城でふてくされているだろう。きみの妹だったら、決

してあんな具合に、おれに恥をかかせたりはしないだろうに」

「あなたはわたしほどリアナを知りませんよ、ロバート」ネッドはいった。「あなたは彼女の美しさを見て、その下の鉄のような強さを見ていない。彼女だったら、あなたは乱闘《メレー》に出る資格はないといったでしょうよ」

「きみもか？」王は眉をひそめた。「意地の悪い男だな、スターク。きみはあまり長く北国で暮らしていたので、体内の汁気が全部凍ってしまったのだ。おい、おれのはまだ流れているんだぞ」かれはそれを証明するように胸を叩いた。

「あなたは王ですよ」ネッドは念を押した。

「必要な場合には、あのいまいましい鉄の玉座に坐る。だからといって、他の男たちと同じ欲望を持ってはならない、ということはないだろう？　ときどき少しはワインを飲みたいし、ベッドで若い女をヒーヒーいわせたいし、足の間に馬を感じたいのだぞ？　なあ、ネッド、おれはだれかをぶん殴りたいのだよ」

「陛下」サー・バリスタン・セルミーが口を開いた。「王が乱闘《メレー》に参加なさるのはいかがかと思います。公平な競技にはならないでしょう。だれが、あえて王を打つでしょうか？」

ロバートは心から仰天したように見えた。「なんと、だれだってやるだろうさ、できればな。そして、最後に残って立っている男は……」

「……あなたでしょう」ネッドは引きとっていった。セルミーが的を射たことはすぐにわかった。乱闘《メレー》の危険はロバートにとって一つの刺激にすぎない。だが、この意見はかれのプライドに触れた。「サー・バリスタンのいう通りです。あえてあなたを傷つけて不興を買おうとする者は、七王国に一人もいないでしょう」

王は立ちあがった。その顔は真っ赤だった。「威張りくさっている卑怯者どもが、おれを勝たせるというのか？」

「必ずそうするでしょう」ネッドはいった。そして、サー・バリスタン・セルミーは頭を下げ、無言で、同意見だと伝えた。

ロバートは怒りのあまり、しばらく口もきけなかった。天幕の中をどしどし歩き、くるりとまわって、またどしどしと戻ってきた。その顔は暗く、怒っていた。かれは地面から胸当を拾いあげ、言葉にならぬ怒りをこめてバリスタン・セルミーに投げつけた。セルミーは避けた。「出ていけ」それから王は冷たくいった。「殺されないうちに出ていけ」

サー・バリスタンは急いで出ていった。ネッドがその後を追おうとすると、王がまた怒鳴った。「きみではないぞ、ネッド」

ネッドは振り返った。ロバートはまた角杯を取りあげて、隅の樽からビールを注ぎ、それをネッドに差しだした。「飲め」かれはぶっきらぼうにいった。

「喉は乾いておりません――」

「飲め。おまえの王が命令しているのだ」

ネッドは角杯を受け取って、飲んだ。ビールは黒くて濃くて目にしみるほど強かった。

ロバートはまた腰を下ろした。「ちくしょう、ネッド・スターク。きみとジョン・アリンを――おれはきみたち二人を愛していた。きみたちはおれに何をした？　きみたちは王になるべき人物だった。きみかジョンが」

「あなたのほうがより権利がありました、陛下」

「飲めといったが、議論しろとはいっていない。きみたちはおれを王にした。だから、少なくとも、おれがしゃべっているときには、聞くだけの礼儀をわきまえてもらいたい、いいな。おれを見ろ、ネッド。王であることが、おれにどんな作用を及ぼしたか見るがいい。ちくしょう、太りすぎて鎧が着られない。いったいどうして、こんなことになったんだ？」

「ロバート……」

「黙って飲め。王が話しているのだぞ。いっておくがなあ、この王位を勝ちとろうとしていたときほど、おれが生き生きしていたことはなく、それを手に入れた今ほど生気がなくなったこともない。そして、サーセイときたら……彼女のことではジョン・アリンに感謝しなければならんが。リアナが亡くなった後、おれは結婚する気はなかった。だ

が、ジョンが国には跡取りが必要だといった。サーセイ・ラニスターがぴったりだろうといった。万一ヴァイサリス・ターガリエンが父親の王位を取り戻そうと試みても、彼女はタイウィン公をつなぎとめるだろうと」王は首を振った。「誓っていうが、おれはあの老人が好きだった。だが、今にして思えば、あいつはムーン・ボーイよりも大ばかだった。ああ、サーセイは確かに見かけは美しい。だが、冷たい……やつのあそこの守り方ときたら。あいつの股の間にキャスタリーロックの黄金が全部入っているみたいだぞ。おい、きみが飲まないなら、そのビールをこちらによこせ」かれは角杯を取り、傾け、ゲップをし、口を拭った。「きみの娘には悪いことをしたよ、ネッド。本当に。あの狼のことさ。おれの魂を賭けてもいいが、息子のやつは嘘をついていた。うちの息子がなあ……きみも子供たちを愛しているだろう？」

「心から」ネッドはいった。

「秘密を教えよう、ネッド。一度ならず、おれはこの王冠を捨てようと夢見た。船に馬と戦鎚を積んで自由都市に行き、戦争と女郎買いに憂き身をやつす。それがおれの天職なのさ。傭兵たちの王さ。歌い手たちがどんなにおれを愛してくれることか。なぜ、我慢しているか、わかるか？　ジョフリーが玉座に坐り、サーセイがその後ろに立って、耳打ちをしているところが目に浮かぶのだ。息子め。どうしてあんな子ができたんだろうなあ、ネッド？」

「まだほんの子供ですよ」ネッドはぎごちなくいった。ジョフリー王子はあまり好きではなかった。だが、ロバートの声に心痛を聞きとることができた。「かれと同じ年頃に、あなたがどんなに乱暴だったか、忘れてしまったのですか?」

「あの子が乱暴だったら、心配はしないよ、ネッド。きみはおれほど、やつを知らない」かれは溜め息をつき、首を振った。「ああ、たぶんきみが正しいのだろう。ジョンはしょっちゅうおれに絶望した。だが、おれは成長して、よい王になった」ロバートはネッドを見たが、かれが黙っていたので、眉をしかめた。「こういったら、ちゃんと口に出して賛成してくれてもよさそうなものなのに」

「陛下……」ネッドは注意深くいいかけた。

ロバートはネッドの背中をぴしゃりと叩いた。「おい、おれはエリスよりもましな王だといって、この話題にけりをつけてくれよ。きみは愛や名誉について決して嘘がつけないんだなあ、ネッド・スターク。おれはまだ若い。そして、きみがこうして来てくれたのだから、事情は変わるだろう。この二人で、歌にうたわれるような統治をしようじゃないか。ラニスター家なんぞ地獄に落ちるがいい。ベーコンの匂いがするぞ。今日のチャンピオンはだれになると思う? メイス・ティレルの息子を見たか? 〝花の騎士〟と世間では呼んでいる。世の中には、父親であることが誇りになるような息子がいるものだ。最後の馬上槍試合で、かれは王殺《キングスレイヤー》しに黄金の尻餅をつかせたが、あのとき

のサーセイの顔を見せたかったぞ。おれは笑いすぎて脇腹が痛くなった。レンリーがいうには、かれには一人の妹がいるそうだ。十四歳の乙女で、夜明けのように美しいとか……」

かれらは川岸にしつらえられた架台テーブルで、黒パン、鵞鳥のゆで卵、タマネギとベーコンを添えた魚のフライを、朝食として食べた。王の憂鬱な気分は朝霧とともに消えていった。間もなくロバートはオレンジを食べながら、かれらが子供の頃に過ごしたアイリーでの、ある朝の思い出話を始めた。「……ジョンに一樽のオレンジを贈った。覚えているか？　残念ながら、中身は腐ってしまっていた。そこで、おれがテーブル越しに自分のオレンジを投げると、ダックスの鼻にまともに当たった。覚えているだろう、レッドフォートのあばた面の従者さ？　やつはおれに投げ返してきた。そして、ジョンが屁もひらないうちに、大広間の四方八方にオレンジが飛び交うありさまになったっけ」かれは腹をかかえて笑い、ネッドさえも思いだして顔がほころんだ。

これこそ、自分と一緒に育った少年だ、とかれは思った。これこそ、自分が知っており、愛してきたロバート・バラシオンだ。もし、ラニスター家がブラン襲撃の背後にいることを証明できれば、かれらがジョン・アリンを殺害したことを証明できれば、この男は耳を傾けるだろう。そうすれば、サーセイは一巻の終わりだし、王殺《キングスレイヤー》しも同様だ。そして、たとえタイウィン公があえて西部で反乱を起こしても、ロバートはトライデン

ト川の合戦でレーガー・ターガリエンを粉砕したように、かれを粉砕するだろう。ネッドはすべてをはっきりと見通すことができた。

この日の朝食は、エダード・スタークが久しぶりに味わった美味なものであった。そして、その後は微笑がより容易に、よりしばしばその顔に浮かぶようになった。武芸競技会再開の時刻までは。

ネッドは王と一緒に馬上槍試合の会場まで歩いていった。かれは最後の試合をサンサと一緒に見る約束をしていた。モーディン尼は今日は気分がすぐれないということだったが、かれの娘は断固として馬上槍試合の最後を見届ける決意だった。ロバートを座席に送っていくと、サーセイ・ラニスターが出席しないつもりであることがわかった。王の隣の席は空いていた。これまたネッドにとって希望を抱く原因となった。

かれが人波をかき分けて娘の席まで行き、サンサの姿を見いだしたとき、角笛が鳴って、今日最初の試合の開始を告げた。彼女はすっかり夢中になっていたので、かれが来たのにほとんど気がつかないほどだった。

サンダー・クレゲインが最初に現われた。かれは薄墨色の鎧の上にオリーブ・グリーンのマントを羽織っていた。それと、猟犬の頭を模した兜が、かろうじてかれの許した装飾となっていた。

「王殺《キングスレイヤー》しにドラゴン金貨百枚を賭けるぞ」ジェイム・ラニスターが優雅な純血の鹿毛

の軍馬にまたがって試合場に入ってくると、リトルフィンガーが大声で告げた。その馬は鍍金《めっき》された環《リングメイル》鎧のブランケットをまとい、ジェイムは頭から踵《かかと》までキラキラと光り輝いていた。槍さえも夏《サマー・アイランズ》諸島の金色の木で作られていた。

「よしきた」レンリー公が叫び返した。「ハウンドは今朝は腹がへった顔をしているぞ」

「腹のへった猟犬も、飼い主の手を噛むほど愚かではあるまい」リトルフィンガーが皮肉にいった。

サンダー・クレゲインはあたりに聞こえるほど大きなガチャンという音をたてて面頬《めんぼお》を下ろし、位置についた。サー・ジェイムは平民の中にいるどこかの女に投げキスをすると、静かに面頬を下ろし、試合場の端まで馬を進めた。二人とも槍を下段に構えた。

ネッド・スタークは二人とも負けるのを是非とも見たいと思ったが、サンサはうるんだ目で熱心に見つめていた。双方の馬が全力疾走に移ると、急ごしらえの桟敷がぶるぶると震えた。ハウンドは体を前に伏せて馬を走らせ、その槍は安定していた。だが、ジェイムは激突の寸前に器用に姿勢を変えた。クレゲインの槍先は、ライオンの紋章のついた金色の楯にむなしく跳ね返された。一方、ジェイムの槍はまともに相手に当たった。木が砕け散り、ハウンドはぐらつき、落馬しないように必死にこらえた。サンサは息を飲んだ。平民たちから耳障りな歓声があがった。

「きみの金を、どうやって使おうかなあ」リトルフィンガーがレンリー公に呼びかけた。

ハウンドはかろうじて馬上に留まることができた。かれは乱暴に馬の向きをぐるりと変えて、二度めの対戦をするために試合場に駆け戻ってきた。ジェイム・ラニスターは折れた槍を投げ捨て、従者に冗談をいいながら、新しい槍をひっつかんだ。ハウンドは馬に拍車をかけて全速力で進めた。ラニスターもそれに応じた。今度はジェイムが姿勢を変えると、サンダー・クレゲインも同時に姿勢を変えた。両方の槍が折れた。木片が地面に落ち着いた頃には、乗り手を失なった純血の鹿毛は草を探しに駆けだしていき、サー・ジェイム・ラニスターは金色の甲冑をでこぼこにして、地面に転がっていた。

サンサがいった。「ハウンドが勝つと思っていたわ」

リトルフィンガーがそれを小耳にはさんで、いった。

「第二試合でだれが勝つか知っているなら、レンリー公がわたしの金をむしりとらないうちに、教えてよ」かれは彼女に呼びかけた。ネッドはにっこりした。

「小鬼《インプ》がここにいなくて残念だ」レンリー公がいった。「やつがいれば、この倍は手に入れたはずなのに」

ジェイム・ラニスターが立ちあがった。しかし、かれの装飾のあるライオンの兜は落ちた拍子にぐるりとまわって向きが変わり、へこんでしまっていて、もう外れなかった。平民たちは指さしてわいわいいい、貴族の男女は笑いを抑えようとしたが抑えきれなか

った。そして、だれの声よりも大きいロバート王の笑い声が、それらを圧倒してネッドのところまで聞こえた。結局、目が見えず、よろめいているラニスターのライオンを、人々は鍛冶屋まで連れていくしかなかった。

このときまでには、サー・グレガー・クレゲインが試合場の先端に位置を占めていた。かれは巨大な男で、エダード・スタークはこれほどの大男を今までに見たことがなかった。ロバート・バラシオンとその兄弟はみな大男で、ハウンドもそうだった。ウィンターフェルに戻れば、かれら全員が小人に見えるほどの、ホーダーという知恵遅れの馬丁がいた。しかし、この〝馬を駆る山《マウンテン・ザット・ライズ》〟と呼ばれる騎士は、ホーダーと比べてもひときわ高かったろう。身長は七フィートをゆうに超え、八フィートに近かった。がっしりとした大きな肩で、腕はちょっとした木の幹ぐらいの太さがあった。かれが甲冑を着て軍馬にまたがると、その馬はポニーのように見え、持っている槍は箒の柄のように小さく見えた。

サー・グレガーは弟と違って宮廷暮らしをしなかった。かれは孤独を好み、戦争と馬上槍試合を別にすれば、めったに領地から外に出ることはなかった。かれはキングズランディングが陥落したときに、タイウィン公と一緒にいた。十七歳で、騎士になったばかりだったが、その頃でさえ、体の大きさと執念深い獰猛さが際立っていた。幼い王子のエーゴン・ターガリエンを壁に打ちつけて、頭を砕いたのはグレガーだったという説

もある。しかもその後、母親であるドーンのプリンセス・エリアを、刀にかける前に、犯したという噂もあった。しかし、これらのことはグレガーのいるところでは語られなかった。

ネッド・スタークはグレガーと口をきいた記憶はなかったが、バロン・グレイジョイの反乱の際には、何千人もの騎士の一人として一緒に戦ったはずだった。ネッドは落ち着かない気持ちでかれを見守った。噂話を信用することのめったにないネッドだったが、サー・グレガーについていわれることは不気味を通り越していた。かれは間もなく三度めの結婚をすることになっていたのだが、はじめの二人の妻の死についても、暗い噂が流れていた。かれの居城は不気味なところで、召使たちが説明のつかない失踪をし、犬さえも広間に入るのを恐れるという。また、奇妙な状況で若くして死んだ妹がおり、弟の顔を醜悪に変えた火災があり、かれらの父親は狩猟中の事故で死んだ。グレガーはその城と黄金と、そして領地を相続した。弟のサンダーはその日に家を出て、ラニスター家お抱えの剣士となった。そして、決して家に戻ることはなかった。訪問さえもしていないといわれている。

〝花の騎士〟が入場すると、群衆の間にどよめきが起こった。ネッドはサンサの熱いささやきを聞いた。「まあ、かれの美しいこと」サー・ロラス・ティレルは葦のように細身で、目がくらむほど磨きたてられた精巧な銀の甲冑を身にまとい、その甲冑には絡み

あった黒い蔓と小さな青い忘れな草の金銀線細工が施されていた。大衆はネッドと同じ瞬間に、それらの青い花がサファイアでできているのに気づいた。千人もの喉から溜め息が漏れた。その若者の肩には重そうなマントがかかっていたが、それは忘れな草で織られていた――本物の何百もの新鮮な花が重いウールのケープに縫いつけられていたのだった。

かれの駿馬は乗り手と同様に細身の、灰色の美しい雌馬で、いかにも足が速そうだった。サー・グレガーの巨大な雄馬は彼女の匂いを嗅いで、ラッパのようにいなないた。そのハイガーデン出身の若者が足で何かをすると、馬は踊り子のように敏捷に横に跳んだ。サンサがエダードの腕をつかんだ。「お父様、サー・グレガーにかれを傷つけさせないで」彼女はいった。ネッドは彼女が昨日サー・ロラスからもらったあのバラの花をつけているのに気づいた。ジョリーも後でそのことをかれに話したのだった。

「あれは馬上槍試合用の槍だ」かれは娘に説明した。「当たると折れるようにできている。だから、怪我をする者はいない」だがいったとたん、あの馬車にのせられた三日月模様のマントを着た若者の死骸を思いだし、その言葉が喉にしみた。

サー・グレガーは馬を御すのに苦労していた。かれの雄馬はかん高い悲鳴をあげ、地面を蹄《ひづめ》で掻き、頭を振っていた。〝山《マウンテン》〟は防具をつけた靴でその動物を乱暴に蹴った。馬は後脚で立ち、かれを振りおとしそうになった。

〝花の騎士〟は王に敬礼をし、試合場の向こうの端に馬を進め、槍を下段に構えて用意した。サー・グレガーは必死に手綱を操って、馬を直線上にのせた。そして、突然、試合が始まった。マウンテンの雄馬は激しい全力疾走を始め、荒々しく飛びだしてきた。一方、雌馬は絹布がなびくようになめらかに突撃した。サー・グレガーは危なっかしい槍の持ち方をしながら、楯をぐいと捩じって構えた。そして、その間じゅうずっと、手に負えない馬を一直線に走らせるのに苦労していた。そして、突然、ロラス・ティレルがかれに襲いかかった。槍の穂先がみごとに当たった。一瞬にして、マウンテンは落馬した。かれの体があまりに巨大だったので、馬が下敷きになり、鋼と肉がもつれあった。

ネッドは拍手と喝采と口笛と驚きの溜め息と、そして興奮したざわめきと、それらに増して、ハウンドのひときわ大きい耳障りな笑い声を聞いた。〝花の騎士〟は試合場の端で馬を止めた。かれの槍は折れてさえいなかった。かれがにっこり笑って面頬を上げると、日の光を受けてサファイアがきらめいた。それを見て、大衆は熱狂した。

試合場の真ん中で、サー・グレガー・クレゲインはもつれから体を解き放ち、すごい勢いで飛びおきた。かれは兜を捩じりとって、地面に投げつけた。その顔は怒りで黒ずみ、頭髪が目にふりかかっていた。「剣をよこせ」かれは従者に向かって叫んだ。かれの従者が剣を持って駆けつけた。このときには雄馬もまた立ちあがっていた。

グレガー・クレゲインは馬の頭が真っ二つになるほどの凶暴な力で、一刀のもとに馬

を切り殺した。歓声は一瞬にして悲鳴に変わった。雄馬は膝をつき、悲鳴をあげて絶命した。そのときには、グレガーは血みどろの剣を引っつかんで、サー・ロラスに向かって試合場を歩いていた。「やめさせろ!」ネッドは叫んだが、かれの言葉は騒音にかき消された。だれもがわめいていた。そして、サンサは泣いていた。

すべてが一瞬のできごとだった。〝花の騎士〟が自分の剣を持ってくるように叫んでいると、サー・グレガーはその従者を払いのけ、その馬の手綱につかみかかった。雌馬は血の匂いを嗅ぎ、後脚で立ちあがった。ロラス・ティレルはかろうじて馬上に留まった。サー・グレガーは剣を振るった。両手で振るったその凶暴な一撃は、若者の胸に当たり、かれは鞍から転げおちた。駿馬はパニックを起こして走りさり、サー・ロラスは地面で目をまわしていた。だが、グレガーが必殺の打撃を与えようと剣を振りかぶると、一つのしゃがれ声が警告した。「生かしておけ」そして、鋼の籠手をつけた手がかれを少年から引き離した。

マウンテンは無言の怒りに燃えて振り向き、渾身の力をこめ、必殺の弧を描いて長剣を振るった。だが、ハウンドはその打撃を受けとめて逸らせた。そして、永遠とも思える間、二人の兄弟は打ち合いを続け、その間に、目をまわしたロラス・ティレルは無事に助けだされた。サー・グレガーはハウンドの兜を狙って、凶暴な打撃を三度も繰りだしたが、サンダーは兄の無防備の顔に切りかかったことは一度もなかった。

これを終わらせたのは、王の声……王の声とそして、二十人の剣士だった。かつて、ジョン・アリンは司令官には戦場でよく通る声が必要だといい、ロバートがトライデント川の合戦でその真実を証明した。かれはその声を今、使ったのである。「やめろ、きちがい沙汰だ」かれは大音声を発した。「おまえたちの王の名において！」

ハウンドは片膝をついた。サー・グレガーの剣は空を切り、ついに、かれは正気に戻った。そして剣を捨て、ロバートを睨みつけた。その周囲を、近衛騎士と十数人の他の騎士と、そして衛兵が取り巻いた。かれは向きを変え、バリスタン・セルミーを押しのけて、足音荒く退場した。「そいつを行かせろ」ロバートがいった。こうして、たちまち混乱は収まった。

「これで、ハウンドがチャンピオンになったの？」サンサはネッドにきいた。

「いいや」かれは彼女にいった。「決勝戦をするだろう。ハウンドと〝花の騎士〟で」

だが結局、サンサのいう通りになった。しばらくすると、サー・ロラス・ティレルが質素な亜麻布の胴衣《ダブレット》を着て、試合場に歩いて戻り、サンダー・クレゲインにいった。「あなたに命を助けてもらいました。今日の優勝者はあなたです、騎士どの」

「おれは騎士ではない」ハウンドは答えたが、かれは勝利と、そして優勝の賞金を受け取った。しかも、おそらくかれの生涯で初めてのことだったろうが、大衆の愛を受け取ったのだった。試合場を出て、自分の天幕に戻っていくかれに、大衆は歓声を浴びせた。

ネッドがサンサを連れて弓術競技会場のほうに歩いていくと、リトルフィンガーとレンリー公と、その他数人が一緒になった。「ティレルはあの雌馬が発情していることを知っていたにちがいない」リトルフィンガーがいっていた。「きっと、あの若者はすべてを仕組んだにちがいない。グレガーはいつも、おとなしい馬よりも、元気のよい気性の荒い巨大な雄馬を好んだ」この着想を、かれは気に入ったらしかった。

だが、サー・バリスタン・セルミーには気に入らなかったようだった。「策略の名誉は小さい」その老人は堅苦しい声でいった。

「小さい名誉に、二万枚の金貨」レンリー公は微笑した。

その日の午後の弓術競技会では、ドーンの辺境から出てきたアンガイという平民の少年が、予想外にも他のすべての射手を短い距離で負かした後、百歩の距離でサー・バロン・スワンとジャラバー・コーを負かして優勝してしまった。ネッドはオリーンに命じてその少年を探しださせ、〝手〟の護衛兵の地位を提供しようとした。ところが、その少年はワインと勝利と、夢にも見たことのない富を手にして舞いあがり、その申し出を拒絶してしまった。

乱闘《メレー》は三時間続いた。名声を求める自由騎手、放浪の騎士、新米の従者など、四十人近くの者が参加した。かれらは刃を鈍らせた武器を使い、入り乱れて、泥だらけ血だらけになって戦った。小さな集団同士が戦い、それから同盟を結んだり、分裂したりしな

がらたがいにぶつかりあって、結局、最後に一人だけが残って立っていた。この優勝者は赤い僧侶といわれる、あのミアのソロスだった。頭を剃り、燃えている剣で気が狂ったかのように戦う男である。かれは以前にも乱闘《メレー》で優勝した。燃える剣が他の騎手たちの馬を怖がらせ、ソロスを怖がらせるものは何もなかった。最終的に、折れた手足三本、砕けた鎖骨一本、つぶれた指十数本、廃棄しなければならない馬二頭、そしてだれも数えようとは思わないさらに多くの切り傷、捻挫、打ち身、という結果に終わった。ロバートが参加しなかったのでネッドは胸を撫でおろした。

その夜の宴会では、エダード・スタークは長いこと感じなかったような希望を感じた。ロバートはきわめて上機嫌で、ラニスター家の者はどこにも見当たらなかった。そして、かれの娘たちさえも行儀よく振る舞っていた。ジョリーがアリアを連れてきて仲間入りをさせた。そして、サンサは妹に気持ちよく話しかけた。「馬上槍試合は素晴らしかったわよ」彼女は溜め息をついた。「あんたも来るべきだったのに。あんたの踊りはどうなの？」

「体中痛いわ」アリアは楽しそうに報告し、脚にできたすごく大きな紫色の打ち傷を誇らしげに見せた。

「あんたは恐るべき踊り子なんでしょうね」サンサは疑わしそうにいった。

その後サンサが、合唱団の演奏する『ドラゴンたちの踊り』という、複雑に絡まりあ

うバラードの輪唱を聞きにいっている間に、ネッドはみずからその打ち傷を調べた。

「フォレルがあまり厳しくおまえを仕込んでいなければよいが」かれはいった。

アリアは片足で立った。彼女は最近それがとても上手になってきていた。「シリオは、すべての傷は教訓であり、教訓を受けるごとに進歩する、といっているわ」

ネッドは顔をしかめた。シリオ・フォレルという男は素晴らしい名声を博していて、その華麗なブラーボス風の流儀は、アリアのような細身の剣客にはよく合っていた。しかし、それにしても……数日前、彼女は黒い絹布で目隠しをして歩き回っていた。シリオには耳と鼻と肌で見ることを教えられたのだと、彼女は説明した。また、それより前には、かれは彼女にくるくるまわりや、後ろ宙返りを教えていた。「アリア、おまえ本当にそれをやり通したいのか？」

彼女はうなずいた。「明日は猫を捕まえに行くの」

「猫をか」ネッドは溜め息をついた。「たぶん、あのブラーボス人を雇ったのは間違いだったろう。よかったら、おまえのレッスンをジョリーに肩代わりしてくれるように頼んでもよい。それとも、サー・バリスタンに内々で頼んでみようか。かれは若い頃には、七王国で最高の剣士だった」

「そんな人たちは、いやよ」アリアはいった。「シリオがいいわ」

ネッドは頭を抱えた。どんな武術師範でも、まともなやつなら、このように目隠しと

か、腕立て側転とか、片足跳びとか、ばかげたことをやらなくても、アリアに〝切り込み、受け流し〟の基礎を教えることはできるはずだ。だが、ネッドはこの末娘をだれよりもよく知っていた。こいつが頑固に顎を突きだしたら、もう説得は不可能なのだ。「好きなようにするがいい」かれはいった。きっと、すぐに飽きるだろう。「注意してやるんだぞ」

「はい」彼女は厳かに約束して、右足から左足になめらかに踏み替えた。

それからしばらくして、夢見るサンサと傷だらけのアリアを、無事に町の中を通って寝室に送り届けてから、ネッドは〝手の塔〟の最上階にある自分の部屋まで登っていった。この日は暖かかったので、締め切られていた室内は蒸し暑かった。ネッドは涼しい夜風を入れるために、窓のところに行って重い鎧戸を開けた。大きな中庭を隔てて、リトルフィンガーの窓からちらちらと揺れる蠟燭の明かりが見えた。時間は真夜中をずっと過ぎていた。遠くの川岸では、酒盛りの騒ぎがやっと静まりかけたところだった。

かれは例の短剣を取りだして、しげしげと見た。リトルフィンガーの短剣——ティリオン・ラニスターが馬上槍試合の賭けで勝って手に入れ、眠っているブランを殺すために送られたものだ。なぜ？　なぜ、あの小人はブランを殺したがるのか？　なぜ、だれかがブランを殺したがっているのか？

この短剣。ブランの墜落。このすべてがどういうわけかジョン・アリンの殺害につな

がっている。自分はそれを心の底で感じることができる。だが、ジョンの死の真相は調査を始めたときと同様に、五里霧中である。スタンニス公は馬上槍試合があるのにキングズランディングに戻らなかった。リサ・アリンは高巣城《アイリー》の高い城壁の中で沈黙を守っている。あの従者は死に、ジョリーはいまだに売春宿を捜査している。残るはロバートの私生児だけだ。

あの武具師の不機嫌な弟子は王の息子だ。ネッドはそれを疑わなかった。バラシオン家の特徴が、あの顔に顎に目に、あの黒い髪に、スタンプのように押されている。レンリーはあの年齢の少年の父親になるには若すぎる。スタンニスは冷たくて、名誉を重んじる性格だ。ジェンドリーはロバートの子供にちがいない。

だが、このすべてを知ったとしても、いったい何がわかるというのか？　他にも、王が賤しい身分の女たちに生ませた子供は七王国全体にばらまかれている。王は自分の私生児の一人を公《おおやけ》に認めている。その子は高貴な生まれの女性を母に持つ、ブランと同い年の少年であり、ストームズエンドのレンリーの城代によって養育されている。

ネッドはロバートの最初の子供も覚えている。それは、ロバート自身がまだほんの少年の頃に、谷間《ヴェイル》で生まれた娘である。かわいい幼女だった。そして、このストームズエンドの若様は彼女を溺愛した。かれはその母親に興味を失なったずっと後まで、その赤子を見るために日参したものだった。ネッドは望もうが、望むまいが、しばしば一緒に

連れていかれた。考えてみると、今ではその娘は十七歳か十八歳になっているはずだ。ロバートがその子を生ませたときの年齢よりも、年上になっている。考えると、奇妙に感じられる。

サーセイは夫の落胤《らくいん》を喜ばなかったはずだ。だがつまるところ、王が落胤を一人作ろうが、百人作ろうが、ほとんど変わりはないのである。法律と習慣は私生児にはほとんど権利を与えない。ジェンドリーも、谷間《ヴェイル》の少女も、ストームズエンドの少年も、だれも、ロバートの嫡出子の脅威になるはずがない……

かれの思案は、ドアの軽いノックで終わりを告げた。

「お会いしたいという方が来ています」ハーウィンが呼びかけた。「名前はいいません」

「入れろ」ネッドは不審に思いながら、いった。

訪問者はたくましい男で、泥のこびりついたひび割れたブーツを履《は》き、ひどく粗末な重い粗織りの衣を着て、顔をフードで隠し、両手を大きな袖の中に引きあげていた。

「だれだ?」ネッドは尋ねた。

「お味方です」フードをかぶった男が奇妙な低い声でいった。「二人だけでお話ししなくてはなりません、スターク様」

好奇心は警戒心よりも強かった。「ハーウィン、席を外せ」かれは命じた。訪問者は

閉じられた扉の陰で二人だけになって、はじめてフードを外した。

「ヴェリース公か？」ネッドは驚いていった。

「スターク様」ヴェリースは礼儀正しくいって、腰を下ろした。「お手数ですが、一杯飲ませていただけませんか？」

ネッドは二個のカップにサマーワインを注いで、一つをヴェリースに渡した。「きみと一フィート以内ですれ違っても、気づかずに通りすぎてしまうかもしれないな」かれは信じられない気持ちでいった。この宦官が絹とビロードと豪華きわまりないダマスク織り以外の衣服を着ているのを見たことがなかった。しかも、この男は今、ライラックの匂いではなく、汗の匂いを放っていた。

「それが狙いです」ヴェリースはいった。「われわれが内緒話をしたことを、ある種の人々に知られては困ります。王妃があなたを厳重に見張っています。このワインは上等ですなあ。どうも、ありがとう」

「他の衛兵たちの前を、どうやって通ってきた？」ネッドは尋ねた。塔の外にはポーターとケインが立っており、階段の上にはオリーンがいるのに。

「赤い城《レッド・キープ》には、幽霊と忍びの者しか知らない通路があるのですよ」ヴェリースは微笑していい訳をした。「長くはお邪魔しません。是非とも、お耳に入れたいことがあります。あなたは〝王の手〟で、王はばか者だということです」宦官のくどいような口調は消え、

今は鞭のように細く鋭い声になった。「かれはあなたの友人です。それはわかっています。にもかかわらずばか者です……そして、あなたが救わなければ、かれは破滅の運命にあります。今日は危ないところでした。かれが乱闘《メレー》で殺されることを、かれらは望んでいました」

一瞬、ネッドは驚いて、言葉が出なかった。「だれが？」

ヴェリースはワインを飲んだ。「もし、本当にそれをあなたに教える必要があるとすれば、あなたはロバートよりも大ばか者で、わたしは間違った側についた、ということになります」

「ラニスター家だな」ネッドはいった。「王妃……いや、信じられない、たとえサーセイのことでも。彼女は戦うなとかれに頼んだのだぞ！」

「彼女はかれの弟の、騎士たちの、そして廷臣の半数の前で、かれに戦いを禁じたのですよ。あのねえ、ロバート王を強制的に乱闘《メレー》に参加させる、これ以上に確実な方法があったら教えてください。どうですか？」

ネッドは胸がむかむかした。宦官の話は的を射ていた。ロバート・バラシオンに向かって、何かをすることはできない、すべきでない、してはならない、といえば、もうさせたも同然である。「たとえかれが闘っても、あえて王を打つ者があるだろうか？」

ヴェリースは肩をすくめた。「乱闘《メレー》には四十人の武者が出ます。ラニスター家には友

人が大勢います。馬がいななき、骨が折れ、ミアのソロスがあのばかげた火の剣を振りまわす、あのような混乱の中では、たまたまだれかの打撃が陛下に当たったとしても、だれが殺人と呼ぶでしょうか?」かれは酒瓶のところに行き、二杯めを注いだ。「その行為をやってしまってから、その殺人者は悲しみに暮れるでしょう。わたしにもそいつのすすり泣きが聞こえるくらいです。実に悲しい。しかし、疑いなく、優渥《ゆうあく》にして情け深い未亡人はあわれに思い、その不運な男を立たせ、優しくキスして許すでしょう。優しいジョフリー王はかれを許すしかないでしょう」宦官は頬を撫でた。「いや、もしかしたら、サーセイはサー・イリーンにその男の首をはねさせるでしょう。そうすれば、ラニスター家への危険は減りますからね。もっとも、かれらの小さな友人にとってはまったく不愉快な驚きでしょうが」

ネッドは怒りがこみあげるのを感じた。「きみはこの企みを知っていたのに、何もしなかったのか」

「わたしが指揮するのは間諜《スパイ》たちであって、戦士ではありません」

「もっと早くわたしのところに来てもよかったのに」

「そうです、その通りです。そうすれば、あなたはまっすぐに王のところに駆けつけたでしょうね? そして、ロバートは身に迫る危険を知ったら、何をしたでしょう?」

ネッドはそれを考えた。「かれら全員を処刑しただろう。そして、とにかく闘っただ

ろう。かれらを恐れていないことを示すために」

ヴェリースは両手を広げた。「もう一つ告白いたします、エダード公。あなたがどうなさるか知りたかったのですよ。〝なぜ、わたしのところに来なかったか？〟あなたは尋ねる。すると、わたしは答えなければならない、〝それは、あなたを信用していなかったからですよ〟と」

「わたしを信用しなかった？」ネッドはまったく驚いた。

「赤い城《レッド・キープ》には二種類の人間が身を寄せています、エダード公」ヴェリースはいった。「国家に忠実な者と、そして、自分に忠実な者です。今朝まで、あなたがどちらであるか、わたしにはわかりませんでした……それで、わかるまで待ったのです……そして今、確かにわかりました」かれは丸々と太った顔に、引き締まった小さな笑いを浮かべた。

そして、一瞬、かれの私的な顔と公的な仮面が一つになった。「王妃がどうしてあなたをそんなに恐れるのか、わかってきました。ええ、そうですとも」

「きみこそ王妃が恐れるべき人間だ」ネッドはいった。

「いいえ。わたしはこの通りの人間です。王はわたしを利用しますが、それを恥じています。われらのロバートは非常に有能な戦士であり、かれのような男らしい人は、密告者やスパイや宦官をまったく愛しません。万一、サーセイが〝あの男を殺せ〟とささやく日がくれば、イリーン・ペインは一瞬にしてわたしの首をはねるでしょう。そうした

ら、このあわれなヴェリースのことを、いったいだれが嘆いてくれるでしょうか？　北国でも南国でも、蜘蛛《スパイダーズ》のために歌ってくれる者はいません」かれは手を伸ばして、その柔らかい手でネッドに触った。「でも、スターク公、あなたを……わたしは思うのですよ……いや、わかるのですよ……あなたを、かれは殺さないだろうと。たとえ、王妃のためにも、そんなことはしないだろうと。そして、そこにわれわれの救いがあるかもしれないのです」

あまりにもひどい話だった。一瞬、エダード・スタークはひたすらウィンターフェルに帰りたいと思った。あの北国の清潔な単純さの中に。敵は、冬と〝壁〟の向こうの野生人しかいないあの国に。「きっと、ロバートには他にも忠実な味方がいるだろうに」かれは抗議した。「兄弟とか、その他──」

「妻が？」ヴェリースは刺《とげ》のある笑顔で続けた。「かれの弟たちはラニスター家を憎んでいます。その通りです。しかし、王妃を憎むことと、王を愛することは、必ずしも同じではないでしょう？　サー・バリスタンは自分の名誉を愛しているし、グランド・マイスター・パイセルは職分を愛しているし、リトルフィンガーはリトルフィンガーを愛しています」

「近衛騎士たちは」

「紙の楯ですよ」宦官はいった。「そんなに驚いた顔をしないでくださいよ、スターク

公。ジェイム・ラニスターその人が、誓いを立てた〝白い剣士〟の一員なのですよ。そして、かれの誓いにどんな価値があるか、われわれはみんな知っています。ライアム・レッドワインとか、〝ドラゴン騎士《ナイト》〟ことプリンス・エーモンのような人たちが白いマントをまとった時代は消えて、塵となり、歌となってしまいました。今いる七人の中では、サー・バリスタン・セルミーだけが真の鋼でできています。ですが、セルミーは年老いています。サー・ボロスとサー・マーリンは骨の髄まで王妃の隷属者です。そして、その他の人たちにも、わたしは深い疑惑を抱いています。そうですよ、あなた、あの剣士たちが本性を現わした暁には、ロバート・バラシオンが持つ真の友人は、あなただけになるでしょう」

「ロバートの耳に入れなければならない」ネッドはいった。「もし、きみのいうことが真実なら、たとえその一部だけが真実であるとしても、王は自分の耳でそれを聞かなければならない」

「で、われわれはどんな証拠を示すことができますか？　〝わたしの言葉〟対〝かれらの言葉〟、ですよ？　わたしの小鳥たちに対して、王妃と王殺し《キングスレイヤー》、かれの兄弟とかれの議会、東部総督と西部総督、キャスタリーロックのすべての勢力が、対立するのですよ？　どうか、直ちに首切り役人のサー・イリーンを呼び寄せてください。そうすれば、わたしたちの時間はいくらか節約できます。そうした道の終点がどこか、わたしは知っ

ているのです」

「それにしても、もしきみの話が真実なら、かれらは時節を待っているだけで、また何か始めるだろう」

「その通りです」ヴァリースはいった。「それも〝遅かれ〟というよりはむしろ、〝早かれ〟でしょうね。あなたはかれらをひどくやきもきさせています、エダード公。しかし、わたしの小鳥たちは聞き耳を立てています。もし、あなたとわたしが協力すれば、かれらの機先を制することができるかもしれません」かれは立ちあがり、フードを引きあげてまた顔を隠した。「ワインをありがとうございました。またお話ししましょう。今度、会議でお会いするときは、必ずいつものように軽蔑した態度で接してくださいよ。それは難しくないはずです」

かれが戸口まで行ったときに、ネッドが呼んだ。「ヴァリース」宦官は振り返った。

「ジョン・アリンはどうして死んだのかね？」

「いつそれに不審を抱かれるかと、思っていましたよ」

「教えてくれ」

「リースの涙、という毒薬があります。稀少な高価な物で、水のように透明で甘く、痕跡が残りません。わたしはアリン公に毒味役を使うように進言しました。まさにこの部屋でお願いしたのです。しかし、聞き入れられませんでした。そのようなことは、人間

以下の者でなければ思いつきもしないだろうといわれました」

ネッドはその他のことを是非知りたかった。「だれが、その毒薬を与えたのだ？」

「疑いなく、しばしばかれと酒食をともにした親友のような人物です。おお、しかし、だれでしょうかねえ？　そのような人物は大勢いましたよ。アリン公は親切で他人を疑わない人物でしたから」宦官は溜め息をついた。「ある若者がいました。かれの出世は、すべてアリン公のおかげでした。ところが、あの未亡人が所帯もろともにアイリーに逃げたとき、かれはキングズランディングに留まり、羽振りのよい生活を始めたのです。若者が出世するのを見るのはつねに喜ばしいものです」また一語一語が鞭のように振りおろされた。「かれは馬上槍試合では異彩を放ったにちがいありません――光り輝く新品の甲冑をつけ、あの三日月模様のマントを着て。かれがあんなに若死にしたのは残念です。あなたが、かれの話を聞けないうちにね……」

ネッドは自分も半ば毒薬を飲まされたように感じた。

「あの従者だな」かれはいった。「サー・ヒューか」外からはうかがい知れない複雑な事情が入り組んでいる。ネッドは頭がずきずき痛んだ。「なぜだ？　なぜ、今なのだ？　ジョン・アリンは十四年間も〝王の手〟をつとめていたのだぞ。何をしたことで、殺されねばならなくなったのだ？」

「疑問は尽きませんな」ヴァリースはそういって、扉からそっと出ていった。

31 ティリオン

ティリオン・ラニスターは夜明け前の冷たい空気の中に立って、自分の馬がチッゲンに殺されるのを眺めながら、スターク家への貸しがまた一つ増えたと、心の手帳に書きこんだ。その傭兵がしゃがんで、馬の腹を皮剝ぎナイフで切り開くと、死骸の内部から湯気が立ち昇った。傭兵の手は器用に動き、無駄な刃さばきは一つもしなかった。血の匂いを嗅いで、高地からシャドウキャットが下りてこないうちに、作業は急いでやらなくてはならなかった。

「今夜はだれもひもじい思いはしないだろう」ブロンがいった。この男は骨と皮ばかりにがりがりに痩せていて、目が黒く、髪が黒く、不精髭が生えていて、影のような存在だった。

「そう思うやつもいるだろうが」ティリオンはかれにいった。「おれは馬を食うのは好きではない。特に、自分の馬を食うのはな」

「肉は肉だ」ブロンは肩をすくめていった。

「ドスラク人どもは牛肉や豚肉よりも、馬

肉が好きだぞ」

「おれをドスラク人だとでも思っているのか?」ティリオンは苦々しく尋ねた。ドスラク人が馬を食べるのは事実だった。かれらは、また、奇形の子供を戸外に放置して、部族《カラザール》の後をつけてくる野犬に喰わせた。ティリオンにとって、ドスラク人の習慣は魅力に乏しかった。

チッゲンは馬の死骸から血みどろの肉を一きれ切りとって、吟味しろとでもいうように差しだした。「味見したいかね、ちびさん?」

「この雌馬は、おれの二十三回めの命名日のプレゼントとして、ジェイム兄がくれたものだぞ」ティリオンは張りのない声でいった。

「では、お礼をいっといてくれ。もし万一、再び兄さんに会うことがあればだがな」チッゲンは黄色い歯を見せて、にやりと笑い、その生肉を二口で飲みこんだ。「上品な味だぜ」

「タマネギと一緒に炒めれば、もっと旨いんだがな」ブロンが口をはさんだ。

ティリオンは黙ったまま、足を引きずって立ちさった。寒さが骨の髄までしみこんでいた。そして、足はひりひりと痛んで、ほとんど歩けないくらいだった。たぶん、死んだ雌馬のほうが幸運をつかんだのだろう。この先、ごくわずかな食料を口にし、固い地面の上で冷たく短い睡眠をとった後、ティリオンはまた何時間も騎行を続けなければな

らない。そして、次の夜も同じことだ。またその次も、その次も、いつ終わるともしれない難行苦行が続くのである。「あんちくしょう」かれは自分を捕らえたやつらのところに行こうとして、必死に道を歩いていきながら、捕まったときのことを思いだしてつぶやいた。「あの女も、スターク家のやつら全体も、地獄に堕ちるがいい」

その記憶はいまだに苦々しかった。夕食を注文していたかと思うと、次の瞬間には、かれは部屋全体の武装兵と対面していたのだった。ジックが剣に手を伸ばし、太った旅籠《はたご》のおかみが金切り声をあげた。「切り合いはやめて。ここではやらないで。お願いだよ、みなさん」

二人そろって細切《こまぎ》れにされないうちに、ティリオンは急いでジックの腕を捩じりおろした。「礼儀を忘れたか、ジック？　おかみさんが、切り合いはやめてといってるじゃないか。彼女のいう通りにしろ」かれは、しいて微笑を浮かべたが、それは実感どおり、反吐《へど》を吐きそうな微笑に見えたにちがいなかった。「あんたは悲しい過ちを犯そうとしているよ、スタークの奥方。息子さんへの襲撃には、わたしは何も関係していない。わたしの名誉にかけて――」

「ラニスターの名誉なんて」彼女はそういい捨てると、部屋中の者に見えるように両手を上げた。「かれの短剣がこの傷を残しました。わたしの息子の喉を切り裂くために、この剣は送られたのです」

ティリオンは怒りに取りかこまれていると感じた――スターク女の手の深い傷によって点火された、濃い、煙たい怒りの炎に囲まれていると。「殺せ」後ろのほうの酔っぱらった売春婦のような女が歯の間からいい、その呼び声に、信じられないほど早く他の声が応じた。すべて他人、ほんの一瞬前までは親しげだった。それが今は、獲物を追う猟犬のように、かれの血を求めて叫んでいた。

ティリオンは、声が震えないように努力しながら、大声でいった。「もし、わたしが償いをしなければならないような罪を犯したと、スターク夫人が信じるなら、彼女と一緒に行って、償いをしよう」

これしか、取るべき手段はなかった。剣を振るってここから脱出しようとすれば、早めの墓場への招待状を手に入れたも同然だ。たっぷり一ダースの剣が、スターク女の応援要請に応じていた。ハレンホールの男。ブラッケン家の三人。唾を吐くように素早くかれを殺してやるといわんばかりの顔をしている、いやらしい傭兵二人組。そして、自分が何をしているかまったくわかっていない愚かな作男風の連中。それに対して、ティリオンの味方は？　腰の短剣と、そして二人の家来だけだ。ジックはかなり上手に剣を振るうが、モレックはほとんど勘定に入らない。かれは馬番兼、コック兼、従者であって、決して兵士ではない。ヨーレンについては、本人の気持ちがどうであれ、黒衣の団員は国内の喧嘩には関与しないと誓いを立てている。ヨーレンは何もしないだろう。

そして実際に、ケイトリン・スタークのそばにいた老騎士が「かれらの武器を取りあげろ」といい、傭兵のブロンが進みでてジックの指から剣を抜きとり、短剣もすべて取りあげて、武装解除をしたときに、その黒衣の団員は無言で脇によけたのだった。「よし」食堂内の緊張が目に見えて弱まると、その老人はいった。「素晴らしい」ティリオンはそのしわがれ声に聞き覚えがあった。頬髭を剃りおとしているが、ウィンターフェルの武術指南番だ。

太った旅籠のおかみは、赤い色のついた唾をとばしながら、ケイトリン・スタークに懇願した。「ここではかれを殺さないで!」

「どこででも殺さないでくれよ」ティリオンは尻馬に乗っていった。

「どこかよそでやって、ここでは血を流さないで、奥様。貴族方の喧嘩は困ります」

「この男はウィンターフェルに連れ帰るつもりです」彼女はいった。そして、ティリオンは思った。〝ふーむ、とすると……〟

この頃には、かれは部屋の中をちらりと見回す余裕ができ、状況をよりよく把握していた。見たところ、必ずしも不愉快な状況ではなかった。まあ、スターク女が利口であることは疑いなかった。ここにいる男たちの主人が、彼女の父親に服従の宣誓をしていることを、公《おおやけ》に確認させた。それから、かれらに援助を求めた。しかも、彼女は女性である。そう、これは旨味のある話だ。だが、彼女の成功は本人が望んでいるほど完全

ではなかった。ざっと数えたところ、この食堂には五十人近くがいる。だが、ケイトリン・スタークの要請に応えたのは、やっと一ダースほどの人数にすぎなかった。その他は困った顔をしているか、怯えているか、あるいは不機嫌になっていた。フレイ家の者は二人しか動かなかったと、ティリオンは見てとった。しかも、その隊長が動かなかったので、二人は慌てて腰を下ろしたのだった。ティリオンにもし笑う勇気があったら、笑っていたかもしれなかった。

「では、ウィンターフェルに行こう」かれは笑うかわりにいった。それは長い道のりだった。その道を反対側からやってきたばかりだから、遠いことは充分に証明できる。道中、いろいろなことが起こってもおかしくない。「わが父は、おれに何が起こったか心配するだろう」かれは、自分の部屋を明け渡すと申し出た剣士の目を見つめて、付け加えた。「だれであろうと、今日ここで起こったことをかれに知らせれば、たんまり報酬を払うだろう」もちろん、タイウィン公はそんなことはしない。だが、ティリオンはもし自由の身になったら、その埋め合わせをするつもりだった。

サー・ロドリックは当然のことながら心配顔で、女主人をちらりと見た。そして、「かれの家来も連れていくぞ」その老騎士は宣言した。「そして、その他の者たちは、ここで見たことを黙っていてくれれば感謝する」

ティリオンは笑いをこらえるだけで精一杯だった。〝黙って〟だと？　ばかなじじい

め。この旅籠全体を買い切りでもしないかぎり、噂は、かれらが立ちさった瞬間から、広がりはじめるだろう。ポケットに金貨を持っているあの自由騎手は、矢のようにキャスタリーロックに飛んでいくことだろう。かれがやらなければ、他の者がするだろう。ヨーレンはこの話を南に運ぶだろう。あの愚かな歌い手はこれについて歌物語を作るかもしれない。フレイ家の者は主人に報告を送るだろう。そして、その主人が何をするかは神々のみぞ知るだ。ウォルダー・フレイ公はリヴァーランに忠誠を誓っているとはいえ、用心深い人間で、つねに勝ち馬に乗るように注意しながら、長生きをしてきた。少なくとも、かれは伝書鳥を南のキングズランディングに飛ばすだろうし、おそらくは、それ以上のことをあえてするかもしれない。

ケイトリン・スタークは時間を無駄にしなかった。「すぐに出発しなければなりません。新しい馬と、道中の食料が欲しい。みなさん、スターク家から永遠に感謝されると知りなさい。もし、みなさんのだれかが、われわれの捕虜を監視して、無事にウィンターフェルまで連れていくのを手伝ってくれれば、充分に報酬を与えると約束します」この言葉だけで充分だった。ばか者どもが先を争って進みでた。ティリオンはかれらの顔を観察した。かれらが充分に報われるのは事実だろうが、必ずしもかれらの思惑どおりにはいかないだろう。

外に引きだされ、雨の中で馬に鞍がつけられ、荒縄で両手を縛られても、ティリオン

・ラニスターは本当には恐れていなかった。おれをウィンターフェルに連れていくことなどできるものか。賭けてもいい。この日のうちに、騎馬武者が追ってくるだろうし、伝書鳥が放たれるだろうし、きっと川岸の諸公《リヴァー・ロード》の一人ぐらいは、父上の愛顧を得たくて、手を貸すだろう。ティリオンはフードで目をふさがれ、鞍に押しあげられながら、自分の勘のよさを自賛した。

一行は雨をついて早駆けで出発した。そして、間もなくティリオンの太股は痙攣し、尻はひりひりと痛みだした。無事に旅籠から遠ざかり、そして、ケイトリン・スタークがスピードを速歩《トロット》に落とすように命じても、ごつごつした地面を飛び跳ねていく惨めな旅であることに変わりはなく、かれは目が見えないだけによけいに辛く感じた。道の曲がり角にくるたびに馬から振りおとされる危険があった。フードのために耳もふさがれているので、周囲で何を話されているか聞きとれなかった。そして、雨に濡れた布が顔に張りついて、呼吸さえも困難になった。縄で手首がすりむけ、夜になる頃にはよけいにきつく締まってくるように思われた。〝暖かい火のそばで焼き鳥を頬張ろうとしたら、あのいまいましい歌い手野郎がよけいなことをいいだしやがった〟かれは悲しく思った。そのいまいましい歌い手野郎が一緒に来ていた。「この事件から偉大な歌が作られなければなりません。そして、それを作るのはぼくなのです」かれはこの〝素晴らしい冒険〟の結末を見るために一緒に行くつもりだと宣言し、ケイトリン・スタークにそうい

ったのだった。ラニスター家の騎馬武者たちが追いついてきたら、この小僧はこの冒険をそれほど素晴らしいと思うだろうか、とティリオンは思った。

雨がついにやみ、夜明けの光がかれの目を覆っている濡れた布を通して染みこんできた頃、ケイトリン・スタークが下馬を命じた。乱暴な手が馬からかれを引きおろし、手首の縄を解き、頭からフードを引きはがした。見れば、道は狭くて岩だらけで、荒涼とした山麓の高い丘が四方をぐるりと取りかこみ、雪をいただいたぎざぎざの尾根が遠い地平線上に見えた。それで、かれの望みはいっぺんに消しとんだ。「これは山の道だ」かれは息をのみ、スターク夫人を非難するように見た。「東の道だ。あんたはウィンターフェルに行くといったのに！」

ケイトリン・スタークはほんのかすかな笑顔を見せた。「何度も大声でいったわね」彼女はうなずいた。「疑いなく、あんたの味方はあちらの道を追っていくでしょう。かれらの足が速いといいわねえ」

今でさえも——もう何日も経った今でさえも、これを思いだすと、はらわたが煮えくり返った。ティリオンは物心ついて以来、自分の狡猾さを誇りにしてきた。それは神がかれに与えるのに相応しいとお考えになった唯一の天分だった。それなのに、この地獄に七回も堕ちるべき雌狼ケイトリン・スタークは、あらゆる点でかれに勝る知恵を持っていた。それを意識することは、自分の誘拐というあからさまな事実よりも、いっそう

苛立たしいことだった。

かれらは馬に餌をやり、水を飲ませただけで、すぐに再び強行軍を続けた。今度はティリオンはフードを免除された。そして二日めの夜以降は、もはや両手を縛ることもなく、いったん高地に上がってしまうと、ほとんど監視もされなくなった。まるで、かれの逃亡を恐れていないかのようだった。なぜか？　この高地では、土地は荒れ果て、本道も岩だらけの踏み跡とほとんど変わらなかった。たとえ脱走しても、たった一人で、食料もなく、どこまで行けるだろうか？　シャドウキャットはかれを御馳走と思うだろうし、山中の砦に住む蛮族は剣以外、法律など屁とも思わない山賊であり、殺人者なのだ。

それでもなお、スターク女は情け容赦もなく、かれらを駆りたてていった。ティリオンはかれらがどこを目指しているかわかった。フードを外された瞬間から、それはわかっていた。これらの山地はアリン家の領地であり、殺された〝手〟の未亡人はタリー家の一員で、ケイトリン・スタークの妹である……そして、ラニスター家の友人では決してない。ティリオンは、レディ・リサがキングズランディングにいた間に、彼女をわずかに知っていたが、今ここで旧交を温める気にはとてもならなかった。

かれを捕らえた集団は、本道からちょっと下がった小川のほとりに集まっていた。馬たちは氷のように冷たい水をたらふく飲みおえ、岩の割れ目に生えている褐色の草を食《は》

んでいた。ジックとモレックは不機嫌な、惨めな様子で、身を寄せあってうずくまっていた。モホーはかれらを威圧するように槍によりかかって立っていた。かれは丸い鉄の兜をかぶっていたので、頭に椀をのせているように見えた。そばで、歌い手のマリリオンがこの湿気では弦がだめになってしまうと文句をいいながら、木の竪琴に油を塗っていた。

「休息を取らねばなりません、奥方」ティリオンが近づいていくと、放浪の騎士サー・ウィリス・ウォードがケイトリン・スタークに話しかけていた。こいつはレディ・フェントの手の者で、首がこわばり、感情をまったく表わさない男で、旅籠にいたときにケイトリン・スタークを助けると最初に手を上げた人物だった。

「サー・ウィリスのいう通りです、奥方様」サー・ロドリックがいった。「これで三頭の馬を失ないました――」

「ラニスター家の者に追いつかれたら、失なうのは馬だけではありませんよ」彼女は一同にいった。その顔は風焼けで肌が荒れ、やつれていたが、その表情から決意はまったく失なわれていなかった。

「ここでは、そのチャンスはほとんどないね」ティリオンが口を出した。

「奥方はおまえの意見を聞いてはいないぞ、ちび公」カーレケットがぴしゃりといった。そいつは髪を短く刈り、豚のような顔をした、うどの大木のような太った大男だった。

かれはブラッケン家ゆかりの者で、ジョノス公に仕える兵士だった。ティリオンは全員の名前を覚えるように特別な努力を払っていた。後でかれらの優しい扱いに礼をいうためである。ラニスター家の者はつねに借りを返す。カーレケットはいずれそれを思い知るだろう。その仲間のラーリスやモホーや、そしてサー・ウィリスや、傭兵のブロンやチッゲンと同様に。マリリオンには特別に厳しい教訓を与えてやろうとかれは計画していた。あの木の竪琴と甘いテノールの声を持ったあの野郎には。この暴力行為の歌を作るべく、インプ、ジンプ、リンプ（インプは小鬼。その他は足の悪い人を意味する）、と韻を踏もうと雄々しい努力を続けている、あの野郎には。

「かれにしゃべらせなさい」スターク夫人が命じた。

ティリオン・ラニスターは岩に腰を下ろした。「今頃、われわれの追跡者は……実際に追手がかかっているとしての話だが……あんたの嘘を真に受けて、王の道《キングズロード》を北上し、地峡《ネック》を走りぬけている頃だろう。まあ、確かなことはいえないがね。いや、知らせが父のところに届いているのは疑いない……だが、父はあまりわたしを愛していない。そして、父があえて決起するとは、わたしは全然思わないのだよ」これは半分だけ嘘だった。タイウィン・ラニスター公は不具の息子などどうでもよいと思っている。だが、家門の恥になることは決して許さないのだ。「ここは残酷な土地だよ、スタークの奥方。谷間《ヴェイル》に着くまでは決して援助者は見つからないだろう。そして、馬を一頭失なうごとに、他

の者の重荷はそれだけよけいになる。さらに悪いことに、あんたはわたしを失なう危険を冒している。わたしは小さくて、強くない。そして、もしわたしが死んだら、無意味だろう?」これは嘘ではなかった。ティリオンはこの強行軍に、この先どれだけ耐えられるか自信がなかった。

「おまえの死に意味があるといってもいいのだよ、ラニスター」ケイトリン・スタークが答えた。

「そうは思わないなあ」ティリオンはいった。「もし、わたしの死を望むのだったら、あんたはそういいさえすればいい。そうすれば、そのへんにいるお宅の忠実なる友人の一人が、喜んでわたしに赤い笑顔を見せるだろう」かれはカーレケットを見たが、その男はあまりにも鈍感で、この皮肉を味わうことができなかった。

「スターク家は寝ている人を殺しはしない」

「わたしだってそうだ」かれはいった。「もう一度いおう。わたしはあんたの息子の殺害未遂に関わっていなかった」

「刺客はおまえの短剣を持っていたのだよ」

ティリオンは心に熱気が沸きあがるのを感じた。「それはわたしの短剣ではなかった」かれはいい張った。「何度いえばわかるんだ、スタークの奥方? わたしに何ができると思っているのか知らないが、わたしは愚かな人間ではない。ありふれた追剝に自

分の剣を持たせたりするのは、愚か者だけだ」

ほんの一瞬、かれは彼女の目に疑惑の閃きを見たように思った。だが、彼女の言葉はこうだった。「なぜ、ピーターがわたしに嘘をいうのかしら？」

「なぜ、熊は森に糞をするのかね？」かれは尋ねた。「なぜなら、それがやつの習性だからだ。リトルフィンガーのような男には、嘘は呼吸と同じくらい容易に出てくるのさ。他の人ならいざ知らず、あんたならわかるはずだ」

彼女は固い表情でつめよった。「それはどういう意味よ、ラニスター？」

ティリオンは肩をそびやかした。「そりゃ、宮廷の人間ならだれだってかれから話を聞いてるよ、かれがあんたの処女膜をどうやって破ったかという話をね」

「嘘よ！」ケイトリン・スタークはいった。

「おう、邪悪な小鬼《インプ》よ」マリリオンがショックを受けていった。

カーレケットは短刀を抜いた。黒光りする禍々《まがまが》しい鉄の刃物だ。「ご命令があれば、奥様、この嘘つき野郎の舌を、あなたの足元に投げだします」面白いことになってきたとばかり、豚のようなかれの目が興奮で濡れた。

ケイトリン・スタークはティリオンが今までに見たことがないような冷たい表情を顔に浮かべて、かれをじっと見つめた。「ピーター・ベーリッシュは昔わたしを愛した。かれはほんの子供だった。かれの情熱はわれわれみんなにとって悲劇だった。でも、そ

れは本物で、純粋で、そして決してからかうべきものではなかった。かれはわたしの手を欲しがった――つまり、結婚の承諾を求めた。これがあの事件の真相よ。おまえは本当に邪悪な男だね、ラニスター」

「そして、あんたは本当におばかさんだった、スターク夫人。リトルフィンガーはリトルフィンガー以外の人を決して愛したことはない。そして、はっきりいっておくが、かれが自慢したのはあんたの手ではなく、あんたのその豊満な乳房であり、その甘い口であり、そして、あんたの股間の熱さだった」

カーレケットはかれの頭髪を引っつかみ、ぐいと首をのけぞらせ、喉を露出させた。ティリオンは顎の下に冷たい鋼鉄が触れるのを感じた。「殺しましょうか、奥方？」

「おれを殺せば、真相も一緒に死ぬぞ」ティリオンはあえいだ。

「しゃべらせなさい」ケイトリン・スタークは命じた。

カーレケットはしぶしぶティリオンの髪を放した。

ティリオンは深く息をついた。「かれのこの短剣を、わたしがどうやって手に入れたと、リトルフィンガーはいったかね？　質問に答えてくれよ」

「賭けをして、かれから取ったと。ジョフリー王子の命名日の馬上槍試合のときにね」

「兄のジェイムが〝花の騎士〟によって落馬させられたときだと。かれはそういったのだな？」

「そうよ」彼女は額に一筋のしわを作って、認めた。

「騎馬隊だ！」

かれらの頭上の、風に削られた尾根から、かん高い声が響いた。サー・ロドリックがラーリスに岩壁をよじ登らせて、休憩中に道路を見張らせていたのである。

長く思える一秒間、だれも動かなかった。ケイトリン・スタークが最初に反応した。「サー・ロドリック、サー・ウィリス、馬に乗って」彼女は叫んだ。「他の馬たちを後ろに隠しなさい。モホー、捕虜たちを見張って――」

「われわれにも武器を！」ティリオンはぱっと立ちあがり、彼女の腕をつかんだ。「すべての剣が必要になるぞ」

彼女がその通りだと思ったことは、ティリオンにもわかった。山の蛮族は貴族同士の抗争には何の関心もない。かれらは自分らが殺しあうのと同様に、スタークもラニスターも同じように熱心に殺すだろう。ことによったらケイトリン自身は助けるかもしれない。彼女は息子を生むことができるほどまだ若い。それでも、彼女はためらった。

「かれらの足音が聞こえる！」サー・ロドリックが叫んだ。ティリオンは首をまわして、耳を澄ませた。すると、確かに聞こえた。馬蹄の音。一ダースまたはそれ以上の馬が接近してくる。突然、みんなが動きだし、武器に手を伸ばし、それぞれの馬のところに走った。

小石を雨のようにまき散らしながら、ラーリスが尾根から駆けおり、滑りおりてきて、息を切らせてケイトリン・スタークの前に着地した。円錐形の兜の下から錆色のぼさぼさの髪の房がはみだしている無様な男だ。「二十人、もしかしたら二十五人」かれは息を弾ませていった。「わたしの推測では乳蛇《ミルク・スネーク》族か月兄弟族《ムーン・ブラザーズ》です。かれらは見張りを出していたにちがいありません、奥様……隠れて監視していたのです……われわれがここにいるのを知っています」

サー・ロドリック・カッセルはすでに馬上にあり、長剣を手にしていた。モホーは大石の陰にかがんで、口に短剣をくわえ、両手に鉄の穂先のついた槍を構えていた。「おい、歌い手」サー・ウィリス・ウォードが呼んだ。「この胸当をつけるのを手伝ってくれ」マリリオンは凍りついたように坐り、竪琴をつかみ、顔面蒼白になっていた。だが、ティリオンの家来のモレックが素早く立ちあがり、その騎士が甲冑をつけるのを手伝いに行った。

ティリオンはケイトリン・スタークをつかまえていた。「選択の余地はない」かれは彼女にいった。「わたしの仲間は三人。それにもう一人が監視人として無駄になる……四人いるかいないかは、ここでは生と死の境目になるぞ」

「戦いが終わったら、また武器を手放すと約束しなさい」

「約束だって？」今は馬蹄の響きはますます大きくなってきていた。ティリオンは皮肉

にやりと笑った。「ああ、約束するとも、奥方……ラニスター家の名誉にかけて」

一瞬、かれは彼女が自分に唾を吐きかけるのではないかと思った。だが、彼女はそうしないで、てきぱきと命じた。「この者たちに武器を」彼女はそういうが早いか、離れていった。サー・ロドリックはジックに剣と鞘を投げてやると、馬をまわして、敵に向かっていった。モレックは勝手に弓と箙《えびら》を取り、道端に片膝をついた。かれは剣よりも弓のほうが得意だった。そして、ブロンが馬でティリオンに駆けより、両刃の斧を渡した。

「斧で戦ったことはないんだがなあ」その武器は扱いにくく、手になじまないように感じられた。柄が短く、頭が重く、先端にいやらしい刺《とげ》がついていた。

「薪を割ると思えばいい」ブロンはそういって、背中の鞘から長剣を引き抜き、唾を吐きかけ、チッゲンとサー・ロドリックのそばに走りよって、陣容を整えた。サー・ウィリスも馬に乗り、狭い視孔と黒くて長い絹の羽根飾りのついた、鉄鍋のような兜をまさぐりながら、その陣営に加わった。

「薪は血を流さないぞ」ティリオンはだれにいうともなくいった。かれは甲冑がないので、裸のように感じた。かれはあたりを見まわして岩を見つけ、そこに駆けよると、マリリオンが隠れていた。「場所をあけろ」

「向こうに行って！」その小僧は金切り声で叫んだ。「ぼくは歌い手だ。この戦いに参

加するつもりはない！」

「何だと、冒険心をなくしたのか？」ティリオンはその小僧を蹴りつけて、片をつけたが、決して早すぎはしなかった。一鼓動後に、騎馬隊が襲いかかってきた。

先触れもなければ、旗印もなければ、角笛も太鼓もなく、いきなり、モレックとラーリスが矢を放つ弓弦《ゆみづる》の音が響き、夜明けの暗がりの中から、突然、山の民が怒涛のように押しよせてきた。肌の黒っぽい、痩せた連中で、ボイルドレザーを着て、不釣り合いな甲冑をつけている。顔は桟のある半兜に隠れて見えない。手袋をはめた手にあらゆる種類の武器を握っている。長剣、投げ槍、鋭い大鎌、刺のある棍棒、短剣、重い鉄槌など。先頭には大きな男が馬に乗ってくる。縞模様のシャドウキャットの毛皮のマントを着て、両手使いの大剣を持っている。

サー・ロドリックが叫んだ。「ウィンターフェル！」そして、その男に向かって馬を走らせた。ブロンとチッゲンが何か言葉にならない雄叫びをあげながら、その横を走った。サー・ウィリスも刺の生えたモーニングスターを頭上に振りまわしながら、その後を追い、「ハレンホール！　ハレンホール！」と叫んだ。ティリオンも突然、斧を振りかざして飛びあがりたい衝動に駆られて、大音声に呼ばわった。「キャスタリーロック！」しかし、その狂気はたちまち消えさり、かれはいっそう低くしゃがみこんだ。

怯えた馬たちの悲鳴と、金属と金属のぶつかる音が聞こえた。チッゲンの剣が鎖帷子

を着た騎馬武者の、露出した顔を掻き切り、ブロンは旋風のように山の民の中に突入し、右に左に敵を切り倒した。サー・ロドリックはシャドウキャットの毛皮のマントを着た大男に戦槌で打ちかかった。かれらが打撃を交えると、両方の馬はたがいに踊るようにぐるぐるまわった。ジックは裸馬に飛び乗り、乱闘の場面に飛びこんだ。ティリオンはシャドウキャットのマントの男の喉に矢が突き刺さるのを見た。そいつが悲鳴をあげようとして口を開けると、血だけが流れだした。かれが落馬する頃には、サー・ロドリックはもう他の敵と戦っていた。

突然、マリリオンが悲鳴をあげて竪琴で頭を覆うと同時に、一頭の馬がかれらの頭上を飛び越えた。ティリオンが慌てて立ちあがると、相手は馬をまわし、刺のある鉄槌を振りあげて、戻ってきた。ティリオンは両手で斧を振るった。その刃が突進してくる馬の喉の肉に、下からぐさりと突き刺さった。そして、その獣が悲鳴をあげて倒れかかると、ティリオンの手が斧の柄から離れそうになった。だが、かれはなんとか斧を引き抜くことができ、よろよろと避けることができた。マリリオンはもっと運が悪かった。その歌い手は、馬と乗り手がもつれあったまま地面に倒れると、その下敷きになってしまった。ティリオンは、山賊の足がまだ倒れた馬の下になっている間に、跳んでそばに戻り、そいつの首のちょうど鎖骨の上に、斧を打ちこんだ。

かれが必死に斧を引き抜こうとしていると、マリリオンが二つの死体の下でうめいて

いるのが聞こえた。「だれか助けてくれ」その歌い手はあえいだ。「神々のお慈悲を。ぼくは出血してる」

「きっと馬の血だ」ティリオンはいった。歌い手の手が死んだ馬の下から這いだしてきて、まるで五本足の蜘蛛のように土の中でもがいた。ティリオンはそのつかみかかってくる指に踵《かかと》をのせて、力一杯踏みつけてやった。バリバリッと気持ちのよい音がした。「目をつぶって、死んだふりをしていろ」かれはその歌い手に忠告すると、斧を振りかぶって別のほうに向かった。

その後は、物事はいっぺんに起こった。夜明けの薄明かりは叫び声と悲鳴に満ち、血の匂いが重くたちこめ、世界は混沌と化してしまった。矢が、耳をかすめてヒュッヒュッと飛んできては、岩にピシッピシッと跳ね返った。ブロンが馬から下りて、両手に一本ずつ剣を持って二刀流で戦っているのが見えた。ティリオンは戦闘の周辺部に留まり、岩から岩に滑り移り、陰から走りでては、通過する馬の脚を叩き切った。一人の負傷した山の民を見つけ、死ぬのを見届けてから、そいつの半兜を奪った。それはあまりにもぴったりと頭に合いすぎたが、とにかく防備ができたのでティリオンは満足した。ジックは正面の敵に切りつけている間に、後ろから切り倒された。その後、ティリオンはカーレケットの死骸につまずいた。その豚顔は棍棒で殴られて潰れていたが、その死んだ指から短刀をむしりとると、それには見覚えがあった。それをベルトにはさんだとき、

女の悲鳴が聞こえた。

ケイトリン・スタークが三人の男によって、山の岩壁に追い詰められていた。一人はまだ馬に乗ったままで、あとの二人は徒歩だった。彼女は麻痺した手で不器用に短剣をつかんでいた。だが、今は背中が岩に触れており、敵は三方から取りかこんでいた。〝そして、好きなようにさせよう〟と。ところが、どういう訳か、かれは動いていた。自分がいることをかれらが気づきさえしないうちに、最初の男の膝の後ろを打った。すると、重い斧の頭が朽木を切るように肉と骨を切った。第二の男が襲いかかってきたとき、〝出血する丸太だ〟とティリオンは虚ろに考えた。かれはそいつの剣の下をかいくぐり、斧をふりかぶって飛びだすと、相手はよろよろと後退した……そして、ケイトリン・スタークがその背後に進みでて、その喉を切り裂いた。馬上の男はよその切迫した戦闘を思いだして、突然、全速力で走りさった。

ティリオンは周囲を見まわした。敵は全滅するか、または消滅していた。どういう訳か、戦闘はかれの見ていないときに、終わってしまっていた。死にかけた馬と負傷した男たちが、悲鳴をあげたり、うめき声を出したりしながら、あたり一面に横たわっていた。ひどく驚いたことに、かれは死傷者のうちに入っていなかった。かれは指を開いて、斧をどさりと地面に落とした。両手は血でべとべとしていた。半日間も戦っていたよう

に感じたが、太陽はほとんど動いていないように見えた。

「これはおまえの初陣《ういじん》か？」後ろで、ブロンがジックの死体の上に身をかがめて、死人のブーツを脱がせながら、尋ねた。それは、タイウィン公の家来のものといってもいいほど上等のブーツだった。重い革製で、脂が塗られて、柔軟で、ブロンが履《は》いているものよりもはるかに上等だった。

ティリオンはうなずいた。「父上はさぞ誇りに思うことだろう」かれはいった。脚はひどく痙攣して、立っていることもできないほどだった。不思議なことに、戦っている間はその苦痛をただの一度も感じなかった。

「これでおまえも女が欲しくなるぞ」ブロンは黒い目をぎらぎらさせていった。かれはそのブーツを自分の鞍のバッグに押しこんだ。「男が血を流した後は、女ほどよいものはないんだ。本当だぞ」

山賊の死骸から略奪をしていたチッゲンは、ちょっと手を休めて、鼻を鳴らし、舌なめずりをした。

ティリオンはレディ・スタークがサー・ロドリックの傷の手当てをしているほうを、ちらりと見やった。「彼女がその気なら、おれはやぶさかでない」傭兵どもがどっと笑った。そして、ティリオンはにやりとして、〝これが始まりだ〟と思った。

その後、かれは川の縁にひざまずいて、氷のように冷たい水で、顔の血を洗い流した。

他の連中のところに足をひきずって戻ってきながら、また死者たちをちらちらと見た。死んだ山の民は痩せて、ごつごつした男たちで、かれらの馬も痩せ衰え、体が小さく、肋骨が一本一本見えていた。ブロンとチッゲンが略奪せずにおいた少しばかりの武器は、たいしたものではなかった。掛矢、棍棒、大鎌……かれは、両手使いの剣でサー・ロドリックと決闘していたシャドウキャットの毛皮のマントの大男を思いだした。しかし、石だらけの地面に横たわっているそいつの死骸を見ると、結局それほどの大男ではなく、マントもなくなっており、そいつが振るっていた剣はひどく歯こぼれがしていて、安っぽい鋼には点々と錆が浮いていた。山の民が九人の死体を地面に残していったのは当然といえた。

味方の死者は三人しかいなかった。ブラッケン公の兵士が二人、つまりカーレケットとモホー。そして、ティリオン自身の家来のジックだった。かれは裸馬に乗って突撃するという大胆なところを見せたのだった。〝最後までばかなやつだった〟とティリオンは思った。

「レディ・スターク、大急ぎで先に進みましょう」サー・ウィリス・ウォードが、兜の視孔から油断のない目で尾根を見やっていった。「いったんは撃退しましたが、それほど遠くまでは逃げていないでしょう」

「味方の死者を埋葬しなければなりませんよ、サー・ウィリス」彼女はいった。「かれ

らは勇敢な兵士でした。かれらを放置して、鴉《からす》やシャドウキャットの餌食にすることはできません」

「この土は石だらけで掘ることができません」サー・ウィリスがいった。

「では、小石を積んでケルンを作りましょう」

「あなたが好きなだけ石を集めてください」ブロンが彼女にいった。「でも、わたしやチッゲンに手伝わせないように。死人の上に石塚を作るよりも、やらなければならないもっと大切なことがあります……たとえば呼吸するとか」かれは他の生存者のほうを見やった。「おい、おまえたち、夕方まで生きていたければ、おれたちについてこい」

「奥方様、残念ながらかれのいう通りです」サー・ロドリックが疲れたようにいった。その老騎士は戦闘で傷を負い、左腕に深い切り傷と、喉に槍で突かれたかすり傷があった。そして、その声は老人の声だった。「ここでぐずぐずしていると、必ずやつらはまた襲ってきます。そして、今度襲われたら生き延びることはできないでしょう」

ティリオンはケイトリンの顔に怒りの色を見ることができた。しかし、彼女はどうしようもなかった。「では、神々よ、許したまえ。すぐに出発しましょう」

今度は馬の不足はなかった。ティリオンはジックの去勢馬に鞍を移した。その馬のほうが強そうで、少なくとも後三日か四日はもつだろうと思われた。かれがその馬にまたがろうとしたとき、ラーリスがそばに来て、いった。「もう、短剣を取りあげるぞ、ち

び」

「それはかれに与えなさい」ケイトリン・スタークが馬の背から見おろしていった。「そして、斧も返してやりなさい。また襲われたら、その必要があるかもしれないから」

「ありがとう、奥方」ティリオンはいって、馬にまたがった。

「礼をいうにはおよばない」彼女はそっけなくいった。「以前と同様に、おまえを少しも信用していないのだから」かれが受け答えする前に、彼女は行ってしまった。

ティリオンは盗んだ兜をかぶり直し、ブロンから斧を受け取った。この旅がどのようにして始まったか、かれは思いだした。両手を縛られ、頭にフードをかぶせられていたのだ。状況は断然、好転したといってよかった。レディ・スタークの信用があろうとなかろうと、斧を保持できるかぎり、かれはこの勝負で有利な立場にあると考えられた。

サー・ウィリス・ウォードが先頭に立ち、ブロンが殿《しんがり》をつとめ、レディ・スタークを安全に間にはさみ、サー・ロドリックが影のようにその横に寄り添った。マリリオンは馬に乗っていく間ずっと、恨めしそうな顔でティリオンを振り返りつづけた。その歌い手は数本の肋骨を折り、竪琴を壊し、演奏する手の四本の指全部を骨折した。だが、かれにとってこの日は完全な失敗というわけではなかった。厚くて黒い毛皮に白い縞模様の入った立派なシャドウキャットのマントを、どこかで手に入れていた。かれは黙っ

てそれにくるまり、一言も口をきかなかった。

半マイルも行かないうちに、後ろでシャドウキャットの低い唸り声が聞こえた。それから、後に残してきた死骸を奪いあう、獣たちの荒々しい鳴き声が聞こえてきた。マリリオンの顔が目に見えて青ざめた。ティリオンはかれの後ろに追いついて、いった。

「臆病者《クレイブン》と大鴉《レイブン》はうまく韻が踏めるなあ」かれは自分の馬の腹を蹴り、その歌い手を追い越して、サー・ロドリックとケイトリン・スタークのところに行った。

彼女は唇を固く結んで、かれを見た。

「こんな不作法な邪魔が入る前に、いおうとしていたんだが」ティリオンは話しはじめた。「リトルフィンガーの作り話には重大な欠陥がある。あんたがわたしをどう思うにせよ、レディ・スターク、これだけはいっておく——わたしが、身内の負けに賭けることは絶対にない」

32　アリア

その黒い雄猫には耳が片方しかなかった。そいつが背中を高く丸めて、彼女に向かってシューシューと唸った。

アリアは裸足になり、胸の鼓動を聞き、ゆっくりと深呼吸をしながら、足の親指の根元の膨らみで軽くバランスを取って、路地を進んでいった。〝影のように静かに〟彼女は自分にいい聞かせた。〝羽毛のように軽やかに〟と。その雄猫は油断のない目で、彼女が進んでくるのを見つめた。

猫を捕まえるのは難しかった。彼女の両手は治りかかった引っ掻き傷だらけで、両膝はでんぐり返りで擦りむいたかさぶたに覆われていた。最初は、料理人が調理場で飼っている巨大な太った猫さえも、彼女の手を避けることができた。だが、シリオは昼も夜も彼女に猫捕りをさせた。彼女が両手から血を流しながら、かれのところに駆けつけると、かれはいったものだ。「そんなにのろまなのかね？　もっと素早くおなりなさい、お嬢さん。本物の敵は引っ掻くだけではすまないんだよ」かれは彼女の傷に、ミアの火

と呼ばれる薬を軽くはたきつけた。それは唇を噛んで悲鳴をこらえなければならないほど熱かった。そうしてから、かれはさらに彼女を送りだして、猫を追わせるのだった。

赤い城《レッド・キープ》には猫がいっぱいいる。日向で昼寝をしている怠け者の年寄り猫。尻尾を捻っている鼠取りの得意な猫。針のような鉤爪を持ったすばしこい仔猫。体中の毛をとかされた、人を恐れない貴婦人の猫。塵の山をうろついているもしゃもしゃの影のような猫。アリアはそれらを一匹一匹追い詰め、抱えあげては、誇らしげにシリオ・フォレルのところに持っていったのだった……が、一匹だけ例外があった。この黒い悪魔のような片耳の雄猫である。「ほら、あそこにいるやつ、あれがこの城の真の城主だ」かつて金マントの一人が彼女にいった。「すごく長生きで、質《たち》が悪い。あるとき、王が王妃の父親に御馳走をしていた。すると、あの黒猫めが食卓に飛び乗って、タイウィン公の指からじかに鶉《うずら》のローストをひったくった。ロバートははじけるように笑ったものだった。あいつには近寄らないほうがいいぞ、ちびさん」

黒猫のおかげで、彼女は城の敷地の半分を走らされた。〝手の塔〟の周囲を二周、内側の庭を横切り、厩舎を通り抜け、螺旋階段を下り、小さな台所と、豚飼い場と、金マント隊の兵舎を通り抜け、川岸の城壁の基部に沿っていき、さらに階段を上り、〝反逆者の道〟の上を行ったり来たりし、それからまた下におりて、門をくぐり、井戸の周囲をまわり、それから見慣れない建物を入ったり出たりした。こうして、アリアは自分が

どこにいるかさっぱりわからなくなってしまった。

そして今、ついにやつを追い詰めたのである。両側には高い壁が聳《そび》えたち、前方には窓のないのっぺりした石の塊がある。〝影のように静かに〟彼女は忍び足で進んでいきながら、繰り返した。〝羽毛のように軽やかに〟と。

黒猫まであと三歩というところで、そいつは走りだし、右に左に向きを変えた。アリアも右に左に走ってその退路を絶った。やつはまたシューシューいい、彼女の脚の間を通り抜けようとした。だが、彼女は〝蛇のように素早く〟両手でそいつをひっつかみ、胸に抱きあげ、くるりとまわり、大声で笑った。猫の鉤爪が彼女の革の袖なし胴着《ジャーキン》の胸を掻きむしった。彼女はそいつの両眼の間に素早くキスをした。そして、そいつの鉤爪が顔に届く直前に首をのけぞらせた。その雄猫は鳴いたり、唸ったりしていた。

「かれはあの猫に何をしているの？」

アリアはびっくりして、猫を落とし、くるりと声のほうを振り向いた。雄猫は一瞬にして、飛び跳ねて逃げてしまった。路地の突き当たりに、青いサテンの服を着た、豊かな金色の巻き毛の人形のように美しい少女が立っていた。その横に、ふっくらとした小さなブロンドの少年がいた。その子の胴衣《ダブレット》の胸には、跳ねている雄鹿の絵柄が真珠で刺繍されており、ベルトにはミニチュアの剣が吊るされていた。〝ミアセラ王女とトンメン王子だ〟とアリアは思った。かれらには、輓馬《ばんば》のように大柄な尼が付き添っており、

その後ろには真紅のマントを羽織った二人の大男が立っていた。ラニスター家の衛兵だ。

「あの猫に何をしていたの、小僧？」ミアセラがまた厳しい口調で尋ねた。そして、弟に向かっていった。「見てごらん。ぼろぼろの小僧よ」彼女はくすくす笑った。

「ぼろぼろで、汚くて、臭い小僧だ」トンメンが賛成した。

〝わたしがわからないんだわ〟アリアは気づいた。〝わたしが女だということさえわからないのね〟それも無理はなかった。彼女は裸足で、汚くて、城内を走りまわってきたから、髪はぼさぼさになっているし、猫の鉤爪で引っ掻かれたジャーキンを着ているし、かさぶたのできた膝の上で断ち切られた茶色の粗織りのパンツを履《は》いているのだから。猫を捕まえるのに、スカートや絹の服を着る者はない。彼女は急いで頭を下げ、片膝をついた。たぶん、自分だとは気づかれないだろう。もし気づかれたら、際限なく小言を聞かされることだろう。モーディン尼は恥辱だと思い、サンサは恥ずかしくて二度と口をきいてくれないだろう。

年とった太った尼が進みでた。「小僧、どうやってここまで来た？　城のこんなところに、用はないはずだよ」

「こういう連中を閉めだしておくことはできません」赤マントの一人がいった。「鼠を閉めだそうとするようなものです」

「どこの家の子供だ、小僧？」尼が尋ねた。「答えなさい。どうした？　口がきけない

のか？」

アリアの声は喉に詰まった。もし答えれば、トンメンとミアセラはきっと自分だと気づくだろう。

「ゴッドウィン、その子をここに連れてきなさい」尼はいった。衛兵の背の高いほうが路地を進んできた。

パニックが巨人の手のように彼女の喉をつかんだ。たとえ、これに命がかかっているとしても、アリアは口がきけなかったろう。〝静水のように落ち着いて〟彼女は心の中でいった。

ゴッドウィンが彼女のほうに手を伸ばすと、アリアは動いた。〝蛇のように素早く〟彼女は体を左に傾けて避けた。そいつの指が彼女の腕をかすめ、その弾みでそいつの体がくるりとまわった。〝夏の絹のようになめらかに〟そいつが向き直ったときには、彼女は〝鹿のように速く〟路地を全速力で走りだしていた。尼は彼女に向かって金切り声をあげていた。アリアは大理石の円柱のように白くて太いその脚の間をすり抜け、ぴょんと立ちあがり、トンメン王子にぶつかっていくと、かれは「ウッ」といってしゃがみこんだので、その上を飛び越し、もう一人の衛兵から身をひるがえして逃げ、みんなを後にして駆けだした。

叫び声が聞こえ、どしどしという足音が後ろに近づいてくるのが聞こえた。彼女はつ

まずいて転んだ。赤マントが体を傾けて、よろめきながら横を通った。アリアはまたぱっと立ちあがった。上に窓が見えた。高く、狭くて、狭間ほどの幅しかない。アリアはその敷居に飛びつき、体を引きあげ、息を止め、〝ウナギのようにぬるぬると〟体をうごめかせて窓の隙間から中に入った。床に飛びおりると、正面に、びっくり仰天した掃除婦がいた。アリアはぴょんと立ちあがり、服からわらくずを払いのけ、それからまた逃げ、扉から出て、長い廊下を走っていき、階段を下り、秘密の中庭を横切り、角を曲がり、壁を乗り越え、低くて狭い窓から真っ暗な地下室に入った。追跡者の足音はしだいに遠のいていった。

アリアは息が切れ、完全に方角がわからなくなった。もし、自分だと知られていたら、もう、のっぴきならないことになっているが、かれらが気づいたようには思われなかった。あまりにも速く、〝鹿のように速く〟動いてきたから。

彼女は暗がりで、湿った石の壁によりかかってうずくまり、追跡者の音に耳を澄ませた。しかし、聞こえるのは自分自身の心臓の鼓動と、そして、遠くで水の滴る音だけだった。〝影のように静かに〟と彼女は自分にいい聞かせた。ここはどこだろうかと思った。初めてキングズランディングに来たとき、彼女は城内で迷子になるという悪夢をよく見たものだった。赤い城《レッド・キープ》はウィンターフェルよりも小さいと、父がいった。だが、彼女の夢の中では、それは広大で、果てしない石の迷路であり、壁は彼女の後ろで位置や

形を変えるように思われた。気がつくと、彼女は薄暗い廊下をさまよっていて、色褪せたタペストリーのところを通り、果てしない螺旋階段を下り、中庭を矢のように走って横切ったり、橋を渡ったりし、彼女の叫びは虚しく谺《こだま》するばかりだった。どれかの部屋では、赤い石の壁が血を流しているように見え、どこにも窓が見つからなかった。ときには、父親の声が聞こえることもあったが、それはいつもずっと遠くのほうで、どんなに一所懸命にそれを追っても、声はかすかになっていくばかりで、結局、聞こえなくなってしまい、アリアは暗闇に一人取り残されるのだった。

今はすごく暗い、と彼女は感じた。むき出しの膝を胸にしっかりと抱いて、震えた。静かに待って、一万まで数をかぞえることにした。そうすれば、外に無事に這い戻って、帰り道を見つけることができるだろう。

数が八十七に達する頃には、暗闇に目が慣れて、部屋が明るくなりはじめた。周囲の物がゆっくりと形をとりはじめた。薄暗がりの中から、飢えた巨大な目が彼女を見つめた。そして、ぎざぎざした長い歯の影がぼんやりと見えた。彼女はどこまで数をかぞえたか忘れてしまった。彼女は目をつぶって唇を噛み、恐怖を追い払った。今度、目を開けたら、怪物どもは姿を消しているだろう。もともと存在などしていなかったのだ。彼女はかたわらの闇の中にシリオがいて、自分の耳にささやいていると想像した。〝静水のように落ち着いて〟と彼女は思った。〝熊のように強く。クズリのように獰猛に〟そ

してまた目を開いた。

怪物どもはまだそこにいたが、恐怖は去った。

アリアは立ちあがり、用心深く動きはじめた。いくつもの頭がぐるりと彼女を取りかこんでいた。彼女は好奇心を起こし、本物なのだろうかと思いながら、その一つに触った。指先が巨大な顎をこすった。まさに実物の触感があった。手の下で、骨はなめらかに感じられ、触ると冷たくて固かった。指で一本の歯を撫でおろした。それは黒く鋭くて、暗闇でできた短剣のようだった。身震いが出た。

「こいつは死んでいる」彼女は声を出していった。「ただの頭蓋骨だ。わたしを傷つけるはずがない」それにしても、自分がそこにいることを、なんとなく怪物が知っているように思われた。その空虚な目が薄暗がりを透かして、自分を見つめているように感じられた。そして、その自分を愛してくれない暗くて深い穴のような部屋の中に、何かがあった。彼女はその頭蓋骨からじりじりと遠ざかった。すると、最初の骨よりももっと大きな骨に、背中がぶつかった。一瞬、その歯が肩に食いこむのを感じた。まるで、そいつがこちらの肉を一切れ嚙みとろうとしているかのように。アリアがさっと振り返ると、巨大な牙が彼女の胴着に喰いつき、革が引っかかって裂けるのがわかった。そして、彼女は逃げだした。目の前に、もう一つの頭蓋骨が不気味に現われた。それはすべての中で最も大きな怪物だった。だが、アリアは速度を緩めさえしなかった。剣ほどの高さ

の黒い歯の列を飛び越え、飢えた顎を走り抜け、扉に体当たりした。

木にはめこまれた重い鉄の環に手が触れた。彼女はそれをぐいと引いた。一瞬、扉は抵抗し、それから、町全体に響きわたるのではないかと思われるほど大きな、キーッという音をたてて、ゆっくりと内側に動いた。彼女は体がやっとすり抜けられる程度にそれを開き、その先の廊下に出た。

怪物のいた部屋が暗かったとすれば、廊下は七つの地獄の中でも特に暗い穴蔵だった。〝静水のように落ち着いて〟とアリアは思った。だが、しばらく目を慣らしたにもかかわらず、今通ってきた扉のぼんやりした灰色の輪郭以外には何も見えなかった。彼女は顔の前で指を振った。空気の動くのは感じられたが、何も見えなかった。盲目になったようだった。〝水の踊り子はすべての感覚をもって見る〟彼女は自分にいい聞かせた。目をつぶり、一つ、二つ、三つ、と呼吸を整え、静けさを吸いこみ、両手を差しだした。

左側で、指先がざらざらした粗削りの石に触った。暗闇の中で、彼女はその表面に手を滑らせ、足を小さく滑らせながら、壁に沿って進んでいった。〝すべての廊下はどこかに通じる。入り口があれば、出口がある。恐怖は剣よりも深い傷をつくる〟アリアは怖がらないようにしようと思った。長い距離を歩いたと感じた頃、壁が突然終わり、冷たい空気が頬を撫でた。後れ毛がかすかに肌をこすった。

どこか、ずっと下のほうで物音が聞こえた。ブーツのこすれる音、遠くの人声。ごく

かすかに、明かりがちらちらと壁に反射した。そして、大きな黒い吹き抜けの頂上に、自分が立っているのがわかった。直径二十フィートほどの縦穴が地中深く落ちこんでいた。湾曲した壁面に巨大な石がはめこまれて階段となっており、ぐるぐるまわりながら下に下におりていた。婆やがよく話していた地獄に続く階段のように、暗かった。そして、何かが暗闇から……地球の内臓から……立ち昇ってきた。

アリアが穴の縁から見つめると、冷たい黒い息が顔に当たるのを感じた。はるか下のほうに、蠟燭の炎のように小さく一本の松明《たいまつ》の明かりが見えた。二人の男の姿が見えた。壁面に、巨人のように大きなかれらの影がうごめいた。縦穴から上に響いてくるかれらの声が聞こえた。

「……私生児を見つけましたよ」一人がいった。「他のことも間もなく解明するでしょう。一日か、二日か、二週間……」

「そして、真相を知ったら、かれはどうするだろうか?」もう一人の声が、自由都市の流れるような訛りのある言葉で尋ねた。

「神々のみぞ知る、です」最初の声がいった。松明から蛇のようにくねくねと灰色の煙が立ち昇るのが見えた。「ばか者どもがかれの息子を殺そうとした。さらに悪いことに、かれらはそれについてたくさんの道化芝居をやった。かれはそれを無視するような男ではない。警告しますが、狼とライオンは間もなくたがいの喉に嚙みつきあうでしょう。

われわれが望む望まないにかかわらず」

「早すぎる、早すぎる」訛りのある声が不満をいった。「今、戦って何になる？　こちらの準備はできていない。遅らせろ」

「それは、時を止めろというようなものです。わたしを魔法使いだと思っているのですか？」

もう一人がくすくす笑った。「そんなところだ」炎が冷たい空気をなめた。背の高い二つの影はほとんど彼女を圧倒するほどのところまで来ていた。一瞬の後、松明を持っている男が彼女の目の前に上がってきた。そばにもう一人を伴って。アリアは這って吹き抜けから後ずさりし、腹這いになり、壁に張りついた。彼女が息を止めていると、男たちは階段の頂上に達した。

「わたしにどうしろというのですか？」松明を持った男が尋ねた。革の半ケープをまとった屈強な男だった。重いブーツを履いているにもかかわらず、その足は音もなく地面を滑っていくように思われた。傷のある丸顔で、鉄帽の下に黒い無精髭が見えていた。アリアはボイルドレザーの上に鎖帷子を着ており、ベルトに短刀と短い剣をつけていた。アリアはなんとなく見たことのあるような人だと感じた。

「一人の〝手〟が死ぬことがあるなら、もう一人死んでもいいじゃないか？」言葉に訛りがあり、二叉になった黄色い顎髭のある男が答えた。「きみは、前にもその踊りを踊

ったのだからな」そいつはこれまでにアリアが見たことのない人物だった。それは間違いなかった。すごく太っているが、水の踊り子がやるように、足の親指の付け根の膨らみに体重をかけて、軽やかに歩くように見えた。指輪が松明の明かりできらきらと輝いた。純金の輪と白い銀の輪に、ルビー、サファイア、縦に線の入った黄色い虎目石などがついていた。すべての指に指輪がはまっており、二つはまっている指もあった。

「〝前に〟は〝今〟ではありません。そして、今度の〝手〟はもう一人の〝手〟とは違います」傷のある男が廊下に踏みこみながらいった。〝石のように動かず〟アリアは自分にいい聞かせた。〝影のように静かに〟

かれらは自分たちの松明の明るい光に目がくらんでいるので、ほんの数フィート先に、彼女が石にぴったりと張りついているのが見えなかった。

「たぶん、そうだろう」二叉の顎髭が、長い登りで息が切れたので足を止めて、答えた。「にもかかわらず、われわれには時間が必要だ。王女は身ごもっている。族長《カール》は息子が生まれるまで、決起することはないだろう。やつら野蛮人の性質は、きみも知っているだろう」

松明を持った男が何かを押した。アリアは低いごろごろという音を聞いた。松明の光を受けて赤く見える巨大な石板が、彼女が悲鳴をあげたくなるほどの大きな音をたてて、天井から滑りおりてきた。吹き抜けへの入り口があった場所には、割れ目のない一続き

の石の塊しかなくなった。

「かれがすぐに決起しなければ、手遅れになるかもしれませんよ」鉄帽をかぶった屈強な男がいった。「これはもはや二人のプレーヤーのためのゲームではありません。昔はそうであったかもしれないが。スタンニス・バラシオンとリサ・アリンはわたしの手の届かないところに逃げてしまいました。そして、忍びの者の話では、かれらは剣士を周囲に集めているということです。〝花の騎士〟はハイガーデンにいる父親に手紙を出して、妹を宮廷に出仕させるように促しました。その乙女は十四歳で、優しく、美しく、従順な人物で、レンリー公とサー・ロラスは、ロバートを彼女と同衾《どうきん》させ、結婚させて、新しい妃にさせるつもりです。リトルフィンガーは……リトルフィンガーがどんなゲームをやっているかは、神々のみぞ知る、です。しかし、スターク公こそ、わたしの眠りを妨げる人物です。かれはあの私生児をつきとめ、あの本をつきとめ、そして、たちまち真相をつきとめるでしょう。そして、今、かれの妻は、リトルフィンガーがちょっかいを出したばかりに、ティリオン・ラニスターを誘拐してしまった。タイウィン公はこれを侮辱と受け取るでしょう。そして、ジェイムはあの小鬼《インプ》に奇妙な愛情を抱いている。もし、ラニスター家が北に動けば、タリー家も加わるでしょう。〝遅らせろ〟といわれるが、わたしは〝急げ〟と答えます。いくら上手な曲芸師でも、百個のボールを永久に空中に浮かせておくことはできませんよ」

「きみは曲芸師以上の存在だ、親友よ。きみは真の魔法使いだ。わたしが頼みたいのは、きみの魔法をもうちょっと長くかけていてほしいということだけだ」かれらは廊下を、アリアがやってきた方向に歩きだし、怪物たちのいた部屋の前を通っていった。

「できることは、します」松明を持っている男がそっといった。「金が必要です。そして、あと五十人の密告者が」

彼女はかれらをずっと先にやり過ごし、それからこっそりと後をつけていった。〝影のように静かに〟

「そんなに大勢？」人声は、前方で灯火が暗くなっていくにつれて、かすかになっていった。「きみに必要な人物は見つけるのが難しい……うんと若くて、読み書きができるとなると……たぶんもっと年のいっているのなら……簡単には死なないだろうし……」

「いいえ。若いほうが安全です……優しく扱えば……」

「……沈黙を守りさえすれば……」

「……リスクは……」

かれらの声が聞こえなくなってずっとたってからも、アリアはまだ松明の明かりを見ることができた。ついてこいと命じる、煙を上げる星のように。二度ばかり、それが見えなくなった。だが、彼女がまっすぐに進んでいくと、二度とも急な細い階段の上に出た。そして、はるか下のほうに松明のきらめきが見えた。彼女は急いで後を追い、下へ

下へとおりていった。一度は岩につまずき、壁に倒れかかった。すると手が、材木に支えられた生の土に触った。トンネルがまだ石で仕上げられる前の状態である。

彼女は何マイルもかれらの後をつけてきたにちがいなかった。ついに、かれらの姿は消えてしまった。だが、彼女は前進するしかなかった。再び手探りで壁を見つけ、目も見えず方向感覚もないままに、横の暗闇にナイメリアがひたひたと歩いているのを想像しながら、壁に沿って進んでいった。最後に、悪臭のする水に膝まで浸り、シリオだったらやれるかもしれないように、水の上でダンスすることができればよいのにと思い、はたして再び光を見ることができるのだろうかと思った。ついにアリアが夜風の中に出たときには、あたりは真っ暗になっていた。

彼女が立っていたのは、川に注ぐ下水の出口だった。体があまりにもひどい匂いがするので、その場で裸になり、汚れた衣服を川の土手に放りだし、暗く深い水の中に飛びこんだ。そして、きれいになったと感じるまで泳いで、震えながら這いあがった。アリアが衣服を洗っていると、川岸の道路を何人かの騎手が通っていった。しかし、月明かりの中でぼろを洗っている痩せこけた裸の少女が見えたとしても、かれらは全然注意を払わなかった。

ここは城から何マイルも離れていた。だが、キングズランディングではどこにいても、目を上げさえすれば、エーゴンの丘に聳えている赤い城《レッド・キープ》が目に入るから、方角がわから

なくなる心配はない。彼女が門番小屋に着いたときには、服はもうほとんど乾いていた。落とし格子は下ろされ、門には閂がかかっていた。それで、彼女は通用門のほうにまわった。そして、入れてくれというと、当直の金マントがあざ笑った。「行っちまえ」そいつはいった。「調理場の残り物はもうないぞ。そして、日が暮れたら、乞食は入れないんだ」

「乞食じゃない」彼女はいった。「ここに住んでるのよ」

「行っちまえ、といったろう。聞こえがよくなるように、その耳をひっぱたいてやろうか？」

「わたし父に会いたいのよ」

門番たちは顔を見合わせた。「おれは王妃とやりたいよ。どんな報いがあるにしてもな」若いほうがいった。

年上のほうが顔をしかめた。「おまえのその父というのはだれだ、小僧、町の鼠捕り屋か？」

「〝王の手〟よ」アリアはいった。

二人の男は吹きだした。だが、それから、年上のほうが拳で彼女に殴りかかった。犬でも殴るように、無造作に。だが、アリアは男が手を動かす前から、拳が跳んでくるのを察して、ぱっと後ずさりして避けた。「わたしは男の子じゃない」彼女は二人にぴし

やりといった。「わたしはウィンターフェルのアリア・スタークよ。そして、もしあんたたちがわたしに手を上げたら、父上はあんたたち二人をさらし首にするわよ。信じられないなら、〝手の塔〟からジョリー・カッセルかヴェイヨン・プールを連れてきなさい」彼女は両手を腰にあてた。「さあ、門を開けるか、それとも聞こえがよくなるように、耳をひっぱたいてもらいたいか？」

ハーウィンと〝でぶのトム〟が彼女を連れて入ってきたとき、彼女の父は居室に一人でいた。そのかたわらにオイルランプが静かに燃えていた。かれはアリアが今までに見たこともないような大きな本の上に身をかがめていた。それはひび割れた黄色いページに、難解な文字の書かれた大きくて厚い写本で、色褪せたなめし革の表紙で装丁されていた。だが、かれはその本を閉じて、ハーウィンの報告を聞いた。かれが礼をいって家来を去らせたとき、その顔は厳しかった。

「わかっているのか？　家の衛兵の半数を出して、おまえを探させたのだぞ」二人だけになると、エダード・スタークはいった。「モーデイン尼は恐怖で逆上してしまった。そして、神殿にこもって、おまえの無事な帰還を祈っている。アリア、おまえは決して、わたしの許可なく城門の外に出てはいけないと、わかっているだろうに」

「城門の外には出なかったわ」彼女は思わずいった。「あのう、出るつもりはなかったのよ。わたし地下牢に下りていったの。それがたまたまあのトンネルに通じていただけ

なの。真っ暗で、松明も蠟燭もなかったので何も見えず、進んでいくしかなかったの。怪物にぶつかったので、戻ることもできなかったのよ。お父様、あなたを殺す相談をしていたわ！　怪物が、じゃなくて、二人の男がよ。かれらはわたしを見なかった。わたしは石のように動かず、影のように静かにしていたから。でも、声は聞こえたのよ。お父様は本と私生児を持っているって。そして、一人の〝手〟が死ぬことがありうるなら、もう一人も死んでもいいじゃないか？　と。それが、その本なの？　私生児とは、きっとジョンのことね」

「ジョンだって？　アリア、いったい何の話をしているんだ？　だれがそういったんだ？」

「かれらがよ」彼女は父親にいった。「指輪をはめて、二叉にわかれた黄色い顎鬚を生やした、太ったやつがいた。そして、もう一人は鎖帷子を着て、鉄帽をかぶっていた。そして、太ったやつは遅らせなければならないといい、もう一人は曲芸を続けることはできないといい、狼とライオンが喰いあいをしようとしていて、それは道化芝居だといったわ」彼女はその他のことを思いだそうとした。聞いたことは何一つ完全には理解できなかった。そして、今では頭の中ですべてがごちゃごちゃになってしまっていた。

「太ったやつは、王女が身ごもっているといったわ。鉄帽のやつ——松明を持っているやつ——は急がなければならないといったわ。わたし、かれは魔法使いだと思うのよ」

「魔法使い」ネッドはにこりともしないで、いった。「そいつは長い白い顎髭を生やし、星をちりばめた高いとんがり帽子をかぶっていたかい？」

「いいえ！　婆やのおとぎ話とは違うわ。かれは魔法使いのようには見えなかった。でも、太ったやつがそういったのよ」

「これ、アリア。そんな空中楼閣のような話ばかりしていると――」

「いいえ。いったでしょ。地下牢の中だったのよ。秘密の壁がある場所に。わたし猫を追いかけていたの。そしたら、あのう……」彼女は顔をしかめた。もしトンメン王子を打ち倒したことを認めれば、父は本当にわたしに腹を立てるだろう。「……あのう、わたし、ある窓から入っていったの。そしたら、中に怪物がいたの」

「怪物に魔法使いか」彼女の父親はいった。「どうやら、おまえはすごい冒険をしたようだな。声を聞いたというその男たちは、曲芸と道化芝居の話をしていたというのだな？」

「そうよ」アリアは認めた。「ただ――」

「アリア、かれらは道化芝居の役者たちだよ」彼女の父親はいった。「今のところ、キングズランディングには一ダースもの劇団が来ているにちがいない。武芸競技大会の見物人から、いくらかの銭を稼ぐつもりでやってきたのだ。その二人が城内で何をしていたか知らないが、たぶん、王が芝居をするように命じたのだろう」

「いいえ」彼女は頑固に首を振った。「かれらはそうじゃなかった――」「どんな場合にも、他人の後をつけて歩いて、話を盗み聞きしてはならないのだよ。そして、自分の娘が迷い猫を追ってよその家の窓によじ登ると思うと、わたしはいい気持ちがしない。おまえ、その姿を見てごらん。腕は引っ掻き傷だらけだし。こんなことはもうたくさんだ。シリオ・フォレルに、わたしから話があると伝えなさい――」

このとき、不意に扉に短いノックがあった。「エダード様、失礼します」デズモンドが声をかけて、扉を細めに開けた。「黒衣のブラザーがお目通りを願っております。緊急の用事だそうで。きっとお聞きになりたいだろうと思いまして」

「わたしの扉は夜警団《ナイツウオッチ》に対してはつねに開かれている」父親はいった。デズモンドはその男を中に通した。そいつは猫背で、醜く、手入れのしてない髭を生やし、洗濯してない衣服をまとっていたが、彼女の父親は愛想よく挨拶して、名前を尋ねた。

「ヨーレンといいます。お邪魔してすみません」かれはアリアに頭を下げた。「そして、この方はきっとご子息ですね。あなたに似た顔をしていらっしゃる」

「女の子よ」アリアは憤慨していった。もし、その老人が〝壁〟からやってきたなら、ウィンターフェルに立ちよってきたにちがいない。「わたしの兄弟たちを知っている？」彼女は興奮して尋ねた。「ロブとブランはウィンターフェルにいるわ。そして、ジョンは〝壁〟に行っている。ジョン・スノウよ。かれも夜警団《ナイツウオッチ》に入っているから、あ

なたも知っているにちがいないわ。大狼《ダイアウルフ》を飼っているの。白くて、目が赤いやつを。ジョンはもう一人前のレンジャーになったかしら？　わたし、アリア・スタークというの」臭い黒衣を着たその老人は不思議そうに彼女を見ていた。だが、アリアは話をやめることができないようだった。「あなたが〝壁〟に戻るとき、もしわたしが手紙を書いたら、ジョンに届けてくれるかしら？」彼女はジョンが今ここにいればよいのに、と思った。かれだったら、きっと、地下牢や、二叉にわかれた顎髭の太った男や、鉄帽をかぶった魔法使いの話を信じてくれるだろうに。

「この娘はしばしば礼儀を忘れるのですよ」エダード・スタークはこの言葉を和らげるために、ごくかすかに笑いを浮かべた。「許してやってください、ヨーレン。弟のベンジェンがあなたをよこしたのですか？」

「だれがよこしたのでもありません。モーモント老人は別ですが。〝壁〟の要員を探しにきたのです。そして、今度ロバートが謁見式を開いたら、わたしはひざまずいて、われわれの窮状を訴え、王と〝手〟が都合よく放逐できる人間の屑が、こちらの地下牢にいないかお尋ねするつもりです。しかし、ベンジェン・スタークのことで伺ったといっても差し支えないでしょう。かれの血は黒く流れ、かれはあなたの兄弟であると同時に、わたしの兄弟でもあるのです。わたしがここに来たのは、かれのためです。確かに、乗用馬が死ぬほどの強行軍を続けてきました。しかし、他の連中をずっと追い越してきま

したよ」

「他の連中？」

ヨーレンは吐きだすようにいった。「傭兵や自由騎手や人間の屑どものことです。あの旅籠《はたご》はそいつらでいっぱいでした。そして、かれらが匂いを嗅ぎつけるのを見ました。血の匂いか、または黄金の匂いです。どちらも結局は同じ匂いがしますからね。しかし、全員がキングズランディングに向かったわけではありません。いくらかはキャスタリーロックに急行しました。そして、ロックのほうが近いです。今ごろは、タイウィン公は知らせを聞いているでしょう、確実に」

父親は眉をひそめた。「何の知らせを？」

ヨーレンはアリアを見た。「失礼ですが、内密にお話ししたほうがよいと思います」

「では、そうしよう。デズモンド、娘を寝室に連れていってくれ」かれは彼女の額にキスした。「われわれの話は明朝にしよう」

アリアはその場に根が生えたように立っていた。「ジョンに悪いことが起こったのではないでしょうね？」彼女はヨーレンに尋ねた。「それとも、ベンジェン叔父さんに」

「スタークについては、わかりません。それから、わたしが〝壁〟を出てきたときには、あのスノウ少年はとても元気でした。わたしが心配しているのは、かれらのことではないのです」

デズモンドは彼女の手を取った。「いらっしゃい、お嬢様。お父上のおっしゃる通りにしましょう」

アリアは、これが〝でぶのトム〟だったらよいのにと思いながら、デズモンドと一緒に行くしかなかった。トムなら、何か口実を作って戸口でぐずぐずしていて、ヨーレンの話を聞くことができたかもしれない。しかし、デズモンドは騙すには単純すぎた。

「お父様には何人の護衛がいるの？」彼女は寝室に下りていきながら、尋ねた。

「このキングズランディングにですか？　五十人です」

「あなたがた、だれかに父を殺させないでしょうね？」彼女は尋ねた。

デズモンドは笑った。「その点は心配ありませんよ、お嬢様。エダード公は昼も夜も守られています。あの方に危険はありません」

「ラニスター家には五十人以上の護衛がいるわ」アリアは指摘した。

「さようです。しかし、北部人の一人は、このあたりの南部の剣士十人に匹敵します。ですから、安心してお眠りください」

「もし魔法使いが、父を殺しに差し向けられたら？」

「まあ、その点については」デズモンドは長剣を抜いて、答えた。「魔法使いは、他の人間と同じように死にます。首を切りおとしさえすれば」

33　エダード

「ロバート、お願いです」ネッドは懇願した。「あなたのいうことを聞いていると、子供を殺せといっているように聞こえます」

「あの売女が身ごもったのだぞ！」王は議場のテーブルを拳で叩き、どかんと落雷のような音をたてた。「このようなことになると警告したではないか、ネッド。あの古墳地帯で、警告したではないか。それなのに、きみは聞く耳を持たなかった。さあ、今度は聞け。余はかれらを殺したい——母も子も両方だ。そして、あの愚かなヴァイサリスもだ。これではっきりわかったか？　**余はかれらを殺したいのだ**」

他の議員たちはみんな最善を尽くして、どこかよそにいるふりをした。疑いなく、かれらはエダードよりも賢明だった。エダード・スタークはこんな孤独を感じたことはめったになかった。「もし、そんなことをすれば、永遠にあなたの不名誉になりますよ」

「不名誉なら不名誉でかまわん。やりさえすればよい。この首の上に斧がぶらさがっているのだ。その影が見えないほど、おれの目は悪くない」

「斧などありませんよ」ネッドは自分の王にいった。「影の影にすぎません。二十年も先の……そもそも、もしそれが存在するとしての話ですが」

「もし？」ヴェリースは白粉《おしろい》を塗った手を捩じりあわせて、そっと尋ねた。「ねえ、あなたはわたしを誤解していらっしゃる。王と議会に、わたしが嘘をもたらすとでも？」

ネッドはその宦官を冷たく見た。「あんたは世界の半分も離れた遠方の反逆者の噂を、われわれにもたらすのだ。おそらく、モーモントは間違っている。おそらく、かれは嘘をついている」

「サー・ジョラーはわたしを欺くことなど考えもしないでしょう」ヴェリースは狡猾な微笑を浮かべていった。「間違いありませんよ。王女は身ごもっています」

「と、きみはいう。もし、きみが間違っていれば、われわれは恐れる必要はない。もしその娘が流産すれば、われわれは恐れる必要はない。もし彼女が、男子ではなく、女子を生めば、われわれは恐れる必要はない。もし、その赤子が若死にすれば、われわれは恐れる必要はない」

「だが、もし、それが男子だったら？」ロバートはいい張った。「もし、そいつが生きれば？」

「それでもなお、狭い海がわれわれを隔てております。ドスラク人が馬に水面を走ることを教えたら、そのあかつきにはかれらを恐れますが」

王はワインを一呑みして、議会のテーブル越しにネッドを睨みつけた。「では、あのドラゴンの腹子がわが海岸に兵士を上陸させるまでは、何もするなと、きみは余に助言をするのだな？」

「その〝ドラゴンの腹子〟なるものは、まだ母親の胎内にいます」ネッドはいった。「エーゴンでさえも、征服したのは、乳離れしてからでしたよ」

「なんと！　きみは野牛のように強情だな、スターク」王は議会のテーブルを見まわした。「きみたち他の者は、舌を置き忘れてきたのか？　この凍りついた顔のばか者に対して、だれも筋の通った話をする者はないのか？」

ヴェリースは王に追従的な笑顔を向け、ネッドの袖に柔らかい手を置いていった。「あなたの懸念はわかります、エダード公。本当にわかりますよ。この悲しむべき知らせを議会にもたらすのは、わたしとしても嬉しいことではありません。われわれが考えているのは、恐ろしいことです。恥ずべきことです。でも、統治するつもりなら、それがどんなに辛いことであっても、国家の利益のために、われわれは恥ずべきことをしなければなりません」

レンリー公が肩をすくめた。「わたしには、事柄はとても簡単に思える。われわれは何年も前にヴァイサリスとその妹を殺しておくべきだった。ところが、わが兄、国王陛下はジョン・アリンの意見に耳を傾けるという過ちをおかした」

「慈悲は決して過ちではありません、レンリー公」ネッドは答えた。「トライデント川の合戦では、このサー・バリスタンは一ダースもの立派な男たちを切り倒した。ロバートやわたしの友人たちをね。かれは捕らわれてわれわれのところに連れてこられたとき、悲惨な傷を負い、瀕死の状態だった。ルース・ボルトンはかれの喉を切れとわれわれに促した。だが、あなたの兄君はいわれた。〝忠義を尽くした人を殺すつもりはないし、また善戦した人を殺すつもりもない〟と。そして、自分自身のマイスターを遣わして、サー・バリスタンの傷の手当てをさせた」かれは王を冷たい目でじっと見た。「あの人が今ここにいたら、何というだろうか」

ロバートは恥じて顔を赤らめた。「それとこれとは違う」かれは不満そうにいった。

「サー・バリスタンは近衛騎士だった」

「ところが、デーナリスは十四歳の若い娘です」ネッドは、これ以上議論を進めるのは賢明でないと自覚した。しかし、黙っていることはできなかった。「ロバート、考えてください。この嬰児殺しをやめないとしたら、何のために、われわれはエリス・ターガリエンに反旗をひるがえしたのか？」

「ターガリエン家にとどめを刺すためだ！」王は怒鳴った。

「陛下、あなたがレーガーを恐れるとは意外です」ネッドは自分の声に軽蔑の響きが加わらないように極力努めたが、うまくいかなかった。「年月はあなたをそれほど臆病者

にしてしまったのでしょうか？　生まれてもいない子供の影に怯えるとは」

ロバートの顔が紫色になった。「もうよい、ネッド」かれは指さして警告した。「これ以上一言もいうな。ここの王はだれか忘れたのか？」

「いいえ、陛下」ネッドは答えた。「あなたはどうですか？」

「うるさい！」王は大音声で怒鳴った。「議論はうんざりだ。絶対に結論を出すぞ。皆の意見は？」

「彼女は殺さなければならない」レンリー公が断言した。

「しかたがありませんなあ」ヴェリースがつぶやいた。「悲しいことですが……」

サー・バリスタン・セルミーはテーブルから青白い目を上げていった。「陛下、戦場で敵と対決するのは名誉です。しかし、母親の胎内にいる者を殺すのは決して名誉にはなりません。残念ですが、わたしはスターク公に賛成せねばなりません」

グランド・マイスター・パイセルが咳払いをした。長い話になりそうだった。「わたしの教団は国家に仕えるのであり、支配者に仕えるのではありません。わたしはかつてエリス王に、今ロバート王に助言をしていると同様に、忠実に助言をしてきました。わたしはその娘にたいして悪意を抱いてはおりません。しかし、お尋ねします――万一、戦になれば、どれほど多くの兵士が死ぬでしょうか？　どのくらい多くの町が燃えるでしょうか？　どれほど多くの子供が母親から引き離されて、槍の穂先で命を落とすこと

になるでしょうか?」かれはいかにも悲しそうに、いかにも疲れたように、豊かな白髭を撫でた。「何万人もの命が助かるように、デーナリス・ターガリエンが今死ぬことが、より賢明であり、より親切でさえあるのではないでしょうか?」

「より親切ですね」ヴェリースがいった。「おう、よく真実を申された、グランド・マイスター。その通りですよ。万一、神々の気まぐれで、デーナリス・ターガリエンに男子が授かるならば、国家は血を流さねばなりません」

リトルフィンガーの発言は最後になった。ネッドが見やると、ピーター公は欠伸《あくび》をかみ殺した。「醜い女とベッドを共にしてしまったら、目をつぶって我慢することが最善の方策です」かれは断言した。「待っていても、その女がきれいになることはありません。キスをして、やってしまえばいいのです」

「キスをする?」サー・バリスタンがあっけに取られて繰り返した。

「鋼のキスですよ」リトルフィンガーはいった。

ロバートは〝手〟のほうを見た。「これで結論は出た、ネッド。この問題では、きみとセルミーだけが孤立している。残る問題は、だれに彼女を殺させるか、ということだけだ」

「モーモントは王の赦免を切望しています」レンリー公が一同に思いださせた。

「必死にね」ヴェリースがいった。「ですが、かれは命のほうをもっと惜しんでいます。

今頃は、王女はヴァエス・ドスラクに近づいています。あそこでは剣を抜くことは死につながります。ある族長夫人を剣で殺した男がいました。その男に対して、ドスラク人たちが何をしたか……ここでお話しすれば、みなさんはだれ一人として、今夜、眠れなくなるでしょう」かれは白粉を塗った頬を撫でた。「ですから、毒薬……たとえばリースの涙……でも使いましょうか。それが自然死でないことを、カール・ドロゴが知る必要は決してないのです」

グランド・マイスター・パイセルの眠そうな目がぱっちりと開いた。かれは目を細くして、その宦官のほうを疑わしそうに見た。

「毒薬は臆病者の武器だ」王は不満をのべた。

ネッドはうんざりした。「あなたがたは十四歳の娘を殺すために刺客を雇って送りこもうとしている。それなのに、まだ名誉について屁理屈をいうんですか？」かれは椅子を押しさげて立ちあがった。「自分でやりなさい、ロバート。死刑宣告を下す者は、剣を振るわねばならない。彼女を殺す前に、あなたはその目を覗きこみなさい。彼女の涙を見、最期の言葉を聞きなさい。少なくとも、そのくらいのことはしてやるべきです」

「なんと」王は罵った。まるで怒りを抑えることができないかのように、言葉がほとばしった。「本気でいうのだな、このやろう」かれは手元の酒瓶に手を伸ばし、空だと気づいて、壁に投げつけて砕いた。「酒も切れた、堪忍袋の緒も切れた。つべこべいわず、

さっさとやらせてしまえ」

「殺人に加担するつもりはありません、ロバート。あなたの好きなようにするがいい。しかし、それに、わたしの印章を押せとはいわないでください」

一瞬ロバートは、ネッドのいっていることが理解できないように見えた。公然たる反抗は、かれのめったに味わえない料理だった。理解するにつれて、ゆっくりと顔の表情が変わっていった。目が細められ、首のビロードの襟を越えて、赤みがゆっくりと昇っていった。かれは腹立たしげにネッドを指さした。「おまえは〝王の手〟だぞ、スターク公。命令通りにしろ。さもないと、命令に従う別の〝手〟を見つけるぞ」

「その人が成功することを心から祈ります」ネッドはマントのひだをとめている重い留め金を外した。その手の形をした銀の装飾品はかれの職務を示す記章だった。かれはそれをテーブルの王の前に置いた。そして、それを自分につけてくれた人――自分がかつて愛していた友人――を思いだして、悲しくなった。「あなたはもっと立派な人だと思ったのに、ロバート。われわれは気高い王をつくったと思ったのに」

ロバートの顔は紫色になった。「出ていけ」怒りのために喉が詰まり、嗄《か》れ声でいった。「出ていけ、ばかやろう。もうきさまとは縁を切った。何をぐずぐずしている？　さあ、ウィンターフェルに帰れ。そして、二度と顔を見せるな。さもないと、さらし首にしてやるぞ！」

ネッドはお辞儀をし、それ以上何もいわずに向きを変えた。背中に、ロバートの視線が突き刺さるのがわかった。かれが足音高く会議室から出ていくと、ほとんど間を置かずに、議論が再開された。「ブラーボスには〝顔のない男たち〟という団体がありま す」グランド・マイスター・パイセルが提案した。「それにどのくらい費用がかかるか知っているのですか?」リトルフィンガーが不満をいった。「普通の傭兵なら、その半値で大軍を雇うことができる。しかも、それは商人一人を殺すための手間賃だ。王女が相手なら、どのくらいの値段を吹っかけられるか考えるだけでも身の毛がよだつ」

エダードが後ろ手に扉を閉めると、それらの声が聞こえなくなった。会議室の外側に、サー・ボロス・ブラウントが近衛騎士の長い白マントと甲冑を着て、警備についていた。かれは横目で、不思議そうにちらりとネッドを見たが、質問はしなかった。

ネッドが中庭を横切り、〝手の塔〟に戻っていくと、日差しが重苦しく、空中に雨の兆しが感じられた。普段なら、ネッドはそれをありがたく感じたことだろう。ちょっとばかり不潔感が減ると感じさせてくれたかもしれない。かれは塔の上の居室に戻ると、ヴェイヨン・プールを呼びよせた。その執事はすぐにやってきた。「ご用ですか、〝手〟様?」

「もう〝手〟ではない」ネッドはかれにいった。「王と喧嘩をしてしまった。われわれ

はウィンターフェルに戻ることになるだろう」

「すぐに準備を始めます。旅行の準備がすべて整うには二週間ぐらいかかるでしょう」

「二週間の猶予はないかもしれない。一日もないかもしれない。王は、わたしをさらし首にするとかなんとかいっていた」ネッドは顔をしかめた。本当に王が自分を傷つけるとは思わなかった。ロバートがそんなことをするはずがない。今は怒っているが、いったんわたしの姿が見えなくなれば、かれの怒りはいつものように鎮まるだろう。

〝いつものように？〟突然、不愉快にも、レーガー・ターガリエンのことを思いだした。〝かれは十五年前に死んだ。にもかかわらず、ロバートは相変わらずかれを憎んでいる〟これはいやな考えだった……そして、他の問題もあった。昨夜、ヨーレンが警告した、ケイトリンとあの小人のことだ。それは、間もなく日の出と同様に、明らかになるだろう。そしてロバート王は、あのように怒り狂っているから……ティリオン・ラニスターのことなぞまったく気にかけないかもしれない。しかし、これはかれのプライドに触れる。そして、王妃がどう出るか、見当もつかない。

「わたしが先に出発するのが最も安全だろう」かれはプールにいった。「娘たちと、少数の護衛を連れていく。きみたち他の者は準備ができたら、来るがいい。ジョリーには知らせなさい。だが、他のだれにも知らせないように。そして、わたしと娘たちが出発してしまうまでは、何もしないように。この城はスパイの目と耳だらけだ。わたしは計

画を知られたくないのだ」

「ご命令のままに」

かれが去ると、エダード・スタークは窓のところに行き、坐って考えこんだ。見たところ、ロバートは自分に選択の余地を与えなかった。かれに感謝すべきだ。ウィンターフェルに戻るのは楽しいだろう。もともと、あそこを去るべきではなかった。息子たちもあそこで待っている。あそこに帰ったら、たぶん、ケイトリンと協力して、もう一人息子を作るだろう。おれたちはまだそんなに年とっていない。そして最近はしばしば雪の夢を見る。夜の〝狼の森〟の深い静けさを夢に見る。

にもかかわらず、ここを去ると思うと、やはり腹が立った。やるべきことがまだあまりにも多く残っている。ロバートと、その臆病者と追従者の議会は、放っておけば、この国を困窮させるだろう……いや、さらに悪いことに、負債を払うために国をラニスター家に売り渡すだろう。そして、ジョン・アリンの死の真相はいまだにわかっていない。いや、二、三の手がかりは見つけだした——ジョンが実際に殺されたと確信できる程度には。しかし、それは森の地面に残る獣の臭跡以上のものではない。まだ実際に獣そのものを見たわけではない。だが、それがそこにいる、こっそりと、油断なく待ち伏せしている、と感じるのだ。

海路ウィンターフェルに帰ってもよいと、ふと思った。ネッドは決して船乗りではな

い。普通なら王の道《キングズロード》を選ぶだろう。だが、もし船を利用すれば、ドラゴンストーンに立ちよって、スタンニス・バラシオンと話ができる。パイセルは大鴉を海の向こうに送った。その鳥は、スタンニス公に小議会の席に戻るようにという、ネッドからの懇請の手紙を携えていた。これまでのところ、まだ返事がない。音沙汰のないのは、かれの疑惑を深めるだけだった。スタンニス公はジョン・アリンの死の原因となった秘密を知っていると、エダードは確信した。捜し求めている真実は、おそらくターガリエン家の古い島の砦で、わたしを待っているだろう。

〝で、それがわかったら、どうする？　隠しておいたほうが安全な秘密もある。たとえ、愛し信頼している人といえども、共有するには危険すぎる秘密もある〟ネッドはケイトリンが持ってきた短剣を、ベルトの鞘から抜いた。小鬼《インプ》の短剣だ。あの小人はなぜブランの死を望んだのだろうか？　口をふさぐためだ、きっと。別の秘密か、それとも、同じ網の別の糸にすぎないのか？

はたして、ロバートもその一部だろうか？　以前だったら自分はそうは思わなかっただろう。昔は、ロバートが女も子供も殺せと命令することなど想像もしていなかったから。ケイトリンは警告していた。〝あなたはあの人を知っていたのです〟と彼女はいったものだ。〝王は、あなたにとって他人なのよ〟と。キングズランディングから早く脱出すればするほどよい。明朝、北に向かう船があれば、それに乗るのがいいだろう。

かれはヴェイヨン・プールを再び呼びよせ、船着場に行って、密かに速やかに、調査するように命じた。「熟練した船長のいる足の速い船を見つけてくれ」かれは執事にいった。「船室の広さとか、設備の質とかは問題にしない。速くて安全でありさえすればよい。直ちに出発したいのだ」

プールが去るか去らないうちに、トマードが来客を告げた。「ベーリッシュ公がお見えです」

ネッドはかれを追い返そうかと半ば考えたが、思い直した。自分はまだ自由ではない。自由になるまでは、かれらの筋書きで演技しなければならない。「お通ししろ、トム」

ピーター公は、この朝、何も不都合なことはなかったかのように、ネッドの居室にぶらぶらと入ってきた。かれはクリーム色と銀色の切れ込みのあるビロードの胴衣《ダブレット》を着て、黒狐の毛皮の縁のついた灰色の絹のマントを羽織り、いつものように人を小ばかにしたような笑いを浮かべていた。

ネッドは冷たく挨拶した。「この訪問の理由を伺ってもよろしいかな、ベーリッシュ公？」

「長くお邪魔をするつもりはありません。これからレディ・タンダのところに食事に行くところですから。ヤツメウナギのパイと仔豚のローストです。彼女は末娘とわたしを結婚させたいと考えているらしく、いつもびっくりするような御馳走をしてくれるんで

す。実をいうと、わたしは豚と結婚したほうがましだと思っているんですがね。でも、彼女には黙っていてくださいよ。ヤツメウナギのパイは本当に旨いんだから」

「わたしのためにウナギを食いはぐれないようにしてください」ネッドは冷たい軽蔑をこめていった。「今のところ、きみ以上に同席したくない人物は考えられないのです」

「おや、よく考えれば、二人や三人の名前は浮かぶはずですよ。たとえば、ヴェリース。サーセイ。あるいはロバートなど。陛下はあなたにかんかんになっていますよ。今朝はあなたが退席した後も、しばらくの間、あなたのことをまくしたてていましたよ。〝尊大〟だとか、〝恩知らず〟だとか、さんざんでした」

ネッドは答えるまでもないと思ったし、また、椅子をすすめる気にもならなかった。だが、リトルフィンガーは勝手に腰を下ろした。「あなたが大変な剣幕で出ていった後、わたしは孤軍奮闘して、〝顔のない男たち〟を雇わないように、かれらを説得したのです」かれは楽しげに続けた。「そのかわりに、ターガリエンの娘を殺した男は、だれであろうと貴族に列せられるという噂を、ヴェリースが密かに広めるでしょう」

ネッドは吐き気をもよおした。「では、今やわれわれは暗殺者にも称号を与えるわけですな」

リトルフィンガーは肩をすくめた。「称号なんて安いものです。〝顔のない男たち〟は高価です。実をいうと、わたしは、名誉を云々するあなたよりも、ターガリエンの娘

のためにもっとずっと役に立ったのですよ。酔っぱらって領主《ロード》の称号を夢見る傭兵か何かに、彼女の暗殺をそそのかしてごらんなさい。おそらく、そいつはしくじります。それから後は、ドスラク人どもは警備を固めるでしょう。もし〝顔のない男たち〟を差し向ければ、彼女は埋葬されたも同然ですからね」

ネッドは顔をしかめた。「きみは会議の席で、醜い女と鋼のキスの話をした。そして今度は、きみがあの少女を守ろうとしていると、わたしに信じろというのだな？　わたしをどんな大ばか者だと思っているのか？」

「実は、ものすごい大ばか者だと思っているんですよ」リトルフィンガーは笑っていった。

「きみはいつも、殺人をそんなに面白いと考えているのかね、ベーリッシュ公？」

「面白いと思っているのは殺人ではなくて、あなたのことですよ、スターク公。あなたはもろい氷の上で踊るかのような統治をしている。おそらく、あなたは高貴な水音をたてるでしょう。わたしは今朝、その氷の割れる最初の音を聞いたと信じます」

「最初で最後だ」ネッドはいった。「もう、たくさんだ」

「いつウィンターフェルに戻られるつもりですか？」

「できるだけ早く。きみの知ったことではないだろう？」

「その通りです……しかし、ひょっとして、もし今晩まだあなたがここにおられるよう

なら、例の淫売宿に喜んでご案内しますよ。ご家来のジョリーの捜索も思わしくないようですから」リトルフィンガーは微笑した。「もちろん、ケイトリン奥様には告げ口などいたしません」

34　ケイトリン

「奥様、おいでになることを、知らせてくださるべきでした」サー・ドンネル・ウェインウッドは馬を並べて峠道を登っていきながら、いった。「護衛隊を出しましたのに。街道は昔ほど安全ではありません。このような小人数の一行では」

「悲しいことに、それは身にしみて感じましたよ、サー・ドンネル」ケイトリンはいった。彼女はときどき、心が石に変わってしまったように感じることがあった。このような遠方まで自分を無事に運ぶために、六人の勇敢な男たちが死んだ。にもかかわらず、かれらのために涙を流す気も起こらなかった。かれらの名前さえ薄れはじめている。「山の民に昼も夜も襲われましたよ。最初の攻撃で三人の味方を失ない、二度めの攻撃でさらに二人を失ないました。そして、ラニスターの家来は傷が化膿し、熱を出して死にました。あなたの部下の接近を聞きつけたときには、いよいよ最後だと思いました」

ケイトリンの一行は、最後の死にもの狂いの戦いに備えて、剣を手にし、岩を背にして準備をしたのだった。あの小人は皮肉な冗談をいいながら、斧の刃を研いでいた。その

とき、騎馬武者たちの先頭をやってくる旗印に、ブロンが目をとめた。〝月に隼〟のアリン家の旗印だった。紺青に白の模様。ケイトリンはこれほどうれしい光景を見たことがなかった。

「ジョン公が亡くなってから、山の民は大胆になりました」サー・ドンネルがいった。この男は二十歳の屈強な若者で、熱心で素朴だった。鼻が平たく、濃いもじゃもじゃの茶色の髪の毛をしていた。「わたしに権限があれば、百人の兵を山に送りこみ、かれらを根こそぎ砦から追いだし、手厳しい教訓を与えてやるのに。しかし、あなたの妹君に禁止されているのです。ご家来の騎士たちが〝手〟の武芸競技大会に出場することも、お許しになりません。すべての剣士を近くに配置して、谷間《ヴェイル》を守るのだとおっしゃって……何に対して守るのか、だれも知りません。影に怯えているという者もおります」かれは心配そうに彼女を見た。あたかも、この人がだれであるか、突然思いだしたかのように。「軽率な口をきいてしまったかもしれません、奥様。気を悪くなさらないでください」

「率直な話で気を悪くすることはありませんよ、サー・ドンネル」ケイトリンは妹がどんなに恐れているか知った。〝影をではない、ラニスター家をだ〟彼女はそう思って、ブロンと馬を並べてやってくるあの小人のほうを振り返った。その二人は、チッゲンが死んで以来、非常に親密になっていた。あいつは狡猾で油断がならない。一行が山地に

入ったとき、かれは縛られて手も足も出ない捕虜だった。それが今はどうだ？　まだ捕虜ではある。しかし、ベルトに短刀を差し、斧を鞍に結びつけ、あの歌い手からさいころ賭博で巻きあげたシャドウキャットの毛皮のマントを羽織り、チッゲンの死体から奪った、長い鎖帷子を着ている。二十人の兵があの小人の側面を固め、彼女の不揃いな部隊の生き残りと、妹リサおよびジョン・アリンの若い息子に仕える騎士や兵士もいる。にもかかわらず、ティリオンは恐れる気配もない。〝ひょっとしたら、わたしは間違っているのだろうか？〟ケイトリンは何度となく考えた。ひょっとしたら、あの小人は結局無実なのではないか、ブランについても、ジョン・アリンやその他すべてのことについても？　そして、もしそうだとしたら、自分にどんな報いがあったか？　かれをここに連れてくるために、六人もの男たちが死んでしまった。

彼女は断固として、疑いを押しのけた。「砦に着いたら、すぐにマイスター・コールモンを呼んでもらえるとありがたいのですが。サー・ロドリックが傷のために熱を出しています」この雄々しい老騎士の命は、この旅の終わりまでもたないのではないかと彼女は一度ならず恐れた。終わりごろには、かれは馬上に坐っていることさえ難しくなった。そして、ブロンは、かれを後に残して運命に任せるように、彼女に進言したのだった。しかし、ケイトリンは耳を傾けようとしなかった。置き去りにするかわりに、サー・ロドリックを鞍に縛りつけ、歌い手のマリリオンに見守れと命じたのだった。

サー・ドンネルは口ごもりながら答えた。「レディ・リサのご命令で、マイスターはつねに高巣城《アイリー》に留まっていなければならないのです。幼少で病弱なロバート公の面倒を見させるためです」かれはいった。「城門には、負傷者の世話をする神官がいます。かれは傷の手当てができます」

ケイトリンは神官の祈禱よりも、マイスターの学問のほうを信用した。彼女がそれを口に出そうとしたとき、前方に狭間胸壁が見えた。道の両側の山の岩そのものに長い手すり壁が造りつけられていた。峠道は四人が馬を並べて通る幅しかない狭い道に変わり、二つの監視塔が岩だらけの山腹にしがみつくようにして立っており、風化した灰色の石でできた屋根つきの橋が、道路の上にアーチを形作って、その二つの塔をつないでいた。塔や狭間胸壁や橋の、弓を射る狭い隙間から、無言の顔が見つめていた。一行がほとんど頂上に登りついたとき、一人の騎士が馬に乗ってかれらを出迎えた。その馬も甲冑も灰色だったが、マントはリヴァーランの青と赤のさざ波模様で、そのひだを肩のところで止めているピンは、金と黒曜石で作られたきらきら光る黒い魚だった。「〝血みどろの門《ブラディ・ゲイト》〟を通ろうとするのは、だれか？」かれは呼ばわった。

「サー・ドンネル・ウェインウッドです。レディ・ケイトリン・スタークとその一行をお連れした」若い騎士が答えた。

〝血みどろの門〟の騎士は面頰《めんぼお》を上げた。「どこかで見覚えがあるご婦人だと思った。

遠路はるばるやってきたな、仔猫《キャット》くん」

「あなたもね、叔父様」彼女はこれまでの苦労も忘れて、にっこり笑った。そのしわがれただみ声を聞くと、二十年昔に――幼年時代に、逆戻りしたように感じた。

「わが家はこの背後にある」かれはどら声でいった。

「あなたの家はわたしの胸中にあります」ケイトリンはいった。「その兜を脱いでくださいな。あなたの顔をまた見たいわ」

「残念ながら、年月が経っても、一向にかわり映えしないようだ」ブリンデン・タリーはいった。だが、かれが兜を脱ぐと、ケイトリンはその言葉が嘘だと知った。かれの顔にはしわがより、やつれていて、年月は頭髪から鳶色を盗みさり、白髪だけを残していた。しかしその笑顔は変わらず、もじゃもじゃの眉は毛虫のように太く、深く青い目の中の笑いはそのままだった。「きみが来るのを、リサは知っていたのかな?」

「前もって知らせを出す時間がありませんでした」ケイトリンはいった。他の者たちも追いついてきた。「どうやら、わたしたちは嵐よりも先に着いてしまったようですわ、叔父様」

「われらは谷間《ヴェイル》に入ってもよろしゅうござるか?」サー・ドンネルが尋ねた。ウェインウッド家は相変わらず格式張った人々だった。

「東部総督、谷間《ヴェイル》の守護者、高巣城《アイリー》の城主、ロバート・アリンの名において、拙者は貴

殿らの自由な入城を許可し、城主の平和を保つことを命じる」サー・ブリンデンが答えた。「まいられい」

こうして、彼女はかれの後についていき、英雄時代に一ダースもの軍隊が粉砕された〝血みどろの門〟の影の下を通った。石の構造物を抜けると、山は突然開けて、緑の野原、青い空、そして雪をいただいた山々が目に飛びこんできて、彼女は息を飲んだ。アリンの谷間《ヴェイル》が朝の光を浴びていた。

それはかれらの目の前で、東の霞の中まで広がっていた。豊かな黒土の平穏な土地、ゆっくりと流れる広い川、そして、太陽の光を受けて鏡のように輝く何百もの小さな湖。その周囲を高い峰が取りかこみ、守っていた。

畑には小麦、トウモロコシ、大麦が高く伸び、ハイガーデンでさえも、ここより大きいカボチャはなく、ここより甘い果物はなかった。かれらが立っているのは谷間《ヴェイル》の西の端で、街道が最後の峠にさしかかり、二マイル下方の低地に向かってうねうねと下りはじめる地点だった。ここでは谷間《ヴェイル》は狭くて半日の騎行で横断でき、北の山脈はケイトリンが手を伸ばせば触れるかと思われるほど近くに見えた。このすべてを威圧するように聳《そび》えているのは〝巨人の槍〟と呼ばれる尖った峰だった。それは他の山々でさえも見あげるような高峰で、頂上は谷底から三マイル半も上の氷のような霧の中に消えていた。その巨大な西の肩には〝アリッサの涙〟といわれる幽霊川の急流が流れ下り、この距離

からでも、その輝く銀の糸が、黒い岩を背景にして光っているのが見えた。

彼女が立ちどまったのを見ると、その叔父は馬をそばに寄せて、指さした。「あそこだ。アリッサの涙の横。ここからでは、ときどき白く光るのが見えるだけだ。日光がちょうどよい角度で壁を照らすときに、目を凝らして見ればだが」

〝七つの塔は〟ネッドがかつて彼女にいった。〝空の腹に突っこまれた白い短剣のようだ。手すり壁に立てば、雲を見おろすことができるほど高い〟と。

「馬でどれぐらいかかるの？」彼女は尋ねた。

「夕暮れにはあの山に着けるだろう」ブリンデン叔父はいった。「だが、登るにはもう一日かかる」

サー・ロドリック・カッセルが後ろから声をかけた。「奥方様」かれはいった。「今日はこれ以上は無理なようです」その顔は、新しく生えたもじゃもじゃの頬髭の下でたるみ、ひどく疲れている様子だったので、ケイトリンはかれが馬から落ちないかと心配になった。

「そうね、やめた方がいいわね」彼女はいった。「あなたはわたしが頼みたいと思うことをすべて、いや、その百倍もやってくれた。高巣城《アイリー》まで、残りの道は叔父が案内してくれるでしょう。ラニスターはわたしと一緒に来なければならないが、あなたやその他の人々は、ここで休んで、体力を回復したほうがいいわ」

「わたしどもの賓客として、おもてなしをさせていただければ、名誉に思います」サー・ドンネルが持ち前の丁重さでいった。十字路のほとりの旅籠《はたご》から一緒にやってきた一行の中で、サー・ロドリックの他には、ブロンとサー・ウィリス・ウォードと歌い手のマリリオンだけが残っていた。

「奥様」マリリオンが進みでていった。「どうか、高巣城《アイリー》まで連れていってください。この物語の発端を見たわたしは、その結末を見届けたいのです」その若者の声はやつれて弱々しかったが、奇妙に決意がこもっていて、その目は熱にうかされたような光を帯びていた。

ケイトリンはその歌い手に同道を頼んだ覚えはなかった。その選択はかれ自身がしたものだった。そして、あれほど多くの勇敢な男たちが死に、埋葬もされずに置き去りにされたこの旅を、かれがどうして生き延びたのか、彼女にはどうしてもわからなかった。とはいえ、かれは大人と変わらぬみすぼらしい不精髭を生やして、こうして生きている。たぶん、ここまでやってくるについては、彼女はかれに何らかの義理を負っているのだろう。「よろしい」彼女はいった。

「おれも行こう」ブロンがいった。

彼女はそういわれてもあまり嬉しくなかった。ブロンがいなかったら、谷間《ヴェイル》に着くことは決してできなかっただろうとは感じていた。この傭兵は彼女がこれまでに見たこと

もないくらい獰猛な戦士だった。そして、かれの剣が安全に敵中を突破するのを助けてくれた。しかし、そのすべてを考慮しても、ケイトリンはこの男が嫌いだった。かれには勇気も、強さもある。しかし、優しさがない。そして、忠誠心もない。かれがラニスターと馬を並べて、低い声で言葉を交わし、ときどき個人的な冗談に声をあげて笑いながらやってくるのを、あまりにもしばしば見てきた。できれば、今ここで、かれをあの小人から引き離したいと思った。だが、マリリオンに高巣城《アイリー》まで旅を続けることを許してしまった手前、同じ権利をブロンに与えない上品なやり方を、彼女は見いだすことができなかった。「好きなようにしなさい」彼女はいった。もっとも、実際はかれが許可を求めたのではないと、わかっていたのだが。

サー・ウィリス・ウォードはサー・ロドリックとともに留まり、優しい声の神官がかれらの傷について大騒ぎをした。くたくたに疲れた馬たちもここに残った。かれらが来たことを、前もって高巣城《アイリー》と〝月の門〟に知らせるために伝書鳥を出そうと、サー・ドンネルが約束した。元気のよい馬が厩舎から引きだされた。それらは毛深くて足の丈夫な山岳種で、一時間も経たないうちにかれらは再び出発した。ケイトリンは叔父と馬を並べて谷間《ヴェイル》の底に下りはじめた。その後に、ブロン、ティリオン、マリリオン、それに六人のブリンデンの家来が続いた。

ブリンデン・タリーが彼女に向かって、初めて、「で、ちびちゃん、その嵐とやらの

話を聞かせてくれよ」といったのは、山道を三分の一ほど下って、他の者たちに声が聞こえない場所に来たときだった。

「わたし、もう何年も前からちびちゃんじゃありませんよ、叔父様」ケイトリンはいった。それでも彼女は話した。リサの手紙、ブランの墜落、刺客の短剣、リトルフィンガー、そして、十字路の旅籠でティリオン・ラニスターに偶然出会ったことなど、すべてを話すには想像以上の時間がかかった。

彼女の叔父は黙って耳を傾けた。その渋面が深まるにつれて、重い眉がその目に影を落とした。ブリンデン・タリーはいつも聞き上手だった……彼女の父親以外のだれに対しても。かれはケイトリンの父であるホスター公の、五歳年下の弟だった。この二人は、ケイトリンが覚えているかぎり、昔から仲が悪かった。彼女が八歳のとき、かれらの声高な喧嘩の一つで、ホスター公はブリンデンを〝タリーの羊の中の黒い山羊〟と呼んだ。ブリンデンは笑って、家の紋章は跳ねている鱒《ます》だと指摘し、おれは黒い山羊よりもむしろ、黒い魚であるはずだといい、その日以来、黒い魚を自分の個人的な紋章と定めたのだった。

かれらの喧嘩は、彼女やリサが結婚するまで終わらなかった。ブリンデンがその兄に、自分はリサとその新しい夫であるアイリーの領主に仕えるために、リヴァーランを去るつもりだと告げたのは、リサの婚礼の祝宴のときだった。それ以来ホスター公が弟の名

前を口にしなくなったことが、エドミュアからたまに届く手紙でわかった。

にもかかわらず、ケイトリンの少女時代全体を通じて、父が多忙で母が病気のときに、うれしいにつけ悲しいにつけ、ホスター公の子供たちが駆けつけるのは〝黒い魚のブリンデン〟のところだった。ケイトリン、リサ、エドミュア、そしてピーター・ベーリッシュ——かれは父親の被後見人だった——にさえも、かれは今そうしているように、全員の話に辛抱強く耳を傾けて、子供たちの勝利に笑い、子供っぽい不幸に同情してくれたのだった。

彼女が話しおわっても、その叔父は険しい岩だらけの細道を、馬を上手に操って通り抜けながら、長いこと沈黙していた。「きみの父上に知らせなければ」かれはついにいった。「もし万一、ラニスター家が攻めてくるとしても、ウィンターフェルは遠方だし、谷間《ヴェイル》は高い壁のような山脈に囲まれている。しかし、リヴァーランはかれらの進路に当たっている」

「わたしも同じ心配をしていました」ケイトリンは認めた。「高巣城《アイリー》に着いたら、マイスター・コールモンに頼んで、伝書鳥を出してもらいます」彼女は他の知らせも送りたかった——北部の守りを固めるように旗手たちに伝えろと、ネッドから命令されていることを。「谷間《ヴェイル》の雰囲気はどうですか？」彼女は尋ねた。

「憤慨している」ブリンデン・タリーは認めた。「ジョン公はとても愛されていた。そ

して、アリン家が三百年近くも保持してきた職務に、ジェイム・ラニスターが指名されたことを、ひどい侮辱と感じている。リサはわれわれに、息子を〝真の〟東部総督と呼ぶように命じたが、だれも真に受けていない。また、〝手〟の死に方に疑惑を抱いているのは、きみの妹だけではない。だれも公然と、ジョンが殺害されたとはいわないが、その疑惑は長い影を落としている」かれは唇を結んで、ちょっとケイトリンを見た。「そして、あの子のことがある」

「あの子？　どうかしたの？」彼女は首をすくめて低い岩棚の下を通り、急な角を曲がった。

彼女の叔父は困ったような声を出した。「ロバート公がね」かれは溜め息をついた。「六歳になったのだが、病弱だし、人形を取りあげられると、しくしく泣いたりするんだ。正真正銘のジョン・アリンの正嫡の跡取りだ。にもかかわらず、父親の跡を継ぐには、弱すぎるという者もいる。ここ十四年間、ジョン公がキングズランディングに仕えている間、ネスター・ロイスが執事長を務めてきた。そして大勢の者が、あの少年が成年に達するまでは、かれが統治すべきだとささやいている。また、リサがすぐに再婚するにちがいないと信じている者もいる。すでに、戦場の鴉のように、求婚者たちが集まっている。アイリーはそんな連中でいっぱいだ」

「それは予想してもよかったですね」ケイトリンはいった。この話に不思議はない。リ

サはまだ若いし、〝山と谷間《ヴェイル》〟の王国はかなりの持参金になる。「リサはまた夫を持つでしょうか？」

「適当な男性が見つかればそうすると、彼女はいっている」ブリンデン・タリーはいった。「だが彼女はすでに、ネスター公や、その他一ダースもの求婚者をはねつけている。今度こそは、夫君を自分で選ぶといってね」

「他の人はとにかく、叔父様なら、そのことで彼女を咎《とが》めはしないでしょうね」

サー・ブリンデンは鼻を鳴らした。「そうさ。しかし……わたしには、リサは求愛ごっこをやっているだけのように見える。男女の戯《たわむ》れを楽しんでいるのさ。しかしきみの妹は、息子が名実ともにアイリーの領主にふさわしい年齢に達するまで、自分で統治するつもりだと、わたしは思う」

「女性だって、男性と同じくらい賢明に統治できますよ」ケイトリンはいった。

「ふさわしい女性なら、できるさ」彼女の叔父は横目でちらりと見て、いった。「間違ってはいけないよ、キャット。リサはきみではない」ちょっとためらって、「実をいうと、きみの妹は、きみが考えているような……役には立たないんじゃないかと、思うんだ」

彼女は当惑した。「と、いうと？」

「キングズランディングから戻ってきたリサは、夫が〝手〟に任命されて南に行ったと

き の女性ではない、ということさ。ここ何年も、彼女にとって辛い日々が続いた。それを理解してやらなくちゃね。アリン公は忠実な夫だった。だが、かれらのは政略結婚であって、恋愛結婚ではなかった」

「わたしだって同じです」

「きみたちは同様の出発をした。だが、きみの結末は、妹の結末よりも幸福だった。二人の赤子の死産、その倍の流産、アリン公の死……ケイトリン、神々はリサにはたった一人の子供しか与えなかった。そして今、その子だけが、きみの妹の生き甲斐なのだ。気の毒な子供だ。息子がラニスター家に引きとられるのを見たくないと、彼女が逃走したのは無理もない。きみの妹は怯えているんだよ、ちびちゃん。そして、彼女が最も恐れるのはラニスター家なのだ。彼女は赤い城《レッド・キープ》を泥棒のようにこっそりと抜けだして、谷間《ヴェイル》に逃げてきた。それはひとえに、ライオンの口から息子を奪い返すためだった……そして今、きみはそのライオンを彼女の戸口に連れてきてしまった」

「鎖につないでありますよ」ケイトリンはいった。右側に断崖が口を開き、暗闇の中に落ちこんでいた。彼女は手綱を引き、一歩一歩、注意深く馬を進めた。

「ほう?」彼女の叔父はちらりと振り返って、ティリオン・ラニスターが後ろをゆっくりと下りてくるのを見た。「見たところ、かれの鞍には斧がくくられており、ベルトには短刀を差している。そして、腹のへった影のように、その後から一人の傭兵がやって

くる。鎖はどこにあるのかね、お嬢さん？」

ケイトリンは馬の背で不安そうに身じろぎした。「あの小人はここに来た。それも、好きこのんで来たわけではない。鎖があろうとなかろうと、かれはわたしの捕虜なのよ。リサはわたし以上に、かれの犯罪の代償を求めるでしょう。ラニスター家が殺したのは、彼女自身の夫君ですからね。そして、かれらのことを、最初にわたしたちに警告したのはリサからの手紙だったのよ」

ブリンデン・ブラックフィッシュは疲れたような笑顔を彼女に向けた。「きみが正しいといいがね、ちびちゃん」かれは、彼女が間違っているかのような口調でいって、溜め息をついた。

馬蹄の下で、斜面が平らになりはじめた頃には、太陽はかなり西に傾いていた。道幅は広くなり、まっすぐになった。そして、ケイトリンは初めて、野の草花が生えているのに気づいた。いったん谷間《ヴェイル》の低地に入ると、進行が速くなり、かなり時間を稼ぐことができた。一行は普通の駆け足で、新緑の林や眠そうな小村を抜け、果樹園や黄金色の麦畑を通り、一ダースものきらきら光る小川を渡っていった。彼女の叔父は旗持ちを先に行かせた。その旗竿には二枚の旗がひるがえっていた——上にはアリン家の〝月に隼〟の旗印が、下にはかれ自身の黒い魚の旗印が。農民の荷車、商人の馬車、身分の低い家の騎手たちが、かれらを通すために道をあけた。

それでも、〝巨人の槍〟の麓に立つ頑丈な城に着く前に、あたりは真っ暗になってしまった。その城壁の上には松明《たいまつ》がちらちらと燃え、その堀の暗い水面には三日月が踊っていた。はね橋は上げられ、落とし格子は下ろされていたが、門番小屋の中には灯火が燃え、その向こうの四角い塔の窓から明かりがもれてくるのを、ケイトリンは見た。

「〝月の門〟だ」一行が足を止めると、彼女の叔父がいった。かれの旗持ちは門番小屋にいる兵士たちに挨拶するために、堀の縁まで進んでいった。「ネスター公の屋敷だ。われわれが来ることを、かれは予期しているはずだ。上を見なさい」

ケイトリンは上を見た。ずっと、ずっと上を。最初は、岩と樹木しか目に入らなかった。圧倒するように聳える巨大な山塊は夜の闇に包まれて、星のない空のように黒かった。それから、ずっと上のほうにかすかな灯火が認められ、一つの塔が山の急斜面に建っているのが見えた。その明かりは、上から下を見つめているオレンジ色の目のようだった。その上に、もっと高くもっと遠くに、もう一つの塔が見えた。そして、さらに高く、もう一つの塔が、空にきらめく火花ほどに見えた。そしてついに、隼の飛翔する高みに、月光を浴びて白くきらめくものがあった。はるか上空の、青白い塔の群れを見あげていると、ケイトリンは目眩に襲われた。

「高巣城《アイリー》だ」マリリオンが畏敬するようにつぶやくのが聞こえた。

ティリオン・ラニスターの鋭い声が割りこんだ。「アリン家は、来客をあまり好まな

いだろう。もし、この暗がりで、あの山に登らせるつもりなら、わたしはむしろ、ここで殺されたほうがましだ」

「ここで夜を過ごし、明朝、この山に登るのだ」ブリンデンがかれにいった。

「待ちきれないね」小人は答えた。「どうやって、あそこに登るのかね？　わたしは山羊に乗った経験はないよ」

「騾馬《らば》だよ」ブリンデンは微笑していった。

「山に階段が刻まれているの」ケイトリンがいった。ネッドから、若い頃にここでロバート・バラシオンやジョン・アリンと共に過ごしたという話を聞いたとき、この階段が話題になったことがあった。

彼女の叔父がうなずいた。「暗くて見えないが、階段がある。あまりにも急で狭いから馬では登れないが、騾馬ならその大部分をなんとか登ることができる。この道は三つの関門で守られている。〝石《ストーン》〟と〝雪《スノウ》〟と〝空《スカイ》〟だ。騾馬は〝空《スカイ》〟までわれわれを乗せていってくれる」

ティリオン・ラニスターは疑わしそうに、ちらりと見あげた。「そして、その先は？」

ブリンデンは微笑した。「その先は、道は急すぎて、騾馬でも登れない。残りの道は歩いて登るのだ。それとも、籠に乗りたいか？　高巣城《アイリー》は〝空《スカイ》〟のすぐ上の山にしがみ

ついている。そして、その地下室に六つの大きな巻き揚げ機《ウインチ》があって、長い鉄の鎖で下から物資を引きあげるようになっている。お望みなら、ラニスターさん、きみをパンやビールやリンゴと一緒に引きあげるように手配してもよいが」

小人は大笑いした。「わたしがカボチャだったらいいのにね」かれはいった。「なんたることか、わがラニスターの息子が一山のかぶらのように破滅に赴《おもむ》くと知ったら、家の親父は悲嘆に暮れるにちがいない。もし、あんたがたが歩いて登るとしたら、わたしも同じようにしなければならないだろうなあ。われわれラニスターは一種の誇りを持っているのでね」

「誇り？」ケイトリンはぴしゃりといった。小人の小ばかにしたような口調と気楽な態度に、我慢がならなかった。「傲慢、と呼ぶべきでしょう。傲慢と強欲と権力欲だ」

「兄は疑いなく傲慢だ」ティリオン・ラニスターは答えた。「父は強欲の権化、そして姉のサーセイは起きて息をするたびに権力欲を発散している。しかし、わたしは小羊のように純朴だ。メーと鳴いて見せようか？」かれはにやりとした。

彼女が答えないうちに、はね橋がキーキーと下ろされ、落とし格子を引きあげる油のしみた鎖の音がした。兵士が松明を持って出てきて、かれらの道を照らし、彼女の叔父が先頭に立って堀を渡った。中庭ではかれらを迎えるため、家来の騎士たちに囲まれて、〝月の門の番人〟、谷間《ヴエイル》の執事長、ネスター・ロイス公が待っていた。「レディ・スタ

ーク」かれはそういって、お辞儀をした。かれは大柄な、樽のような胸をした男で、お辞儀はぎごちなかった。

ケイトリンは馬を下りて、かれの前に立った。「ネスター公」彼女はいった。かれのことを、彼女は評判でしか知らなかった。ブロンズ・ヨーンの従兄弟《いとこ》で、ロイス家の身分の低い分家の出身ではあるが、自身の力で侮《あなど》りがたい貴族になっている。「わたしたちは長く辛い旅をしてきました。よろしかったら、宿をお借りしたいのですが」

「わが屋根は、あなたの屋根でもあります、奥様」ネスター公はどら声で答えた。「しかし、妹のリサ様から連絡をいただいております。直ちにあなたにお会いしたいとのことです。他の方々はここに泊まっていただき、夜が明けしだい、登っていただきます」

彼女の叔父がひらりと馬を下りた。「それはきちがい沙汰ではないか？」かれはぶっきらぼうな口調でいった。ブリンデン・タリーは言葉の刃を鈍らせるような男ではなかった。「夜、登れだと？　満月でさえもないのに。いくらリサでも、それは首を折れというに等しいとわかるはずだ」

「騾馬が道を知っております、サー・ブリンデン」十七、八歳ぐらいの痩せた少女が、ネスター公の横に進みでた。短い黒髪を首のところでまっすぐに切りそろえている。そして、革の乗馬服に銀色の軽い環《リング》鎧《メイル》を着ている。彼女は主人よりも丁寧にケイトリンにお辞儀をした。「奥様、お約束します。お怪我はさせません。あなたを上にお連れす

ることは、わたしの名誉です。闇夜の登山は何百回もしております。わたしの父親は山羊であったにちがいないと、マイケルが申しております」

彼女があまり気のきいたことをいうので、ケイトリンは思わずにっこりした。「名前は、お嬢さん?」

「気に入っていただけるとよろしいのですが、マイア・ストーンと申します」少女はいった。

これは気に入らなかった。顔に微笑を浮かべているには、一種の努力がいった。ストーンというのは、谷間《ヴェイル》では私生児の名前である。北ではスノウがそうであるように、ハイガーデンではフラワーズがそうであるように。七王国のそれぞれで、習慣上、自分の姓を持たずに生まれた子供のために、名字が考案されていた。ケイトリンはこの娘に何の反感も持たなかったが、〝壁〟にいるネッドの私生児のことを、ふと思いださないわけにはいかなかった。そして、それを意識すると、怒りと罪の意識を同時に感じた。彼女は必死で、答えの言葉を探した。

その沈黙を、ネスター公が満たした。「マイアは利口な娘です。そして、あなたを無事にレディ・リサのところにお連れすると誓うなら、わたしはこの子を信じます。これまでに彼女はわたしを失望させたことはありません」

「では、あなたに任せます、マイア・ストーン」ケイトリンはいった。「ネスター公、

わたしの捕虜を厳重に監視するように、お願いいたします」

「そして、その捕虜が餓死しないうちに、一杯のワインと、上手にパリパリに料理した肥育鶏を持ってくるようにお願いしますよ」ラニスターはいった。「若い女もつけてくれればありがたいですが、そこまではお願いできないでしょうなあ」傭兵のブロンが大声で笑った。

ネスター公はその冗談を無視した。「かしこまりました、奥様。そのようにいたします」このときになって初めて、かれは小人を見た。「ラニスターどのを塔の独房にご案内しろ。そして、肉と飲み物をさしあげるように」

ティリオン・ラニスターが連れさられると、ケイトリンは叔父やその他の者に別れを告げ、私生児の少女の後について城内を通っていった。上の中庭に、鞍をつけ、準備のできた二頭の騾馬が待っていた。その一頭にケイトリンが乗るのを、マイアが手伝った。その間に、紺青のマントを着た守衛が狭い裏門を開けた。その先は松とトウヒの鬱蒼たる森林になっていた。そして、山は黒い壁のようだったが、岩に鑿《のみ》で深く彫りこまれた階段が、空に向かって登っていた。

「目をつぶったほうが楽だという人もいます」マイアは騾馬を引いて門をくぐり、暗い森に入っていきながら、いった。「怖くなったり、目眩がしたときに、騾馬にきつくしがみつく人がいます。でも、騾馬はそれが嫌いです」

「わたしはタリー家に生まれ、スターク家に嫁いだ者です」ケイトリンはいった。「容易には、怖がりませんよ。松明をつけるつもりなの？」階段は真っ暗だった。

少女は顔をしかめた。「松明は目をくらませるだけです。このような晴れた夜は、月と星だけで充分です。わたしはフクロウの目を持っていると、マイケルはいいます」彼女は騾馬に乗り、最初の段に登らせた。ケイトリンの騾馬は自発的にそれに続いた。「さっきも、マイケルといったわね」ケイトリンはいった。騾馬たちは歩調を定めて、ゆっくり確実に登っていった。彼女はそれに完全に満足した。

「マイケルは恋人なんです」マイアは説明した。「マイケル・レッドフォート。サー・リン・コーブレイの従者です。来年か、再来年に、騎士になりしだい、結婚するんです」

彼女の話しぶりはサンサとそっくりだった。夢を抱いて、とても楽しそうで、無邪気だった。ケイトリンは微笑したが、その微笑には悲しみの色合いがあった。レッドフォート家といえば、谷間《ヴェイル》では旧家である。かれらの血管には〝最初の人々〟の血が流れているといわれる。彼女を愛しているとしても、レッドフォート家の者が私生児と結婚することはありえない。かれの家族はもっとかれにふさわしい結婚相手を探すだろう。コーブレイ家とか、ウェインウッド家とか、ロイス家の娘を。ことによったら、谷間《ヴェイル》の外のもっと格式の高い家の娘を連れてくるかもしれない。もし、マイケル・レッドフォー

トがこの娘と寝たとしたら、それは寝床を間違ったとしかいいようがない。

登山はケイトリンの心配に反して、意外に楽だった。木々がすぐそばまで繁茂して、道に覆いかぶさり、ざわざわと鳴る緑の屋根を作っていて、月さえも見えなかった。だから、まるで、長い暗いトンネルを上がっていくようだった。だが、騾馬たちの足は確かで、疲れを知らなかった。そして、マイアは本当に夜見える目を授かっているかのようだった。階段がくねくねと曲がりくねっているので、かれらは山腹を行ったり来たりしながらくねくねと登っていった。針葉樹の落ち葉が道に厚く積もっているので、騾馬の足は岩の上でもほんのかすかな音しかたてなかった。その静けさが気分を和らげた。そして、鞍の上で体がゆっくりと揺すぶられるので、間もなく眠気と戦うことになった。たぶん、しばらくの間、実際に眠ってしまったのだろう。ふと気がつくと、目の前に鉄の帯で補強された大きな門が聳えていた。「〝石の門〟です」マイアが陽気に告げて、騾馬から下りた。侮りがたい石の壁の上には鉄の刺《とげ》が植わっており、二つの太い円形の塔が関門の上に高く聳えていた。マイアの叫びに応えて、門が開いた。

中に入ると、この砦を指揮している恰幅のよい騎士が、マイアの名を呼んで挨拶し、炉から取りだしたばかりのまだ熱い肉とタマネギの串焼きを提供した。ケイトリンは自分がどんなに空腹か気づいていなかった。彼女は中庭で立ったままそれを食べ、その間に馬丁たちがかれらの鞍を新しい騾馬につけかえた。熱い肉汁が彼女の顎を流れおちて、

マントに滴ったが、彼女はそれが気にならないほど飢えていた。

それからまた、新しい騾馬にすべてを託して、星明かりの中に出ていった。登りの第二の部分は、ケイトリンには、いっそう危険に感じられた。道はもっと急になり、階段はもっと擦り切れ、そこここに小石や岩のかけらが散らばっていた。マイアは何度も騾馬から下りて、落石を道から取り除かなければならなかった。「こんなところで、騾馬が脚を折っては困りますからね」彼女はいった。ケイトリンは賛成しないわけにはいかなかった。今では、高度をよけいに感じていた。ここまで上がると、木々はまばらになり、風はより強くなり、突風が着物を引っ張り、目に髪が入った。ときどき、階段は鋭く折れ曲がり、眼下に〝ストーン〟が見え、それよりもさらに下に、〝月の門〟が見えた。その松明の明かりは蠟燭ほどの強さしかなかった。

〝スノウ〟の関門は〝ストーン〟の関門よりも小さくて、要塞化した一つの塔と木造の櫓と厩舎が、低くて漆喰も塗ってない石の壁の後ろに隠れていた。だがそれは、下の関門から上がってくる石段全体を見おろすように、〝巨人の槍〟の風景に半ば溶けこんで建っていた。高巣城《アイリー》を攻略しようとする敵は、上の〝スノウ〟の関門から雨あられと降ってくる岩や矢を防ぎながら、〝ストーン〟の関門をくぐり、階段を一つ一つ登って行かなければならないだろう。そこの司令官である熱心なあばた面の若い騎士が、パンとチーズを差しだし、かれの暖炉の前で暖まっていくように勧めた。しかし、マイアは辞

退した。「よろしければ」彼女はいった。「先を急ぎましょう、奥様」ケイトリンはうなずいた。

再び二人は新しい騾馬を与えられた。彼女のは白かった。マイアはそれを見て微笑した。「白い騾馬はいいですよ、奥様。たとえ氷の上でも、脚は確かです。でも、注意する必要があります。気にくわない人だと、蹴るんです」

どうやら、その白い騾馬はケイトリンが気に入ったらしく、ありがたいことに、蹴られなかった。また、氷もなかった。それもまたありがたかった。「母がいうには、何百年も前には、ここから雪が始まったそうです」マイアがいった。「ここから上はいつも白くて、氷は決して溶けなかったそうです」彼女は肩をすくめた。「わたしは山のこんな下のほうで、雪を見た記憶はありません。でも、昔はそうだったかもしれませんね。古い時代には」

〝なんと若い〟とケイトリンは思い、自分がこのような娘だったかどうか思いだそうとした。この少女の半生は夏なのだ。そして彼女は、夏の生活しか知らない。〝冬がやってくるのだよ〟とケイトリンはこの少女にいってやりたかった。その言葉が口元まで出て、こぼれそうになった。自分もついにスターク家の一員になりはじめたらしい。

〝スノウ〟の関門の上では風は生き物であり、荒れ野の狼のようにかれらのまわりで吠えるかと思うと、急にやんで、もう安心だと思いこませようとしたりする。この高みで

は星はより明るく、手を伸ばせば届きそうに見えた。そして、晴れた夜空に三日月が巨大に見えた。登っていくうちに、ケイトリンは見おろすよりも見あげるほうが楽だと気づいた。何世紀もの凍結と雪解けと、そして無数の騾馬に踏まれたために、階段は割れて崩れていた。真っ暗なのに、とても高いところにいるとわかり、心臓が喉につまりそうだった。二つの石の尖峰の間の高い鞍部にさしかかると、マイアが騾馬から下りた。

「騾馬を引いて通るのがいちばんです」彼女はいった。「ここは風がちょっと怖いんですよ、奥様」

暗い陰から、ケイトリンはこわごわ上に登り、前方の通路を見た。長さは二十フィート、幅は三フィート近い。だが、両側は断崖絶壁になっている。風がヒューヒュー鳴るのが聞こえる。マイアは軽い足どりで渡りはじめた。彼女の騾馬は中庭でも横切っていくように、静かに後をついていった。それからケイトリンの番になった。だが、第一歩を踏みだすやいなや、恐怖の顎が彼女を捕らえた。虚空を感じることができた。まわりに、黒く大きな虚空が口を開けていた。足が止まり、体が震え、怖くて動けなくなった。風がヒューヒューと吹きつけ、マントにつかみかかり、崖から転落させようとした。ケイトリンはこの上もなく臆病な足どりで後ずさりした。だが、騾馬が後ろにいるので、後退できなかった。〝ここで死ぬのだ〟と彼女は思った。背中を冷や汗が流れおちるのがわかった。

「レディ・スターク」マイアが谷の向こう側から呼んだ。その声は千リーグも先から聞こえてくるようだった。「大丈夫ですか？」

ケイトリン・タリー・スタークはなけなしのプライドの残りを飲みこんだ。「だ……だめ、わたしできない」彼女は叫んだ。

「できますよ」その私生児の少女はいった。「できるとわかっています。ごらんなさい。広いですよ、道は」

「見たくない」山も空も騾馬も、何もかも、自分のまわりでぐるぐるまわっているように見えた。おもちゃのこまのように。ケイトリンは目をつぶって、荒れた呼吸を整えた。

「そちらに戻ります」マイアがいった。「動かないで、奥様」

金輪際、動けないと、ケイトリンは思った。風のヒューヒューいう音、革と石がこすれる音が聞こえた。それから、マイアが目の前にいて、彼女の腕を優しく握った。「よかったら、目をつぶっていてください。さあ、手綱を放して。シロは勝手についてきます。その調子です、奥様。わたしが先に行きます、簡単ですよ、ほーら。さあ、一歩踏みだして。そうです、足を動かして。前に滑らせればいいんです。ほらね。さあ、もう一歩。落ち着いて。走ったって渡れますよ。もう一歩、前に出して。そうです」こうして、私生児の少女は、目をつぶって震えている彼女の手を引いて、一歩一歩渡っていった。一方、白い騾馬はおとなしく後をついてきた。

〃スカイ〃と呼ばれる関門は、山腹に積みあげられた、漆喰も塗ってない、三日月型の高い石の壁にすぎなかった。だが、ケイトリン・スタークの目には、頂上が見えないほど高いヴァリリアの塔さえも、これ以上に美しく見えたことはなかったろう。ついに、ここから冠雪が始まった。〃スカイ〃の風化した岩は霜に覆われ、上の斜面から長い氷柱が垂れさがっていた。

マイアが衛兵に「オーイ」と声をかける頃には、東の空が白みはじめていた。門が開いた。城壁の内側にはいく筋もの斜路と、あらゆるサイズの岩石の大きな堆積しかなかった。ここから雪崩を起こすのは、疑いなく世の中で最も容易なことだった。二人の前の岩の表面に一つの口が開いていた。「厩舎と兵舎は中にあります」マイアがいった。「最後の部分は山中に食いこんでいます。ちょっと暗いかもしれませんが、少なくとも風は当たりません。騾馬が歩けるのは、ここまでです。この先は、まあ、一種のチムニー（岩壁に地面と垂直に走る細い割れめ）になっていて、本物の石段というよりはむしろ石の梯子です。でも、それほど困難ではありません。あと一時間で上に着きます」

ケイトリンは見あげた。まっすぐ真上に、夜明けの光を浴びて青白く、高巣城《アイリー》の基礎が見えた。頭上、六百フィート以上の高さはないだろう。下から見ると、それは小さな白い蜂の巣のように見えた。彼女は叔父が籠と巻き揚げ機《ウインチ》の話をしていたのを思いだした。「ラニスター家には誇りがあるかもしれないけれど」彼女はマイアにいった。「タ

リー家の者はよりよい分別を持って生まれてきたのよ。わたしは一日中、そして夜の大部分を馬に乗ってやってきた。籠を下ろすようにいって。わたしは、かぶらと一緒に乗っていきます」

ケイトリン・スタークがついに高巣城《アイリー》に到着したときには、太陽は山のずっと上に昇っていた。紺青のマントを着て、胸当に〝月に隼〟の紋章をつけた、ずんぐりした白髪の男が、彼女を籠から助けおろした。それはジョン・アリンの親衛隊長、サー・ヴァーディス・エゲンだった。その横にはマイスター・コールモンが立っていた。こちらは痩せて、神経質で、頭髪は少なすぎ、首は太すぎる人物だった。

「レディ・スターク」サー・ヴァーディスはいった。「お迎えするのは望外の喜びです」

マイスター・コールモンもうなずいていった。「その通りです、奥様、その通りです。妹君にお知らせしたところ、お着きになったら、すぐに起こせとのご命令でした」

「ぐっすり眠っていることでしょうね」ケイトリンの口調には一種の刺が含まれていたが、それは気づかれずにすんだようだった。

かれらは彼女を護衛して、巻き揚げ機《ウィンチ》の部屋から螺旋階段を上がっていった。高巣城《アイリー》は大家の標準からすれば小さな城である。七本のほっそりした白い塔が、箙《えびら》に差しこまれた矢の束のように、大きな山の肩に聳えている。ここには、厩舎も鍛冶場も犬舎も必

要ないが、ここの穀物倉はウィンターフェルのものと同じくらい大きいと、ネッドがいっていた。そして、その塔には五百人の兵士を収容できると。しかしケイトリンが通っていくと、青白い石の廊下に空しく足音が響くばかりで、奇妙に人気《ひとけ》がないように思われた。

リサは上の階の居室で、寝間着姿のまま待っていた。結んでない長い鳶色の髪が、むき出しの白い肩から背中に振りかかっており、一人の侍女がその後ろに立って、寝乱れた髪をとかしていた。だが、ケイトリンが入っていくと、その妹はにっこり笑って立ちあがり「キャット」といった。「まあ、キャット。会えて、とても嬉しいわ、姉さん」彼女は部屋を横切って駆けより、姉を抱擁した。「ずいぶん久しぶりね」リサは彼女に向かってつぶやいた。「何年ぶりかしら」

実に五年ぶりだった。リサにとっては辛い五年間であり、その年月は彼女を老けさせていた。この妹はケイトリンよりも二歳年下だったが、今では姉よりも年寄りに見えた。ケイトリンよりも背の低いリサは、体が太り、顔は青ぶくれしていた。目はタリー家の青だったが、彼女の目は青白く潤んでいて、つねにじっとしていなかった。小さな口はすねたような表情に変わっていた。彼女を抱くと、ケイトリンは、あの日リヴァーランの神殿で自分の横で待っていた、あのほっそりした胸高の少女を思いだした。あの頃の彼女はなんと愛らしく、希望に満ちていたことか。妹の美しさで残っているのは、腰ま

で流れおちる大滝のような鳶色の髪だけだった。

「元気そうね」ケイトリンは嘘をついた。「でも……疲れているみたい」

妹は抱擁を解いた。「疲れてる。ええ、そうよ、そうよ」彼女はこのとき、他の者たちに気づいたようだった。侍女、マイスター・コールモン、サー・ヴァーディスたちに。「はずしてちょうだい」彼女はかれらにいった。「姉と二人だけで話したいの」かれらが出ていくとき、彼女はケイトリンの手を握っていたが……

……扉が閉まったとたんに手を放した。ケイトリンは彼女の顔が変わるのを見た。まるで、太陽が雲間に隠れたように。「あなた正気を失なったの？」リサは彼女に向かって噛みつくようにいった。「かれをここに連れてくるなんて。許しも得ないで。予告さえもせずに。あなたとラニスター家との喧嘩に、わたしたちを引きこむなんて……」

「わたしの喧嘩？」ケイトリンはこの言葉がほとんど信じられなかった。暖炉では盛んに火が燃えていたが、リサの声には温かみのかけらもなかった。「これは、最初はあなたの喧嘩だったのよ。あの忌まわしい手紙をよこしたのは、あなたじゃないの。ラニスター家が夫を殺したといってきたのは」

「警告よ。あなたを巻きこまないための！　かれらと戦おうなんて、わたしは決して思っていなかったわ！　ねえ、キャット、あなた何をしたかわかっているの？」

「お母様？」小さな声がした。リサは重いローブをひるがえして、さっと振り返った。

アイリーの領主、ロバート・アリンが戸口に立ち、ぼろぼろの人形を抱えて、大きな目で二人を見ていた。痛々しいほど痩せた子供で、年齢のわりに小さく、生まれつき病弱で、ときどき震えがきた。マイスターたちはそれを震え病と呼んだ。

「声が聞こえたよ」

無理もない、とケイトリンは思った。リサはほとんどずっと怒鳴りつづけていたから。なおも、妹は彼女を睨みつけた。「ケイトリン伯母さんよ。わたしの姉さん、レディ・スタークよ。覚えている？」

少年は虚ろな目でちらりと彼女を見た。「覚えてると思う」かれは目をぱちくりしながらいった。もっとも、この前にケイトリンがかれに会ったのは、まだ一歳にもならない頃だったが。

リサは暖炉のそばに腰を下ろして、いった。「お母様のところにいらっしゃい、坊や」彼女はかれの寝間着を整え、その見事な茶色の髪を愛撫した。「この子、美しいでしょう？　そして、強くもあるのよ。たとえ、あなたが信じないとしてもね。ジョンは知っていたわ。〝種は強い〟かれはわたしにそういった。最期の言葉よ。かれはロバートの名を呼びつづけた。そして、わたしの腕を、跡がつくほど強くつかんだ。〝種は強いと、かれらにいってやれ〟とあの人はいった。かれの種なのよ。わたしの赤ちゃんがどんなに立派な強い少年になるか、かれはみんなに知らせたかったのよ」

「リサ」ケイトリンはいった。「もし、ラニスター家について、あなたのいうことが正しければ、それだけよけいに、わたしたちは急いで行動しなくてはならないのよ。だから――」

「この坊やの前でいうのは、やめて」リサはいった。「この子はデリケートな性格なのよ。ねえ、坊や？」

「この子はアイリーの領主、谷間《ヴェイル》の守護者でしょ」ケイトリンは念を押した。「今はデリケートとかなんとかいっているときではないわ。戦争になるかもしれないと、ネッドは考えているのよ」

「黙って！」リサは激しくいった。「この子が怯えるじゃないの」小さなロバートは肩越しにちらりとケイトリンを見て、震えだした。人形が床に落ち、子供は母親にしがみついた。「怖がらないで、かわいい坊や」リサはささやいた。「お母様はここにいるわよ。何も怖いことはないのよ」彼女はローブを開いて、青白くて重い乳房を引きだした。乳首が赤かった。少年は夢中でそれにしがみつき、彼女の胸に顔を埋めて、乳を吸いだした。リサはその髪を撫でた。

ケイトリンは言葉を失なった。〝ジョン・アリンの息子が〟彼女は信じられない気持ちだった。そして、自分自身の赤ん坊を思いだした。三歳のリコンはこの子の年齢の半分にしかならないが、五倍も気性が激しい。谷間《ヴェイル》の諸公がいやがるのも無理はない。彼

女は初めて合点がいった。なぜ王がこの子を母親から引き離して、ラニスター家で養育させようとしたか……

「ここにいれば安全なのよ」リサはいっていた。自分にいっているのか、息子にいっているのか、ケイトリンにはわからなかった。

「ばかをいわないで」ケイトリンはいった。怒りがこみあげた。「だれも安全ではないわ。ここに隠れていれば、ラニスター家が忘れてくれると思うなんて、大間違いよ」

リサは少年の耳を手でふさいだ。「たとえ、かれらの大軍が山地を抜け、〝血みどろの門〟を通ってきても、高巣城《アイリー》は難攻不落よ。あなた、その目で見たでしょ。どんな敵もここまではやってこれないわ」

ケイトリンは妹をひっぱたいてやりたかった。ブリンデン叔父はこのことをいっていたのだと、合点がいった。

「難攻不落の城なんてないのよ」

「ここはそうだわ」リサは負けなかった。「みんなそういってる。問題はただ一つ。あなたが連れてきた小鬼《インプ》をどうするかということよ」

「その人、悪い人？」アイリーの領主が尋ねた。その口から母親の乳首がぽろりとこぼれた。それは濡れて赤かった。

「とても悪い人よ」リサは胸を掻きあわせながら、いった。「でも、お母様が坊やを守

ってあげるからね」

「その人、飛ばせてよ」ロバートは熱心にいった。

リサは息子の髪を撫でた。「たぶん、そうするわ」彼女はつぶやいた。「きっと、それが正解でしょうね」

35　エダード

リトルフィンガーは売春宿の待合室で、墨のように黒い肌に羽根飾りのついたガウンをまとった背の高い優雅な女と、愛想よくおしゃべりしていた。そして炉端では、ヒューアドとふっくらした美しい娼婦が罰金ゲームをしていた。見たところ、かれはベルト、マント、鎖帷子、それに右のブーツを取られてしまったようだった。一方の女はシフトドレスのボタンを腰まで外させられていた。ジョリー・カッセルは雨が縞模様をつけている窓のところに立ち、苦笑いを浮かべて、ヒューアドが牌をめくるのを眺め、その光景を楽しんでいた。

ネッドは階段の下に立ち、手袋をはめた。「帰る時間だ。ここでの仕事は終わった」

ヒューアドは慌てて持ち物を拾い集め、よろよろと立ちあがった。「わかりました」ジョリーはいった。「わたしはウィルが馬を連れてくるのを手伝います」かれは大股に戸口に行った。

リトルフィンガーはゆっくりと別れを告げていた。かれはその黒い女性の手にキスを

して、何か冗談をいい、女に大笑いをさせると、ぶらぶらとネッドのほうに来た。「あなたの仕事？」かれは軽くいった。「それとも、ロバートの仕事？　世間では、〝手〟は王の夢を見、王の声で話し、王の剣で支配する、といっている。ということは、あなたが王のなにといたすことも仕事の内に入るのかなあ——」

「ベーリッシュ公」ネッドは遮った。「きみは思いこみが激しい。きみの援助に感謝しないわけではない。きみがいなければ、この売春宿を見つけるのに何年もかかったかもしれない。しかし、だからといって、きみのひやかしを我慢するつもりはないぞ。それに、わたしはもはや〝王の手〟ではない」

「大狼《ダイアウルフ》は怒りっぽい獣にちがいない」リトルフィンガーはきゅっと口を歪めていった。

星のない暗い空から、暖かい激しい雨が降ってくる中を、かれらは厩舎のほうに歩いていった。ネッドはマントのフードを引きあげた。ジョリーがかれの馬を引きだした。若いウィルはそのすぐ後から、一方の手でズボンのベルトと紐をいじりながら、もう一方の手でリトルフィンガーの雌馬を引いてきた。裸足の娼婦が厩舎の扉から身を乗りだして、かれに向かってくすくすと笑いかけた。

「これから城に帰るのですか？」ジョリーが尋ねた。ネッドはうなずいて、馬にまたがった。リトルフィンガーもその横で馬に乗った。ジョリーとその他の者たちが後に続いた。

「チャタヤは選りすぐりの家を経営している」リトルフィンガーは馬に揺られながらいった。「わたしはこれを買いとろうと、半ば考えている。売春宿は船よりもよほど堅実な投資になるとわかったんでね。娼婦どもはめったに沈没しないし、海賊に乗りこまれても、そう、海賊どもは普通の人間と同様に銭をたんまり払いますからな」ピーター公はわれながらうまいことをいうとばかり、くすくす笑った。

ネッドはかれに勝手にしゃべらせておいた。しばらくすると、かれは静かになり、一行は無言で進んでいった。キングズランディングの街路は暗く、人気《ひとけ》がなかった。雨がすべての人を屋根の下に追いこんでしまったのだ。血のように温かく、古い罪のように執拗に、雨はネッドの頭を打ちつづけた。大きな水滴が顔を流れおちた。

「ロバートは決して一つのベッドを守らないでしょう」リアナはずっと昔、かれらの父親がストームズエンドの若い領主と彼女との婚約を決めた夜に、ネッドにいったものだった。「かれは谷間《ヴェイル》のある娘に子供を生ませたと聞いたわ」ネッドはその赤子を抱いたことがあったので、彼女の言葉を打ち消すことができなかったし、また、妹に嘘をいうつもりもなかった。だから、ロバートが婚約前にしたことは問題にならない、かれは立派で誠実な男であり、心から彼女を愛するだろうと、彼女に保証したものだった。リアナは微笑しただけだった。「愛は甘いものだわ、ネッド、でも、それは男の本性を変えることはできないの」

その娘はあまりにも若くて、ネッドは年齢を聞く気にもならなかった。疑いなく、それまで彼女は処女だった。高級な売春宿なら、処女はつねにいる。客の財布が充分に膨らんでいればの話だが。彼女は明るい赤毛で、鼻筋に粉を撒いたようなそばかすがあった。そして、赤子に乳を含ませるために、片方の乳房を出したとき、胸にもそばかすがあるのが見えた。「この子にバルラという名前をつけました」彼女は赤子をあやしながらいった。「ほら、あの人にとてもよく似ているでしょう？　鼻もそっくりで、髪の毛も……」

「そうだな」エダード・スタークはその赤子の美しい黒い髪を触った。それは黒い絹のように指の間を流れた。ロバートの最初の子供も同じく美しい頭髪をしていたように思った。

「ど……どうか、あの人に会ったら伝えてください。この子がどんなに美しいか」

「わかった」ネッドは約束してしまった。これが災いの元だった。ロバートなら不滅の愛を誓っても、日暮れ前には忘れてしまう。だが、ネッド・スタークは誓いを守る男だった。かれは臨終のリアナにした約束と、それを守るために支払った代償を思いだした。

「そして、わたしは他の人には触れてもいないと伝えてください。古い神々と新しい神にかけて、誓います。チャタヤに半年休む許可をもらいました。赤ちゃんのためと、あの人が戻ってくるかもしれないから。ですから、わたしが待っていると伝えていただ

けませんか？　宝石も何もいりません。あの人だけが欲しいのです。あの人はいつもわたしに優しくしてくれました、本当です」

〝わたしに優しい〟か、ネッドは虚ろに考えた。「伝えてやる。そして、バルラに不自由はさせないと約束する」

　彼女はそのときに微笑した。それはかれの心を引き裂くような、震えおののく優しい微笑だった。夜の雨の中を馬で行くと、ネッドの目の前にジョン・スノウの顔が浮かんだ。自分の若い頃にそっくりな顔。もし、神々が私生児に眉をひそめるなら、なぜ神々はそのような欲望を男に与えるのだろうか？　かれはぼんやり考えた。「ベーリッシュ公、ロバートの私生児について、どんなことを知っている？」

「えーと、まず、あなたよりは大勢の私生児を生ませていますな」

「何人？」

　リトルフィンガーは肩をすくめた。そのマントの背中を、小さな水滴が曲がりくねって流れた。「何人でもいいでしょう？　大勢の女と寝れば、プレゼントをくれる女もいますよ。そして、その点については、陛下は内気なほうではありませんからね。かれがストームズエンドのあの少年を認知したことは、わたしも知っています。ほら、スタンニス公の婚礼の夜に、かれが孕《はら》ませた子供ですよ。他にすることがなかったんですな。母親はフロレントの者で、レディ・セリーズの姪にあたり、彼女の身のまわりの世話を

していました。レンリーがいうには、ロバートは披露宴の間に、その娘を二階に連れていき、スタンニスと花嫁がまだダンスをしている最中に、新婚のベッドに押し入ったということです。スタンニス公はそれを、妻の家の名誉に対する大きな侮辱と考えたらしく、子供が生まれると、レンリーのところに追い払ったということです」かれは横目でネッドをちらりと見た。「また、ロバートはキャスタリーロックで女中に双子を生ませたという噂も聞いています。三年前にかれがタイウィン公の馬上槍試合のために西に行ったときのことです。サーセイはその子供らを殺させ、母親を通りがかりの奴隷商人に売りとばしたそうです。ラニスターのプライドに対する公然たる侮辱といっても過言ではないというわけです」

ネッド・スタークは顔をしかめた。このような醜聞は、王国のあらゆる領主たちについて語られている。サーセイ・ラニスターなら、やりかねないことだ……しかし、はたして王がそれを傍観し、見殺しにするだろうか？　ネッドが知っているロバートなら、そんなことはさせなかったろう。ネッドが知っているロバートなら、見たくないものに目をつぶるようなことはしなかったはずだ。「王の私生児に対して、なぜ、ジョン・アリンが突然興味を持ったのだろうか？」

その小柄な男はずぶ濡れの肩をすくめた。「かれは〝王の手〟だった。ロバートはかれに、私生児たちの生活の面倒を見るように頼んだにちがいありません」

ネッドは骨の髄まで濡れて、魂も凍えた。「それ以上の事情があったにちがいない。でなければ、なぜ、かれを殺す？」

リトルフィンガーは髪の毛から雨を振り払い、笑った。「わかった。アリン公は陛下が売春婦や漁村のかみさんたちを孕ませたことを知った。そのために、かれは口をふさがれてしまったのだ。無理もない。あのような男を生かしておくと、次には、太陽は東に昇るなんてことを、うっかり漏らすかもしれないからなあ」

これには、ネッド・スタークも肩をすくめるしかなかった。何年ぶりかでレーガー・ターガリエンを思いだし、レーガーは売春宿に足しげく通ったろうかと思い、いや、そんなことはなかったろうと、なんとなく思った。

雨はますます強くなり、目にしみ、地面を叩いた。黒い水が川のように丘を流れ下った。そのとき、ジョリーが叫んだ。「殿様」その声は動揺のためにかすれていた。そして、一瞬にして、街路は兵士で埋まった。

レザーに重ねた環鎧《リングメイル》、籠手、臑当《すね》、てっぺんに金のライオンのついた鋼の兜が、一瞬、ネッドの目に入った。かれらのマントは雨に濡れて背中に張りついていた。人数を数える暇はなかったが、少なくとも十人はいて、徒歩で一列に並び、長剣と鉄の穂先のついた槍を構えて、道路をふさいでいた。「後ろにも！」ウィルの叫びが聞こえた。そして、馬を返すと、後ろにはさらに大勢が退路を絶っていた。ジョリーがさっと剣を抜

いた。「道を開けるか、それとも死ぬか！」

「狼が吠えているぞ」かれらの指揮官がいった。その顔に雨が流れおちるのを、ネッドは見た。「だが、ずいぶん小さな群れだ」

リトルフィンガーは用心しながら、一歩ずつ馬を進めた。「いったい何の真似だ？この方は〝王の手〟であるぞ」

「〝王の手〟であったのだ」鹿毛の雄馬の蹄《ひづめ》は泥にまみれていた。かれの前で、兵士が道を開けた。金の胸当に、ラニスターのライオンが挑戦的に吠えた。「実をいうと、もう、かれが何者かはっきりしないのだ」

「ラニスター、これは狂気の沙汰だぞ」リトルフィンガーがいった。「われわれを通せ。城に帰ることになっている。どういう了見だ？」

「かれは、ちゃんとわかってやっている」ネッドは冷静にいった。

ジェイム・ラニスターが微笑した。「その通り。わたしは弟を探している。わたしの弟を知っているだろう、スターク公？　かれはわれわれと一緒にウィンターフェルに行った。金髪で、目が不揃いで、口が悪い。背の低い男だ」

「よく覚えている」ネッドは答えた。

「かれが道中でトラブルに出会ったらしい。父はひどく怒っている。だれが弟に危害を加えようとしたか、ひょっとしたら、心当たりがあるのではないか？」

「きみの弟はわたしの命令で逮捕されたのだ。罪を償うために」

リトルフィンガーは訳がわからなくなって、唸った。「というと――」

サー・ジェイムは長剣を抜き放ち、雄馬を前に進めた。「そちらも剣を抜け、エダード公。必要とあらば、エリス同様、惨殺してやるが、むしろ、あんたも剣を手にして死んでもらいたい」そして、リトルフィンガーを軽蔑するような冷たい目でちらりと見た。「ベーリッシュ公、高価な衣装を血で汚したいか？　わたしなら、早々に退散するが」

リトルフィンガーは促されるにはおよばなかった。「都市警備隊を連れてくる」かれはネッドに約束した。ラニスターの兵士たちは道を開けてかれを通し、その後でまた封鎖した。リトルフィンガーは雌馬に拍車をかけ、街角に消えた。

ネッドの家来は剣を抜いていた。だが、人数は三対二十だった。付近の窓や戸口から多くの目が注がれていた。だが、だれも割って入ろうとはしなかった。ネッドの一行はみな馬に乗っていたが、ラニスター勢はジェイム一人を除いて、徒歩だった。突撃すれば突破できるかもしれない。だが、エダード・スタークにはもっと確実で安全な戦術があるように思われた。「わたしを殺してみろ」かれは〝王殺し《キングスレイヤー》〟に警告した。「そうすれば、ケイトリンはきっとティリオンを殺すぞ」

ジェイム・ラニスターはドラゴン王朝最後の王の血を吸った金色の剣で、ネッドの胸をつついた。「そうかな？　高貴なるリヴァーランのケイトリン・タリーが、人質を殺

すだと？　そんなことは——ありえまい」かれは溜め息をついた。「しかし弟の命を、女の名誉心に賭けるつもりはない」ジェイムは金色の剣を鞘に収めた。「だから、あんたをロバートのところに逃げ帰らせてやる。わたしに脅迫されたと告げ口するがいい。かれが気にかけるかどうか」ジェイムは濡れた頭髪を指で掻きあげて、馬をぐるりと返した。そして、剣士たちの列の後ろに入ってから、指揮官をちらりと見た。「トレガー、スターク公に危害を加えるな」

「わかりました」

「だが……まったく懲らしめずに放免するのも胸くそ悪い。だから」——夜の闇と雨を透かして、ジェイムが白い歯を見せてにっこり笑うのがちらりと見えた——「家来どもを殺せ」

「やめろ！」ネッド・スタークは絶叫して剣をつかんだ。ウィルの叫びが聞こえたときには、ジェイムはすでにゆっくりと馬を走らせて街路を去っていった。兵士たちが前後から押しよせてきた。ネッドは一人を馬で突き倒し、道を開けた赤マントの木偶《でく》の坊どもに切りかかった。ジョリー・カッセルは馬に拍車をかけて突撃した。一人のラニスターの衛兵の顔を、鉄の蹄がグチャッというい やな音をたてて砕いた。もう一人の兵士がよろよろと後ずさりし、ジョリーはたちまち脱出した。ウィルは瀕死の馬から引きずり下ろされて、罵声をあげて雨の中で剣を振りまわした。ネッドは全速力でそちらに駆け

つけ、トレガーの兜に長剣を振りおろした。歯ぎしりが出るほど、強い衝撃があった。トレガーはよろめいて膝をついた。そのライオンの頂飾りが真っ二つになり、血がその顔を流れおちた。ヒューアドは馬勒《ばろく》をつかんだ敵の手に切りつけていた。そのとき、槍がその腹を貫いた。突然ジョリーが現場に戻っていた。その剣からは赤い雨が飛び散っていた。「よせ!」ネッドは叫んだ。「ジョリー、逃げろ!」ネッドの馬が足を滑らせて、泥の中にどうと倒れた。一瞬、かれは目もくらむような苦痛を感じ、口の中に血の味がした。

敵がジョリーの馬の脚を切り、かれを地面に引きずりおろし、大勢で取りかこんでめった切りにしているのが見えた。ネッドの馬がよろよろと立ちあがった。ネッドはそれに乗ろうとして、また倒れた。悲鳴が喉に詰まった。ふくらはぎから折れた骨が突きでているのが見えた。目が見えたのはそれが最後で、しばらくは何も見えなくなった。雨はざあざあざあざあと降りつづいた。

再び目が見えるようになったときには、エダード・スターク公は死者と取り残されていた。かれの馬が近寄ってきたが、いやな血の匂いを感じて、慌てて走りさった。ネッドは足の激痛に歯ぎしりしながら、泥の中を這いはじめた。何年もかかるような気がした。灯火のともった窓からいくつもの顔が覗いていた。そして、小路や戸口から人々が現われはじめたが、だれも助けようとはしなかった。

リトルフィンガーと都市警備隊は、路上でジョリー・カッセルの死体を抱いているネッドを見つけた。

金マント隊がどこからか担架を見つけてきた。城への帰り道では、気が遠くなるほどの激痛にさいなまれ、一度ならず意識を失なった。夜明けの薄明かりの中で、前方に赤《レッ》い城《ド・キープ》が不気味に聳えているのが見えたのを、ネッドは覚えている。雨はその巨大な城壁の淡いピンクの石を濡らして、血の色に変えてしまっていた。

それから、グランド・マイスター・パイセルがカップを持って見おろして、ささやいた。「お飲みなさい、これを。ケシの汁です。痛みに効きます」かれはそれを飲んだことを覚えている。そして、パイセルがだれかにワインを沸騰させるように、そして清潔な絹布を持ってくるように命じているのが聞こえた。これが記憶にある最後だった。

36 ――――――――――――――デーナリス

二頭の巨大な青銅の雄馬が後脚で立ちあがり、路面から百フィート上で蹄《ひづめ》を合わせて、尖ったアーチを形成している。ヴァエス・ドスラクの〝馬の門〟だ。

この町には城壁もないのに……見たところ建物さえもないのに、なぜ門が必要なのかと尋ねるのがはばかられるほど、それは巨大に、美しくそこに建っていた。その巨大な二頭の馬が額縁となり、遠方に紫色の山が見えていた。風にそよぐ草原に長い影を落としている青銅の馬の蹄の下を、ドロゴは部族民《カラザール》を率いて神々の道を進んでいった。かれのそばには血縁騎手が付き従っていた。

その後を、サー・ジョラー・モーモントと、再び騎乗を許された兄のヴァイサリスに守られて、ダニーが愛馬シルバーに乗って進んでいった。ヴァイサリスが、彼女によって草原に置き去りにされ、歩いて部族民《カラザール》のところに帰ったあの日以来、ドスラク人はかれをカール・リー・マール、つまり〝足痛王〟と呼んで嘲笑した。次の日、カール・ドロゴはかれに馬車に乗るように勧め、ヴァイサリスはそれを受け入れた。かれは頑固に

ドスラク人のことを知ろうとしなかったので、自分がからかわれていることとさえ気づかなかった。その荷馬車は去勢者、肢体不自由者、妊婦、幼児、それに高齢者を乗せるためのものだった。このために、もう一つのあだ名がついた。カール・ラガット、つまり〝荷馬車王〟と。だが、彼女の兄は、これを自分に対するダニーの間違った仕打ちへの、カール流の謝罪の仕方だと受け取った。彼女は兄に恥ずかしい思いをさせないために、そのことを教えないでくれとサー・ジョラーに頼んだ。するとその騎士は、王は少しばかりの恥を我慢する必要があると答えたが……それでも、彼女の頼みを聞いてくれたのだった。また、デーナリスはドロゴに対して、ヴァイサリスを不憫に思って再び隊列の先頭に加わることを許してくれと頼んだ。そして、ドロゴの承諾を得るまでには、多くの懇願と、ドリアから教わった閨《ねや》の秘術のすべてを使わねばならなかった。

「町はどこにあるの？」彼女は、一行がその青銅のアーチの下を通るときに尋ねた。建物は一つも見えず、人々の姿も見えず、草原と道路しか目に入らなかった。道路の両側には、ドスラク人の侵略したすべての土地から、何世紀にもわたって略奪してきた古代の記念物が立ち並んでいた。

「前方です」サー・ジョラーが答えた。「山の下に」

馬の門の先には、奪われた神々や盗まれた英雄たちが両側に聳えたち、滅びた都市の忘れられた神仏が、折れた稲妻を空に振りかざしていた。ダニーはそれらの足元をシル

バーに乗って進んでいった。石の王たちが玉座の上から彼女を見おろした。かれらの顔は欠けて汚れており、名前さえも時の霧の中に失なわれていた。しなやかな肢体の乙女たちが大理石の台座の上で踊り、花の衣服だけをまとい、砕けた水瓶から空気を注いでいた。道端の草の中に、いろいろな怪物が立っていた。目に宝石のはまった鉄のドラゴン。咆哮するグリフィン。逆刺《さかとげ》のある尾を持ちあげて、刺そうと身構えるマンティコラ。その他、名も知れぬ怪獣が並んでいた。彫像には、息を飲むほど美しいものもあれば、あまりにも醜く、恐ろしくて、ダニーが見る気にもなれないものもあった。サー・ジョラーの話では、これらはアッシャイの彼方の影の土地《シャドウ・ランド》からきたものらしかった。

「すごくたくさんあるわね」彼女はシルバーをゆっくりと進めながら、いった。「それも、すごく多くの土地の物が」

ヴァイサリスはあまり感動しなかった。「滅びた都市のごみだ」かれは鼻を鳴らした。かれは七王国の共通語でしゃべるように注意していた。それなら、ドスラク人はほとんど理解できないからである。しかし、たとえそうであっても、ダニーは世帯《カース》の者に聞かれはしないかと、振り返らずにはいられなかった。かれは軽率に続けた。「これらの野蛮人どもは、より高級な人々が作った物を盗むことしか知らない……そして、殺すことしか」かれは笑った。「かれらは確かに殺し方を知っている。さもなければ、こんなやつらに全然用はないのだが」

「かれらはもうわたしの同胞よ」ダニーはいった。「野蛮人と呼んだりしてはいけないわ、お兄様」

「ドラゴンは話したいことを話す」ヴァイサリスは共通語でいった。そして、後ろから馬で来るアッゴとラカーロを肩越しにちらりと見やって、ばかにしたように笑った。「ほら、野蛮人どもは文明人の言葉を理解するだけの知恵がないんだ」道端に、高さ五十フィートほどの苔むした石柱が現われた。ヴァイサリスは退屈そうな表情でそれを見つめた。「ドロゴが一万の軍隊を提供するまでに、いつまでこんな廃墟の真ん中でぐずぐずしていなければならないのか？　待つのは、もう飽き飽きしたぞ」

「王女様をドシュ・カリーンに紹介しなければ……」

「ああ、しわくちゃ婆あどものことだな」彼女の兄は遮った。「そして、こいつの腹のガキについて予言するという田舎芝居を見なければならないのだな。そんなものが、おれにとって何になる？　もう馬肉は食い飽きたし、この野蛮人どもの体臭には反吐《へど》が出そうだ」かれは幅広の、へなへなになったチュニックの袖の匂いを嗅いだ。そこに匂い袋を入れておくのが、かれの習慣だった。が、たいして役には立っていないようだった。それほど、そのチュニックは不潔だった。ヴァイサリスがペントスから着てきた絹や重いウールの衣服は、強行軍で汚れ、汗で腐ってしまっていた。

サー・ジョラー・モーモントがいった。「西の市場のほうが、よりお好みの食べ物が

あるでしょう、陛下。自由都市からの商人があちらの商品を売りにきますから。族長《カール》は気の向いたときに約束を果たすでしょう」

「果たしたほうがいい」ヴァイサリスは暗い表情でいった。「王冠を約束されたのだから、おれは本気でそれをかぶるつもりだ。ドラゴンをばかにするなよ」かれは、六つの乳房を持ちイタチの顔をした女の、猥褻な感じの像を見つけて、よく見るために道から逸れていった。

ダニーはほっとした。だが、心配は減らなかった。「わたしの〝太陽と星々〟の君が、かれをあまり長く待たせないように、祈るばかりだわ」彼女は兄に声が聞こえない距離になると、サー・ジョラーにいった。

その騎士はヴァイサリスの後ろ姿を疑わしそうに眺めた。「お兄様はペントスで時節を待つべきでした。騎馬部族《カラザール》の中に、あの方の入る場所はありません。イリリオがご注意しようとしていましたが」

「かれは一万の軍勢を受け取れば、すぐに出ていきます。わたしの夫は黄金の王冠を約束しました」

サー・ジョラーは唸った。「はい、女王様《カリーシ》。でも……ドスラク人はこのようなことについて、われわれ西方人とは違った見方をします。わたしもイリリオと同じようなことをお兄様にお話ししました。ですが、聞いていただけませんでした。騎馬族の首領たち

は、商人ではありませんのに、ヴァイサリス様はあなたを売ったと考え、今はその代償を求めておられます。しかし、カール・ドロゴは、あなたを贈り物として受け取ったというでしょう。そして、そのお返しに、あの方に贈り物をするつもりでいます。そう……かれの気の向いたときにね。贈り物を要求することはできません。特に族長《カール》には。人が族長《カール》に何かを要求することはないのです」

「でも、兄を待たせるのはよくないわ」ダニーはなぜ自分が兄を弁護しているのかわからなかった。「一万人のドスラク絶叫隊《スクリーマー》がいれば、七王国を席巻できると、ヴァイサリスはいっています」

ジョラーは鼻を鳴らした。「ヴァイサリス様は一万本の箒《ほうき》があっても厩舎を掃除することはできないでしょう」

デーナリスはその軽蔑を含んだ口調に、驚いたふりをすることもできなかった。「もし……もし、それがヴァイサリスでなかったら？」彼女は尋ねた。「その軍団を率いるのが、もし他のだれかだったら？　だれか、もっと強い人だったら？　ドスラク人は本当に七王国を征服できるのかしら？」

サー・ジョラーは考えこむような表情で、馬を並べて、神々の道を進んでいった。

「わたしが初めて亡命してドスラク人を見たときは、かれらは、乗っている馬と同様に野蛮な、半裸体の野蛮人に見えました。もし、あのときにお尋ねになったら、王女様、

わたしは一千の立派な騎士がいれば、その百倍ものドスラク人をなんなく敗走させられると答えたでしょう」

「でも、もし今尋ねたら？」

「今ですか」その騎士はいった。「あまり自信がありません。かれらはどんな騎士よりも優れた騎手です。まったく恐れを知らず、かれらの弓はわれわれのものよりも射程距離が長いのです。七王国では、たいていの弓兵は徒歩で戦い、並べた楯や、尖った杭のバリケードの後ろから矢を放ちます。しかし、ドスラク人は突撃でも退却でも関係なく、馬上で弓を射ます。戦意は実に旺盛で……しかも、人数がすごく多いです。あなたの夫君だけでも、部族《カラザール》の中に四万もの騎馬戦士を抱えています」

「本当にそんなに大勢なの？」

「兄上のレーガー様は同数の兵士をトライデント川に連れていきました」サー・ジョラーは認めた。「しかし、それだけの軍勢のうち、騎士は十分の一しかいませんでした。その他は射手、自由騎手、それに、槍や矛で武装した歩兵でした。レーガー様が倒れると、多くの兵が武器を捨てて戦場から逃れました。このような烏合の衆が、血を求めて絶叫する四万騎の軍団の突撃に対して、どのくらい長く持ちこたえられるとお思いですか？　矢が雨あられと降ってくるときに、かれらのなめし革の袖なし胴着や鎖帷子《ジャーキン》が、どれほどの防備になりますか？」

「長くはもたないし」彼女はいった。「充分な防備にはならないでしょうね」

かれはうなずいた。「しかし王女様、もし七王国の諸公に、神々が鵞鳥《がちょう》に与えた程度の知能があれば、決してそのようなことにはならないでしょう。騎馬族は包囲戦の経験がありません。七王国で最も弱い城でも陥落させることができるかどうか怪しいものです。しかし、もしロバート・バラシオンがかれらを攻撃するほど愚かだとしたら……」

「そうなの？」ダニーは尋ねた。「つまり、かれは愚かなの？」

サー・ジョラーはしばらく考えこんだ。「ロバートはドスラク人に生まれるべきでした」かれは結局いった。「あなたの夫君は、刀剣を手にして敵と対面せずに石の壁のかげに隠れるのは、臆病者だけだというでしょう。あの王位簒奪者も賛成するでしょう。かれは強い男で、勇敢で……そして、開けた野原でドスラク人の大軍と相見《あいまみ》えるほどの猪武者です。しかし、かれを取りかこむ家来たちときたら、そう、あれらの笛吹きどもはそれぞれ別の曲を吹きますよ。かれの弟のスタンニスも、タイウィン・ラニスター公も、エダード・スタークも……」かれは唾を吐いた。

「そのスターク公という人が大嫌いなのね」ダニーはいった。

「かれはわたしから、愛するものをすべて奪いました。しらみだらけの二、三の密猟者と、かれの貴重な名誉のために」サー・ジョラーは苦々しくいった。かれの口調から、その損失をかれがいまだに恨んでいることがわかった。かれは急いで話題を変えた。

「ほら」指さして、「あれがヴァエス・ドスラク。騎馬族の都市です」

カール・ドロゴとその血縁の騎手たちが一行の先頭に立って、大きな西の市場を通り抜け、その先の広い道路を進んでいった。ダニーはシルバーに乗り、周囲の珍しい光景を眺めながら、かれらにぴったりとついていった。ヴァエス・ドスラクは彼女がこれまでに知った最大の都市であり、同時に最小の都市でもあった。彼女はこの都市はペントスの十倍も広いにちがいないと思った。壁も境もなく広々としていて、風の吹きすさぶ広い道路は草と泥で舗装され、じゅうたんのように野の花が咲いていた。西の自由都市では、数々の塔や館や小屋や橋や商店や集会所が、次々に重なりあうようにして建っているが、ヴァエス・ドスラクは暖かい日光を浴びて、古めかしく、傲慢に、そして空虚に、だらしなく、物憂く広がっていた。

彼女の目には、建物さえもとても奇妙に映った。石を刻んで作ったあずま屋、草を編んで作った城ほどの大きさの館、ぐらぐらする木造の塔、表面に大理石を貼りつけた階段ピラミッド、屋根のない丸太造りの集会所。壁のかわりに茨の垣根で囲まれた宮殿もあった。「同じものは一つもないのね」彼女はいった。

「兄上のお言葉はある意味、合っています」サー・ジョラーは認めた。「ドスラク人は建築をしないのです。千年前には、地面に穴を掘り、それに草を編んだ屋根をかぶせて、家を作りました。ごらんの建物は、かれらが略奪した土地から連れてこられた奴隷によ

って建てられたもので、それぞれの奴隷が自分の故郷の流儀で建てたのです」

集会所の多くは、最大のものでも、人気《ひとけ》がないように見えた。「ここの住民はどこにいるの？」ダニーは尋ねた。市場は走りまわる子供たちであふれ、人々が叫びあっていたのに、それ以外の場所では二、三人の宦官がそれぞれの仕事をしているのが見えただけだった。

「この聖なる都市に恒常的に住んでいるのはドシュ・カリーンの老婆と、その奴隷や召使だけです」サー・ジョラーが答えた。「しかし、ヴァエス・ドスラクには、万一すべての族長《カール》がいっぺんに〝母〟のもとに帰ってきても、部族民《カラザール》全員を収容するだけの広さがあります。いずれそのような日がくるという予言を老婆たちがしたので、ヴァエス・ドスラクではその子供たちのすべてを抱擁する準備をしていなければならないのです」

カール・ドロゴはついに東の市場のそばで停止を命じた。ここは、イ・ティやアッシャイや影の土地《シャドウ・ランド》からやってきた隊商が商売をする場所で、〝山々の母〟が頭上に聳えていた。ダニーはマジスター・イリリオの女奴隷を思いだし、二百の部屋と銀むくの扉を持つ宮殿があるという彼女の話を思いだして、微笑んだ。その〝宮殿〟とは、広々とした木造の集会所のことで、粗削りの材木の壁の高さは四十フィートもあり、屋根は絹布を縫いあわせたものだった。つまり、たまに降る雨をしのぐために引きあげたり、また果てしない空が見えるように引きおろしたりすることのできる、波うつ広大なテントな

のだった。その集会所の周囲には、高い垣根をめぐらせた馬飼い場の草原や、たき火の穴や、何百もの丸い土の家があった。それらの家は小さな丘のように地面が膨らんだもので、草で覆われていた。

少数の奴隷の群れが、先に来てカール・ドロゴの到着に備えていた。それぞれの騎手はひらりと鞍から飛びおりると、ベルトから半月刀《アラク》をはずして、待っている奴隷に渡し、また、身につけている武器を渡した。カール・ドロゴ自身も例外ではなかった。サー・ジョラーが前もって説明したのだが、ヴァエス・ドスラクでは、刃物を持ちこむことも、自由人の血を流すことも禁じられているのである。戦っている部族《カラザール》同士でさえも、〝山々の母〟の見える場所では、確執を棚上げにして、酒食を共にする。この場所では、すべてのドスラク人は一つの血統であり、一つの部族《カラザール》であり、一つの群れであると、ドシュ・カリーンの老婆たちによって定められていた。

ダニーがシルバーから下りるのを、イリとジキが手伝っていると、コホロがやってきた。かれはドロゴの三人の血縁騎手の最年長者で、頭の禿げた、ずんぐりした男だった。鼻は曲がり、大部分の歯が折れていた。これは、二十年前に、まだ幼かった族長《カール》が傭兵によって父親の敵に売り渡されそうになったとき、それを救おうとして棍棒で殴られたからである。ドロゴの生まれた日に、かれの命はドロゴの命と結びつけられたのであった。

族長《カール》にはそれぞれの血縁騎手がついている。ダニーは最初それを、主人を守ると誓いをたてたドスラク人の近衛騎士のようなものだと思った。だが、かれらはそれに留まらなかった。血縁騎手は護衛以上の存在だと、ジキが教えてくれた。かれらは族長《カール》の兄弟であり、その影であり、その獰猛な友人なのだと。「わが血縁中の血縁」ドロゴはかれらをそう呼んだが、まさにその通りだった。かれらは一つの生を共有する。騎馬族首領の古い伝統により、族長《カール》が死ねば、その血縁騎手も共に死に、黄泉の国に共に旅立つのである。もし、族長《カール》が敵の手にかかって死ねば、血縁騎手はその敵討ちをすませるまで生きて、それから喜んで墓に入る。ジキがいうには、部族《カラザール》によっては、血縁騎手は族長《カール》の酒もテントも、その妻さえも共有するが、馬を共有することは決してないということだった。人の乗用馬は、その人だけのものである。

デーナリスは、カール・ドロゴがこうした古来の風習に従わないのを嬉しく思った。自分が共有されるのが、面白いはずがなかった。コホロ老人はとても自分を大切に扱ってくれたが、他の人たちは怖かった。大男で無口なハッゴは、まるで彼女がだれか忘れてしまったかのように、しばしば怖い顔で睨みつけた。そして、コソは残酷な目と、人を傷つけるのが好きな素早い手を持っていた。かれがドリアに触ると、いつもその柔らかな白い肌に傷跡がついた。また、夜にイリを泣かせることもあった。かれの馬さえも、かれを怖がっているようだった。

しかし、かれらは生きるにしろ死ぬにしろドロゴと結びついていた。だから、デーナリスはかれらを受け入れるしかなかった。そして、このような男たちによって父が守られていたらよかったのに、と思いもした。歌の中では、白い近衛騎士たちはつねに高貴で、雄々しくて、誠実だということになっている。それなのに、エリス王はその一人によって殺害され、そのハンサムな少年を、人々は今王殺《キングスレイヤー》しと呼んでいる。そしてまた、〝豪胆〟サー・バリスタンは王位簒奪者のほうに寝返ってしまった。七王国では、すべての男たちがそのように不実なのだろうかと、彼女は思った。自分の息子が鉄の玉座についたら、近衛騎士の裏切りに対してその身を守ってくれる、かれ自身の血縁騎手をつけたいものだと。

「女王様《カリーシ》」コホロがドスラク語で彼女にいった。「わたしの血縁中の血縁であるドロゴが命じました。今夜かれは神々に生贄を捧げて無事な帰還を感謝するために、〝山々の母〟に登ることになりました。そのことを、あなたに伝えろと」

〝母〟には男しか足を置くことが許されないと、ダニーは知っていた。カールの血縁騎手たちはかれと一緒に行き、夜明けに戻るだろう。

「わたしはかれの夢を見ながら、心配してかれの帰りを待つと、太陽と星々の君に伝えて」彼女は内心ほっとして答えた。ダニーは子供を身ごもったので、疲れやすくなっていたため、実をいうと、一夜の休息はとてもありがたかった。彼女の妊娠は、彼女に対

するドロゴの欲望に火をつけたとしか思えなかった。最近では、かれに抱擁されると、疲れ切ってしまうのである。

ドリアは、彼女とその夫のために用意された中空の丘に案内した。その内部は涼しくて薄暗くて、土で作られたテントのようだった。「ジキ、お風呂を」彼女は命じた。旅の埃を肌から洗い流し、疲れた骨を浸すためである。しばらくここに留まると知り、明日またシルバーの背に乗る必要がないと思うと嬉しかった。

お湯は火傷するほど熱かったが、これは彼女の好みだった。「今夜、兄に贈り物をするわ」彼女はジキに髪を洗わせながら決心した。「この聖なる都市にいる間は、かれは王のように見えなくてはね。ドリア、ちょっと行って、かれを見つけて、わたしと食事するように招待してちょうだい」ヴァイサリスはドスラク人の侍女たちよりも、このリースの娘に優しかった。たぶんその理由は、ペントスにいたときに、マジスター・イリリオが彼女をかれと寝かせたからだろう。「イリ、市場に行って、果物とお肉を買ってきてちょうだい。馬肉以外ならなんでもいいわ」

「馬肉が最高なんですよ」イリはいった。「馬肉は男性を強くします」

「ヴァイサリスは馬肉が大嫌いなのよ」

「わかりました、女王様《カリーシ》」

彼女は山羊の腰肉と一籠の果物と野菜を持ち帰った。ジキはその肉に蜜を注ぎながら、

甘菜《スウィートグラス》やファイア豆と一緒に焙《あぶ》った。それに、メロン、ザクロ、杏《あんず》、その他ダニーの知らない珍しい東方の果物を添えた。侍女が食事の用意をしている間に、ダニーは兄の寸法に合わせて縫わせた衣服を並べた。さらさらした白い亜麻布のチュニックと臑《すね》当、膝まで編みあげになった革のサンダル、青銅のメダリオン・ベルト、火を吹くドラゴンを描いた革のヴェスト。乞食らしさが減れば、ドスラク人はかれをもう少し尊敬してくれるだろう、と彼女は思った。そしてたぶん、あの日、草原でかれを辱めたことを忘れてくれるだろうと。何はともあれ、かれは彼女の王であり、また兄であった。二人ともドラゴンの血を引いているのだから。

彼女が贈り物の最後のもの——草のように緑色で、かれの頭髪に混じる銀髪が映えるように薄灰色の縁取りのしてあるサンドシルクのマント——をそろえていると、ヴァイサリスがリース娘の腕をつかんで引きずってきた。彼女の目は殴られて赤らんでいた。

「よくもこの売女をよこして、おれに命令したな」かれはいった。そして、その侍女を乱暴に敷物の上に突き倒した。

ダニーは兄の激怒に不意をつかれた。「わたしは、ただ……ドリア、あんた何といったの？」

「女王様《カリーシ》、お許しください。お指図どおり、この方のところにいって、一緒に食事をするようにとのご命令ですと、伝えました」

「ドラゴンに命令するとは何事だ」ヴァイサリスは怒鳴った。「おれはおまえの王だぞ！　こいつの首を送り返してもよかったのだぞ！」

リースの娘は怯えた。だが、ダニーは軽く叩いてなだめた。「怖がらなくてもいい。傷つけることはないから。お兄様、どうぞ彼女を許してやって。この子はいい間違えたのです。よろしかったら一緒に食事をしてくださいとお願いしろと、命じたのです、陛下」彼女はかれの手を取り、部屋の奥に引っ張っていった。「見て。あなたの物よ」

ヴァイサリスはうさん臭そうに眉をしかめた。「いったい何だ、これは？」

「新しい衣装です。あなたのために作らせたのよ」ダニーは恥ずかしそうに笑った。

かれは彼女を見て、あざ笑った。「ドスラクのぼろだ。これをおれに着せるつもりなのか？」

「ねえ……もっと涼しく、もっと快適になれるのよ。わたし思ったの……もし、あなたがかれらと同じ服装をすれば、ドスラク人たちは……」かれのドラゴンを目覚めさせずに、思っていることを伝えるには、どういえばよいかわからなかった。

「次は、おれの髪を三つ編みにしたいといいだすだろう」

「わたし、決して……」かれはいつも、どうしてこんなにわからず屋なのだろう？　わたしは助けたいと思っただけなのに。「三つ編みにする権利など、あなたにはないのよ。まだ一つも勝利を上げていないのだから」

まずいことをいってしまった。かれのライラック色の目に激しい怒りが閃いた。だが、かれはあえて彼女を殴りはしなかった。侍女たちが見ているし、彼女の世帯《カース》の戦士たちが外にいるのだから。ヴァイサリスはマントを拾いあげて、くんくん匂いを嗅いだ。

「肥やしの匂いがするぞ。まあ、馬のブランケットにでも使ってやるか」

「あなたのために、特別にドリアに縫わせたのよ」彼女は傷ついて、いった。「族長《カール》にも相応しいような衣服なのに」

「おれは七王国の君主だぞ。頭に鈴をつけた、草で汚れた野蛮人と一緒にされてたまるか」ヴァイサリスは吐きだすようにいい返した。そして、彼女の腕をつかんだ。「身のほどを忘れたか、売女め。もしドラゴンが目覚めたら、あの太鼓腹野郎が守ってくれるとでも思っているのか？」

かれの指は彼女の腕に痛々しく食いこんだ。一瞬、ダニーはまた子供にかえったように感じ、かれの激怒を見て怯えた。だが、もう一方の手を伸ばして、手当たりしだいに物をつかんだ。それはかれに贈りたいと思っていたあのベルトだった。装飾のある青銅のメダリオンがつながった重いものだ。彼女はそれを力一杯振った。

それはかれの顔にまともに当たった。ヴァイサリスは手を放した。メダリオンの一つの縁が顔を切り裂き、その頬に血が流れた。「身のほどを忘れたのはあなたのほうよ」ダニーはかれにいった。「あの日、草原で何も学ばなかったの？　家の者に引きずりだ

されないうちに、とっとと出ていって。そして、カール・ドロゴがこの話を聞かないように祈るといいわ。これを知ったら、かれはあなたの腹を断ち割って、あなた自身のはらわたを、食わせるわよ」

ヴァイサリスは慌てて立ちあがった。「おれの王国が建ったとき、きさまは今日のことを後悔するぞ、売女め」かれは傷ついた顔を抑え、彼女の贈り物をその場に残して、立ちさった。

美しいサンドシルクのマントに、かれの血が点々とふりかかっていた。ダニーはその柔らかな布をつかんで頬に押し当て、布団の上に足を組んで坐った。

「お食事の用意ができました、女王様《カリーシ》」ジキが告げた。

「お腹がすかない」ダニーは悲しそうにいった。彼女は突然疲れを感じた。「あんたがたでお上がりなさい。そして、よかったら、サー・ジョラーにもお裾分けしてね」ちょっと間を置いて、付け加えた。「お願い、ドラゴンの卵を一つ持ってきて」

イリは暗緑色の卵を持ってきた。彼女が小さな手でそれを裏返すと、その鱗の中で、ブロンズ色の斑点が輝いた。ダニーは体を丸めて横になり、サンドシルクのマントを体にかけて、大きくなったお腹と小さな柔らかい乳房との間の隙間に、その卵を抱いた。彼女はドラゴンの卵を抱くのが好きだった。それらはとても美しく、また、そのそばにいるだけで、より強く、より勇気が出るように感じた。なんとなく、その内部に閉じこ

められている石のドラゴンから、力を引きだしているかのように。

卵を抱いて横たわっていると、胎内で子供が動いた……あたかも、兄弟から兄弟に、血から血に、手を伸ばすかのように。「おまえはドラゴンよ」彼女は腹の中の子供にささやいた。「本当のドラゴンよ。わたしにはわかるの。わかるのよ」そして、彼女はにっこり笑い、故郷の夢を見ながら眠った。

37 ブラン

小雪が降っていた。顔に雪片が降りかかり、肌に触れると、ごくかすかな小糠雨《こぬかあめ》のように溶けるのがわかった。ブランは馬の背にまっすぐに坐り、落とし格子が巻きあげられるのを見つめた。冷静でいようと努力しても、胸の中で心臓がどきどきしていた。

「用意はいいか？」ロブが尋ねた。

ブランは怖がっていることがわからないように、うなずいた。墜落して以来、ウィンターフェルの外に出たことがなかったが、どんな騎士にも劣らず誇り高く馬で出ていこうと決心していた。

「では、出かけよう」ロブは大きな灰色と白の斑《まだら》の去勢馬に、踵《かかと》を打ちつけた。すると、馬は落とし格子の下を通っていった。

「行け」ブランは自分の馬にささやいて、そっと首に触れた。すると、その小さな栗毛の雌の仔馬も歩きだした。ブランはそれに〝ダンサー〟という名前をつけていた。彼女は二歳馬で、ジョゼスがいうには、どんなに利口な馬よりもさらに頭がよいということ

だった。この馬は手綱と声と手の触れかたに反応するように、特別に訓練されていた。これまでのところ、ブランは彼女に乗って中庭をぐるぐるまわっていただけだった。最初は、ジョゼスかホーダーが手綱を取り、ブランは、小鬼《インプ》がかれのために特別に設計した特大の鞍に体を縛りつけて坐り、その背に乗っていた。だが、ここ二週間というもの、かれは自分で彼女を動かして、ぐるぐると駆けまわらせるようになり、一周ごとに大胆になってきていた。

かれらは城門の楼閣の下を通り、はね橋を渡り、外壁を通り抜けていった。サマーとグレイウィンドが一行の横を、風の匂いを嗅ぎながら、跳ねていった。すぐ後ろから、シオン・グレイジョイが長弓と、幅広の矢尻のついた矢を入れた箙《えびら》を持って、ついてきた。かれは鹿を捕るつもりだということだった。その後ろから、鎖帷子と鎖頭巾をつけた四人の衛兵と、ジョゼスが従った。ジョゼスは、ハレンの留守中に厩舎頭を務めるようにロブから指名された、棒のように痩せた馬丁である。殿《しんがり》は、驢《ろ》馬《ば》に乗ったマイスター・ルーウィンが務めた。ブランはロブと二人だけで出かけたかったのだが、ハル・モレンがどうしてもそれを認めず、マイスター・ルーウィンもかれを支持した。万一、ブランが落馬したり、怪我をしたりすると困るので、マイスターも同行することになったのだった。

城の先にはマーケットの広場があるが、今はその木造の露店に人気《ひとけ》はなかった。一行

は村の泥道を走り抜け、丸太と自然石でできた小さな家々の列を過ぎていった。人が住んでいるのは五軒のうち一軒以下で、それらの家の煙突からは薪の煙が立ちのぼっていた。それら以外の家は、寒くなるにつれて一軒一軒人が入っていくのであった。雪が降り、北から氷のような寒風が吹きすさぶようになると、農民は馬車に荷物を積んで、凍った畑や遠方の砦をあとにする。そうすると、この冬の町がにぎやかになるのだと、婆やがいった。ブランは実際にそうなるのを見たことはなかったが、マイスター・ルーウィンはその日が近づいているといった。長い夏の終わりがすぐそこまできている。〝冬がやってくる〟と。

一行の乗った馬が通ると、数人の村人が不安そうに大狼《ダイアウルフ》を見た。そして、一人は恐怖で後ずさりした拍子に、運んでいた薪を落としてしまった。だが、たいていの村民はその姿を見るのに慣れていた。かれらはその少年たちを見ると膝を屈め、ロブはそれぞれに領主らしい態度で会釈を返した。

ブランは足で馬をはさむことができないので、最初、馬の揺れに不安を感じた。だが、太い前橋《ホーン》と高い背もたれのついた特大の鞍に、揺り籠に入ったように具合よく収まり、胸と股をベルトで縛ってあるので、落ちる気遣いはなかった。しばらくすると、そのリズムが自然に感じられるようになり、不安感は消えて、ためらいがちな微笑が顔をよぎるようになった。

〈スモーキング・ログ〉という名の、村の居酒屋の看板の下に、二人の下働きの女が立っていた。シオン・グレイジョイが彼女らに声をかけると、若いほうの娘は真っ赤になり、顔を覆った。シオンは馬に拍車をかけてロブのそばに寄った。「カイラはかわいいよ」かれは笑っていった。「ベッドの中ではイタチのように身をくねらせるくせに、外で一声かけると、処女みたいに真っ赤になる。あの晩のことを話したかなあ、彼女とベッサが――」

「弟の聞いているところではやめろ、シオン」ロブはブランをちらりと見て、警告した。

ブランは目をそらし、聞こえなかったふりをした。だが、グレイジョイの視線が注がれているのがわかった。疑いなく、かれは笑っていた。かれはとてもよく笑う。まるで、世の中は、利口なかれだけが理解できる秘密の冗談でもあるかのように。ロブはシオンに感嘆し、一緒にいることを楽しんでいるように見える。だが、ブランは父のこの被後見人をどうしても好きになれなかった。

ロブがそばに来た。「うまく乗っているじゃないか、ブラン」

「もっと速く行きたいよ」ブランは答えた。

ロブはにっこり笑った。「よしきた」かれは自分の去勢馬を早駆けにした。狼たちはその後を疾走した。ブランが手綱をぴしりと鳴らすと、ダンサーは速度を上げた。シオン・グレイジョイの叫び声が聞こえ、他の馬たちの蹄《ひづめ》の音が後ろで聞こえた。

ブランのマントが風にひるがえって波うち、雪が激しく顔にぶつかるように感じられた。ロブはずっと先を走り、ときどき、肩越しにちらちらと振り返って、ブランや他の者たちがついてくるかどうか確かめた。ブランはまた手綱をぴしりと鳴らした。すると、ダンサーは絹のようになめらかに全速力で駆けだした。二人の距離が縮まった。狼の森の縁でロブに追いついた頃には、冬の町は二マイル後ろになり、他の者たちもずっと後に取り残されていた。「ぼく、馬に乗れるんだ！」ブランは叫んで、にこにこ笑った。それは、まるで空を飛んでいるように気持ちよかった。

「競争してもいいが、負けそうだなあ」ロブの口調は軽くて、冗談をいっているようだったが、ブランは兄の笑顔の下に何か困ったことが隠されているのがわかった。

「競争はしたくないよ」ブランはぐるりと見まわして、大狼を探した。二頭とも森の中に消えていた。「昨夜、サマーが遠吠えをしたけど、聞いた？」

「グレイウィンドも落ち着きがなかったな」ロブはいった。かれの鳶色の髪はぼさぼさで手入れがされていなくて、顎には赤っぽい無精髭がいっぱい生えていて、十五歳よりももっと年上に見えた。「おれ、ときどき、あいつらが物事を知っている……というか、感じとっている……ような気がするんだ」ロブは溜め息をついた。「おまえにどの程度話せばよいか、わからないんだよ、ブラン。おまえがもっと大きければいいのになあ」

「もう、八歳だ！」ブランはいった。「八歳と十五歳はそんなに違わない。それに、ぼ

くはウィンターフェルの跡取りだ。兄さんの次の」

「そうだ」ロブは悲しそうにいった。ちょっと怯えているようにさえ見えた。「ブラン、おまえに話すことがある。昨夜、鳥がきた。キングズランディングからだ。マイスター・ルーウィンに起こされたよ」

ブランは急に怖くなった。〝黒い翼は暗い知らせ〟と婆やはいつもいっていた。そして、最近では伝書鴉がその諺の正しいことを証明していた。ロブが夜警団《ナイツウオッチ》の司令官に手紙を出したとき、戻ってきた鳥はベンジェン叔父が依然として行方不明だという知らせを持ってきた。それから、アイリーから届いた知らせは、母からだったが、それもよい知らせではなかった。彼女はいつ帰るつもりかはいわず、小鬼《インプ》を捕虜にしたとだけいってきた。ブランはあの小人がなんとなく好きだったが、ラニスターという名前を聞くと背筋がぞっとした。ラニスターについては何かある。思いだすべきことが何かある。だが、それが何か考えようとするたびに、目眩がし、胃が石のように硬くなるのだった。ロブはその日の大部分を、マイスター・ルーウィン、シオン・グレイジョイ、そしてハリス・モレンと共に、閉じこもっていた。その後、ロブの命令を伝える早馬が北部全体に送りだされた。ブランはモウト・ケイリンの噂を聞いた。それは〝最初の人々〟が地峡《ネック》の北端に築いた大昔の砦だった。何が起こっているか、決してだれもいわなかったが、それがよいことでないのはわかった。

そして今、大鴉がもう一羽、メッセージがもう一つ、届いた。ブランは希望にしがみついた。「その鳥は、母上からきたの？　母上が、帰ってくるの？」

「鳥はキングズランディングのオリーンからだった。ジョリー・カッセルが死んだ。そして、ウィルとヒューアドも。王殺《キングスレイヤー》しのやつに殺されたんだ」ロブは降ってくる雪を見あげた。すると雪片が頬の上で溶けた。「神々よ、かれらに休息を与えたまえ」

ブランは何といっていいかわからなかった。いきなり殴られたような気分だった。ジョリーはブランが生まれる以前から、ウィンターフェルの衛兵隊の隊長だった。「やつらがジョリーを殺したって？」ジョリーが屋根の上を追いかけてきたときのことが思いだされた。かれが鎖帷子に板金鎧を着て中庭を横切ってくるところとか、大広間のお気に入りのベンチに坐って、冗談をいいながら食事をしているところなどを、思い描くことができた。「どうして、かれを殺したりするの？」

ロブは力なく首を振った。その目には苦悩が表われていた。「わからない、そして……ブラン、これが最悪の部分ではないんだ。父上は闘っている間に倒れた馬の下敷きになった。オリーンがいうには、父上の足は砕けてしまったそうだ。そして……グランド・マイスター・パイセルがケシの汁を飲ませたと。しかし、わからないんだ……いつ、父上が……」蹄の音がしたので、かれは道路を見やった。シオンたちが近寄ってきた。「いつ、父上の意識が戻るか」ロブはいいおえた。かれは剣の柄頭に手を置き、殿様の

ロブの厳かな声で続けた。「ブラン、おれは約束する、何が起ころうとも、これは放ってはおかないぞ」

かれの口調に含まれる何かが、ブランをよけいに怯えさせた。そして「どうするの？」と尋ねたとき、シオン・グレイジョイが二人のそばで馬の歩調を緩めた。

「シオンはおれに旗手たちを招集しろといっている」ロブはいった。

「血には血をだ」このときばかりは、グレイジョイも笑わずにいった。その痩せた暗い顔に飢えたような表情が浮かび、黒い髪が目に振りかかった。

「旗手を招集できるのは、領主だけだよ」ブランがいった。かれらの周囲に雪が舞った。

「きみたちの父上が死んだら」シオンがいった。「ロブがウィンターフェルの領主になるんだよ」

「父上は死なない！」ブランはかん高い声で怒鳴りつけた。

ロブはその手を取った。「死なない。父上が死ぬものか」かれは冷静にいった。「しかし……今は、北部の名誉はおれの手の中にある。父上は別れるときに、おまえとリコンのために強くなれといった。おれはもうほとんど一人前の大人だぞ、ブラン」

ブランはぶるぶる震えた。「母上が帰ってくればいいのに」かれは惨めな気持ちでいい、マイスター・ルーウィンの姿を求めて見まわした。マイスターの驢馬はずっと遠くに見えた。坂道をとことこと上がってくるところだった。「マイスター・ルーウィンも

旗手たちを招集しろといってるの？」

「マイスターは婆やみたいに臆病だ」シオンがいった。

「父上はいつもかれの助言を聞いていたよ」ブランは兄に念を押した。「母上もね」

「おれもかれの助言を聞く」ロブはいった。「だれの助言でも聞くんだ」

ブランが感じていた騎行の楽しみは、顔にかかった雪片のように消えてしまった。ちょっと前なら、ロブが旗手たちを招集して出陣していくことを想像すると、かれの心は興奮でいっぱいになっただろうに。だが今は恐怖しか感じなかった。「もう帰ってもいい？」かれは尋ねた。「ぼく、寒くなった」

ロブはちらりと周囲を見まわした。「狼どもを見つけないとな。もうちょっと我慢できるか？」

「兄さんが我慢できるなら、ぼくもできる」マイスター・ルーウィンは鞍擦れを恐れて、騎乗を短く切りあげるように警告していた。だが、ブランは兄の前で弱みを見せたくなかった。みんながいつも自分のことで空騒ぎして、具合はどうかと尋ねるのにうんざりしていた。

「では、あのハンターたちを追い詰めよう」ロブはいった。二人は並んで、それぞれの馬を促して王の道《キングズロード》を外れ、狼の森の中に跳びこんでいった。シオンは後になり、護衛たちに冗談をいいながら、充分に間隔をおいてついてきた。

木陰は気持ちがよかった。ブランはダンサーの手綱を軽く握り、周囲を見まわしながら、歩かせていった。かれはこの森を知っていた。だが、あまりにも長い間ウィンターフェルに閉じこもっていたので、まるで初めて森を見るような感じだった。いろいろな匂いが鼻孔を満たした。針のような松葉の新鮮で鋭いつんとくる匂い。地面に落ちた湿った朽葉の匂い。ごくかすかな獣の匂い。遠い炊事の煙の匂い。そして雪の積もった樫の枝の間に動く、黒いリスの姿をつかの間とらえ、女郎蜘蛛の銀色の巣を、馬を止めてじっと見た。

シオンとその他の者たちはどんどん後に取り残されて、もはやかれらの声はブランのところに届かなくなった。前方からかすかな水音が聞こえてきた。川岸に着くと、その音はいっそう大きくなった。涙が目にしみた。

「ブラン？」ロブが尋ねた。「どうした？」

ブランは首を振った。「ちょっと思いだしていたんだ」かれはいった。「前に、ジョリーがぼくたちをここに連れてきてくれただろ。鱒釣りに。兄さんとぼくとジョンをさ。覚えているかい？」

「覚えてるとも」ロブはいった。その声は冷静で悲しげだった。

「ぼくは一匹も釣れなかった」ブランはいった。「だけど、ウィンターフェルへの帰り道に、ジョンは自分の釣った魚をぼくにくれた。ぼくたち、またジョンに会えるだろう

か？」

「王が訪ねてきたときに、ベンジェン叔父さんに会ったじゃないか」ロブは指摘した。

「ジョンだって訪ねてくるさ、きっと」

川は水量が増して、流れが速かった。ロブは馬から下り、それを引いて渡り場を渡っていった。いちばん深いところで、水はかれの股の半ばまできた。かれは馬を対岸の木に繋ぐと、ブランとダンサーを連れてくるためにざぶざぶと歩いて戻ってきた。流れは岩や木の根に当たって泡立ち、ロブがブランの馬を引いて渡っていくと、ブランは頰にしぶきがかかるのを感じた。思わず笑顔になった。一瞬、自分が再び丈夫に、健康になったように感じた。そして、木々を見あげて、それらに登るのを夢見た。てっぺんまで登っていって、森林全体が眼下に広がって見えるところまで。

対岸に着いたときに、遠吠えが聞こえた。それは寒風のように、木々の間を移動する長い尻上がりの鳴き声だった。ブランは頭を上げて耳を澄ませた。「サマーだ」かれがそういったとたんに、もう一つの声が最初の声に加わった。

「獲物を仕留めたな」ロブはいって、また馬に乗った。「おれが行って、連れ戻すから、ここで待っていろ。間もなく、シオンたちもやってくるはずだ」

「ぼくも一緒に行きたい」ブランはいった。

「おれ一人のほうが早く見つけられる」ロブは愛馬に拍車をかけて、森の中に消えた。

かれが行ってしまうと、森がブランの周囲に押しよせるように感じられた。雪がさらに激しく降ってきた。雪は地面に落ちると溶けるが、周囲の岩や木の根や枝にはうっすらと白い雪が積もっていた。待っていると、自分がどんなに不快な状態であるかが感じられた。足は力なく、だらりと鐙《あぶみ》にかかっているだけで、感覚がなかった。だが、胸にかかっている紐はきつくて、皮が擦りむけそうだった。そして、溶けた雪が手袋に染みこんで、手が冷たかった。シオンやマイスター・ルーウィンやその他の者たちは、どうしてこんなに遅いのだろうと思った。

葉擦れの音が聞こえたので、ブランはみんなが来たと思い、手綱を使って馬の向きを変えた。ところが、川岸から歩みでたのは、いかつい男たちで、ブランには見覚えがなかった。

「こんにちは」かれは不安そうにいった。ブランは一目見て、かれらが森の住民でも農民でもないと知った。そして、自分がどんなに贅沢な身なりをしているかを、突然、意識した。外衣は新品で、暗灰色のウールに銀のボタンがついている。そして、毛皮で裏打ちしたマントを、肩のところで重い銀のピンで止めている。ブーツと手袋も、やはり毛皮の裏打ちがある。

「一人ぼっちだな？」いちばん体の大きい男がいった。禿げ頭で、顔は風焼けのために皮が剝けている。「狼の森で迷子になったのか、かわいそうに」

「迷子じゃない」ブランは見知らぬ連中にじろじろ見られるのが不愉快だった。四人いた。ところが、振り向くと、後ろにも二人いるのが見えた。「兄がさっき、先のほうに駆けていった。そして、護衛が間もなくやってくる」

「あんたの護衛、かね？」もう一人がいった。そいつの痩せた顔には白髪混じりの無精髭がいっぱい生えていた。「そいつらは何を守っているんだね、若様？　そのマントを止めているのは、銀のピンかな？」

「きれいだね」女の声がした。彼女は背が高く細身で、他の連中と同じような厳しい顔をしており、とても女には見えなかった。頭髪はお碗の形をした半兜の下に隠れていた。彼女の持っている槍は八フィートの黒い樫で、それに錆びた鉄の穂先がついていた。

「見てみよう」禿げの大男がいった。

ブランは不安になって、そいつを見つめた。衣服は不潔で、ぼろぼろになっている。茶色や青や暗緑色のつぎが、あちこちに当たっており、全体が色褪せて灰色になっているものの、もともとそのマントは黒かったようだった。この白髪混じりの無精髭の男も黒いぼろを着ている、と気づいてブランははっとした。突然、父が首をはねた宣誓破りの男のことを思いだした。狼の子供を見つけた日のことだ。あの男も黒衣をまとっていた。夜警団《ナイツウオッチ》からの脱走者だと、父がいっていた。〝これ以上危険な人間はいない〟かれはエダード公がいったのを思いだした。〝脱走者は捕まれば死刑になると知っているか

ら、どんな罪も平気で犯す。どんなに下劣な罪でもだ〟と。

「そのピンをよこせ、小僧」大男は手を差しだした。

「馬ももらおう」もう一人がいった。ロブより背の低い女だ。横幅の広い平たい顔で、長くて艶のない黄色の髪をしている。「下りな、さっさと」そいつの袖からナイフがその手に滑りこんだ。その刃は鋸のようにぎざぎざしていた。

「だめだ」ブランは思わずいった。「下りられない……」

ダンサーの向きを変えて逃げだすことを、ブランが思いつかないうちに、大男が手綱をつかんだ。「下りられるよ、若様……何が身のためになるかわかっているなら、下りるんだな」

「スティヴ、ごらん、この子はくくりつけられているよ」背の高い女が槍で示した。

「いってることは、本当かもしれない」

「革紐だな？」スティヴはそういってベルトの鞘から短剣を抜いた。「革紐なら、扱い方がある」

「あんた、麻痺かなにかかね？」背の低い女が尋ねた。

ブランはかっとした。「ぼくはウィンターフェルのブランドン・スタークだ。馬から手を放せ。さもないと、全員死罪にするぞ」

白髪混じりの無精髭の痩せた男が笑った。「この小僧はスタークだとさ、なるほど。

利口な人間ならお願い申すところを脅迫するなんて。そんなに愚かなのはスタークくらいしかいないさ」

「小さなちんぽを切りとって、口に詰めてやりな」背の低い女がいった。「そうすれば、黙るよ」

「おまえは醜いだけでなく、ばかでもあるんだね、ハリ」背の高い女がいった。「この子を殺してもなんにもならないよ。生かしておけば……そうだ、ベンジェン・スタークに直接血のつながった人質なら、マンスがどんなに欲しがることか！」

「マンスなんて糞食らえだ」大男が罵った。「あそこに戻りたいのか、オシャ？　ばかだなあ、おまえは。人質がいようといまいと、白い歩行者どもが気にすると思うか？」かれはブランのほうを振り向き、股を縛ってある革紐に切りつけた。革はシュッと音をたてて切れた。

その動作は素早く無造作で、深く切れた。ブランが見おろすと、ウールの脚絆の切れ目に白い肉が見えた。それから、血が流れだした。その赤い汚れが広がるのを見つめると、頭がくらくらし、妙に他人事のように感じられた。苦痛はなく、ほんのわずかな感覚すらもなかった。大男は驚いて唸った。

「刃物を捨てろ。そうすれば、早くて苦痛のない死を与えてやる」ロブの声がした。

ブランは、ああ助かったと思って目を上げた。そこにロブがいた。その言葉の強さは、

緊張で声が割れたために、割引された。かれは馬にまたがり、後ろに大鹿の死骸をかけ、剣を手にしていた。

「兄貴だな」白髪混じりの無精髭の男がいった。

「こいつは気が強いぞ、きっと」背の低い女が嘲った。ハリと呼ばれている女だ。「あたしらと闘うつもりかい、小僧？」

「ばかはおよし、坊や。人数は一対六だよ」背の高い、オシャという女が槍を構えた。

「馬から下りて剣を捨てな。その馬と鹿肉をよこせば、あたしらは丁寧に礼をいって、二人とも逃がしてやるからさ」

ロブがひゅっと口笛を吹いた。湿った落ち葉の上に、かすかな足音がした。下生えが二つにわかれ、低く垂れた枝から雪がこぼれた。そして、グレイウィンドとサマーが茂みから姿を現わした。サマーはくんくんと空気の匂いを嗅ぎ、唸った。

「狼だ」ハリが息を飲んだ。

「大狼《ダイアウルフ》だぞ」ブランはいった。まだ発育途中だが、普通の狼と同じぐらいの大きさになっていた。しかし、見分け方さえ知っていれば、その相違は容易にわかる。マイスター・ルーウィンと犬舎長のファーレンが教えてくれたのだが、大狼は胴体に比べて頭が大きく、脚が長い。そして、口吻と顎が特に細いのが目立った特徴である。静かに降る雪の中に、かれらがそうして立っている姿は、なんとなく不気味で恐ろしい感じがする。

グレイウィンドの鼻面は新鮮な血で汚れていた。

「犬だよ」禿げ頭の大男がばかにしたようにいった。「だが、狼の毛皮のマントほど、夜暖かいものはないというぞ」かれは鋭い身振りをした。「やっちまえ」

ロブは叫んだ。「ウィンターフェル！」そして馬を蹴った。馬が土手から駆けおりると、ぼろをまとった連中が寄ってきた。斧を持った男が叫び声をあげて不注意に飛びかかった。ロブの剣がそいつの顔にまともに当たった。グシャッといういやな音がして、血しぶきが飛んだ。不精髭を生やした痩せた男が、手綱につかみかかった。そして、ほんの半秒ほどそれをつかんでいたが……そのときグレイウィンドが襲いかかり、押し倒した。そいつは悲鳴と水しぶきをあげて後ろ向きに川に落ち、顔が水面下に沈み、ナイフを持った手で必死にもがいた。大狼は後を追って水に飛びこみ、人も狼も姿を消した。それから、白い水が赤く変わった。

ロブとオシャは川の中程で闘った。彼女は鉄の穂先のついた長い槍で、かれの胸をめがけて、一度、二度、三度と突きかかった。だが、ロブは長剣でその突きをすべて払いのけ、穂先を横に逸らせた。四度めか五度めに突いたときに、その背の高い女は体を伸ばしすぎて、ほんの一瞬バランスを失なった。ロブは突撃し、馬でそいつを打ち倒した。

数フィート先でサマーが飛びこみ、ハリに嚙みついた。ハリはその横腹をナイフで刺そうとした。サマーはさっと身をかわし、唸り声をあげて、再び猛然と襲いかかった。

今度はかれの顎が彼女のふくらはぎをくわえた。その小柄な女はナイフを両手で持って、突きおろした。だが、サマーは刃が突きだされるのを感じとったらしく、一瞬、身を引いた。その口には革と布と血みどろの肉が詰まっていた。ハリがよろよろと倒れると、サマーは再び襲いかかり、彼女を仰向けに突き倒し、その腹を喰い裂いた。

六番めの男は殺戮の場面から逃げだした……が、それほど遠くには行けなかった。かれが川の対岸に駆けあがったとき、グレイウィンドが水中からずぶ濡れの姿を現わした。狼は体を震わせて水をはねとばすと、逃げていく男を勢いよく追いかけ、足を一嚙みして、膝の腱を切り、その喉に嚙みついた。男は悲鳴をあげて再び川に滑りおちた。

こうして、残るは大男のスティヴ一人になった。かれはブランの胸の革紐を切り、その腕をつかんで引っ張った。突然ブランは地面に落ちて、もがいた。脚が体の下でもつれ、片方の足が水に浸かった。水の冷たさは感じなかったが、スティヴが喉に短剣を突きつけたとき、その鋼の触感はあった。「後ろにさがれ」その男は警告した。「さもないと、この小僧の喉を掻き切るぞ。いいか」

ロブは手綱を引いて馬を止め、荒い息をした。その目から激怒の色は消え、剣を持った手が垂れた。

その瞬間、ブランはすべてを見た。サマーはハリに激しく嚙みつき、その腹からキラキラ光る青い蛇のようなものを引きだしていた。彼女は目を見開いて、一点を見つめて

いた。彼女が生きているのか死んでいるのか、ブランにはわからなかった。白髪混じりの無精髭の男と、斧を持った男は、じっと横たわっていたが、オシャは膝をつき、落ちた槍を拾おうとして這っていった。グレイウィンドはずぶ濡れの姿で彼女に走りよった。

「こいつを呼び戻せ！」大きな男が叫んだ。「二匹とも呼び戻せ。さもないと、麻痺した小僧を殺すぞ！」

「グレイウィンド、サマー、来い」ロブはいった。

大狼たちは立ちどまり、振り向いた。グレイウィンドは飛び跳ねて、ロブのところに戻った。サマーはその場に留まり、ブランとその横の男を見て、唸った。その鼻面は濡れて赤くなっており、その目は燃えていた。

オシャは槍の柄を突いて、立ちあがろうとしていた。上腕のロブに切られた傷から血が流れていた。ブランは大男の顔から汗が滴りおちるのを見た。スティヴが自分と同じくらい怯えていることがブランにはわかった。「スタークめ」男はつぶやいた。「残虐なスタークめ」それから声をあげていった。「オシャ、狼どもを殺し、そいつの剣を取りあげろ」

「自分で殺せばいいだろう」彼女は答えた。「わたしはこの怪物どもに近づくつもりはないよ」

一瞬スティヴは途方に暮れた。かれの手が震えた。ブランはナイフを押しつけられた

喉から血が滴るのを感じた。その男の悪臭が鼻をついた。恐怖の匂いがした。「おまえ」かれはロブに呼びかけた。「名前は何という？」

「ロブ・スターク、ウィンターフェルの後継者だ」

「これはおまえの弟か？」

「そうだ」

「生かしておきたかったら、おれのいう通りにしろ。馬から下りろ」

ロブは一瞬ためらった。それから、ゆっくりと、しぶしぶ馬から下り、剣を手にして立った。

「次は、狼どもを殺せ」

ロブは動かなかった。

「やれ。狼をとるか、小僧をとるか」

「やめて！」ブランが絶叫した。たとえロブがいわれた通りにしても、いったん狼が死んでしまえば、どのみち二人とも殺されるだろう。

禿げ頭の男は空いたほうの手でブランの頭髪をつかみ、乱暴に捩じった。あまりの痛さにブランは泣き声を出した。「てめえは黙ってろ、わかったか？」男はさらにひどく捩じった。「わかったか？」

後ろの森から、シュッと低い音がした。スティヴが喉の詰まったような声を出し、突

然、その胸から長さ半インチほどの剃刀のように鋭利な、幅広の矢尻が飛びだした。その矢は真っ赤で、まるで血を塗ったように見えた。

ブランの喉から短剣が落ちた。大男はぐらりと揺れてくずおれ、うつ伏せに川の中に落ちた。その体の下で矢が折れた。ブランは男の命が渦を巻いて水中に消えるのを見た。オシャが見回すと、木立の下から衛兵が剣を手にして現われた。彼女は槍を投げ捨てた。「お慈悲を、殿様」彼女はロブに呼びかけた。

衛兵たちは青い顔をして、殺戮の現場に入ってきた。そして、不安そうに狼たちを見た。そして、サマーがハリの死骸を再び喰いはじめると、ジョゼスは短剣を落とし、ゲーゲーいいながら、藪のほうに走っていった。マイスター・ルーウィンさえも木陰から歩みでて、ショックを受けたようだった。だが、それはほんの一瞬だった。かれは首を振り、流れを渡って、ブランのそばに来た。「お怪我は？」

「足を切られた」ブランはいった。「だけど、感じない」

マイスターがひざまずいて傷を調べはじめると、ブランは顔を背けた。シオン・グレイジョイは弓を手にして、見張りの木《センチネル・ツリー》のそばに立っていた。かれはいつものように笑っていた。半ダースの矢がそばの柔らかい地面に突きたててあったが、一本だけで用が足りた。「死んだ敵は、美しいものだ」かれはみんなにいった。

「ジョンはいつも、おまえはばかだといっていたぞ、グレイジョイ」ロブは大声でいっ

た。「おまえを鎖で中庭につないで、ブランの弓の稽古の的《まと》に使ってやるからな」「弟の命を救ったんだから、礼ぐらいいってもいいはずだ」

「射損じたらどうする？」ロブはいった。「傷つけただけだったら？　やつの手が反動で動いたら、いや、かわりにブランに当たったら、どうする？　もしかしたら、あの男は板金胸当をつけていたかもしれないんだぞ。おまえのところからは、マントの背中しか見えなかったが。そうだったら、弟はどうなったと思う？　いったい、そのことを考えたのか、グレイジョイ？」

シオンの微笑が消えた。かれは膨れっ面で肩をすくめ、地面から、一本一本矢を抜きとりはじめた。

ロブは護衛兵たちを睨みつけて、いった。「おまえたち、どこにいたんだ？　すぐ後ろにいると思っていたのに」

兵士たちは困ったように顔を見合わせた。「後を追っていました」いちばん若い護衛兵のクェントがいった。かれの顎髭は柔らかい茶色の綿毛のようだった。「ただ、その前に、マイスター・ルーウィンとその驢馬を待っていたのです。すみませんでした。それから、あのう……」かれはシオンのほうをちらりと見やって、困ったように、すぐに目をそらした。

「七面鳥を見かけたのさ」シオンはこの成り行きに当惑していった。「あんたがブラン

を一人ぼっちにすると、どうしておれにわかる?」

ロブは首をまわして、もう一度シオンを見た。ブランはそんなに怒っているロブを見たことがなかった。しかし、かれは黙っていた。結局、ロブはマイスター・ルーウィンのそばに膝をついた。「傷の具合は?」

「ほんのかすり傷です」マイスターがいった。そして、川の水で布を濡らして傷を洗った。「あの二人は黒衣を着ていましたな」かれは手当てをしながら、ロブにいった。

ロブは水中に倒れているスティヴのほうをちらりと見やった。そのぼろぼろの黒いマントが急流に引っ張られて、ひらひらと動いていた。「夜警団《ナイツウオッチ》からの逃亡者だ」かれは暗い表情でいった。「愚か者どもにちがいない。こんなにウィンターフェルの近くまで来るなんて」

「愚行と絶望は、しばしば区別が難しい」マイスター・ルーウィンがいった。

「こいつらを埋葬しますか、殿様?」クェントが尋ねた。

「やつらはおれたちを埋葬しなかったろうよ」ロブはいった。「首を切って〝壁〟に送り返そう。その他は鴉の餌にしてやれ」

「で、こいつは?」クェントは親指でオシャを指さした。

ロブは彼女に歩みよった。彼女はかれよりも頭一つ背が高かったが、かれが近寄るとひざまずいた。「命ばかりはお助けください、スタークの殿様。あなたの家来になりま

す」

「おれの？　宣誓破りの者だったらどうする？」

「わたしは宣誓破りではありません。スティヴとウォレンは〝壁〟から逃げてきましたが、わたしは違います。黒鴉の軍団は女を入れません」

シオン・グレイジョイがぶらぶらそばに来た。「狼どもにやるがいい」かれはロブに促した。女は食べ残されたハリの死骸のほうを見て、慌てて目をそらし、がたがた震えた。衛兵たちも吐きそうな顔をした。

「こいつは女だ」ロブはいった。

「野生人だ」ブランはいった。「ぼくを生かしておいて、マンス・レイダーに売るといいといったよ」

「名前はあるのか？」ロブは彼女に尋ねた。

「オシャといいます」彼女は苦々しくつぶやいた。

マイスター・ルーウィンが立ちあがった。「彼女を尋問するといいかもしれない」

ブランは兄がほっとした顔をするのを見た。「そうしよう。ウェイン、彼女の手を縛れ。ウィンターフェルに連れて帰る……そして、生かすか殺すかは、彼女が真面目に答えるかどうかだ」

38 ティリオン

「食いたいか？」モードが怖い顔で尋ねた。かれは太くて短い指のついた、太い手の片方に煮豆の皿を持っていた。

ティリオン・ラニスターは飢えていたが、この獣のような男に怯えた様子を見せないようにしていた。「仔羊の脚ならうれしいな」かれは独房の隅に積みあげてある汚れたわらの上でいった。「そうだなあ、豆とタマネギが一皿、焼きたてのバターつきパンが少しと、それを飲みこむための温めたワインが一瓶あればけっこうだ。いや、ビールのほうが手がかからなければ、それでもいい。あまり選り好みしないようにしているんだ」

「豆だ」モードはいった。「そら」かれは、皿を差しだした。

ティリオンは溜め息をついた。その牢番は体重二十ストーン（約百三十キロ）のばかな大男で、歯は茶色に腐り、小さな黒い目をしていた。顔の左側は、耳と頬骨の一部を斧で削りとられて、のっぺりしていた。醜さも見ればわかるが、何を考えているかも一目瞭然だっ

た。それにしても、ティリオンは腹がへっていたので、皿に手を伸ばした。

モードは皿をさっとひっこめて、にやにや笑った。「こっちだ」かれはそういって、皿をティリオンの手の届かない距離に差しだした。

小人は体の節々の痛いのを我慢して、ぎごちなく立ちあがった。「食事のたびに、毎度ばかばかしいゲームをしなければならないのか？」かれは豆を取ろうと、さらに手を伸ばした。

モードは腐った歯を見せてにやにや笑いながら、よろよろと後ずさりした。「こっちだ、ちび公」かれは手をいっぱいに伸ばして、独房が終わり、空が始まる境界を越えて、皿を差しだした。「食いたくないか？　ここだ。取ってみろ」

ティリオンの腕は短すぎて皿に届かなかったし、そんなに縁のそばまで歩みよるつもりはなかった。モードの重くて白い腹を、どんと一押しすればことはすむ。そうすれば、何世紀にもわたってアイリーの他の大勢の囚人たちがそうなったように、やつは〝スカイ〟の門の石畳の上で、胸の悪くなるような赤い染みになることだろう。「考えてみたら、やっぱり腹はへっていない」かれは宣言して、独房の隅に戻った。

モードは唸って、指を開いた。風が皿を奪い、皿はくるくるまわりながら落ちていった。一握りの豆が二人のところに吹き戻され、食べ物は視界から転落していった。牢番は、椀に入ったプディングのように腹を震わせて、笑った。

ティリオンの怒りが爆発した。「このあばた面の驢馬《ろば》の息子め」かれは吐きだすようにいった。「おまえのようなやつは、赤痢で死ぬがいい」

それを聞くと、モードは独房から出がけに、爪先を鉄で包んだブーツでティリオンのあばらを蹴った。「今の言葉は取り消す！」かれはわらの上で体を二つに折って、あえぎながらいった。「この手で、きさまを殺してやる、絶対に！」鉄の帯で補強した重い扉がドカンと閉まった。ティリオンは鍵がガチャガチャ鳴るのを聞いた。

かれには、体が小さいわりに、大きな口を叩くという危険な悪癖があった。かれはそれを反省しながら、おかしなことにアリン家が地下牢と呼ぶものの隅に這い戻った。そして、唯一の寝具である薄い毛布にくるまって、ぎらぎらと輝く空虚な青空と、無限に続いているように見える遠い山なみを眺めた。そして、さいころ賭博でマリリオンから取りあげたシャドウキャットの毛皮のマントがあればよいのにと思った。あれは、歌い手のマリリオンが山賊の首領の死骸から剝ぎとったもので、血とかびの匂いがしたが、厚くて暖かかった。モードは、それを見たとたんに、かれから取りあげたのだった。

鉤爪のように鋭い突風が、かれの毛布につかみかかった。かれの独房は——小人にとってさえも——惨めなほど狭かった。五フィート足らず先の、まともな地下牢なら壁があるはずのところで、床は終わり、空が始まっていた。ここには新鮮な空気と日光がたっぷりあるし、夜には月も星も見えるけれど、キャスタリーロック内部の最も湿った、

最も暗い穴蔵と、即座に交換してもよいと、ティリオンは思った。

「おまえ飛ぶぞ」モードはかれをここに押しこんだときに、そう断言したものだった。「二十日か、三十日か、たぶん五十日も経てば、おまえは飛ぶぞ」

アリン家は国内唯一の地下牢を、囚人たちが自由に脱走できる場所に設置していた。ティリオンはここに入れられた最初の日に、何時間も勇気を溜めこんでから、床に腹這いになり、身をくねらせて、縁まで行き、頭を突きだして、下を見た。〝スカイ〟の関門は六百フィート下にあり、両者のあいだには空っぽの空気以外には何もなかった。できるだけ首を伸ばして見まわすと、右にも左にも上にも、他の房が見えた。かれは石造りの蜂の巣の中の、一匹の蜂だった。羽根はだれかにむしりとられていたけれども。

房内は寒くて、昼夜を問わず風がヒューヒューと吹きつけた。そして、特に悪いのは、床が傾いていることだった。ごくわずかだが、それで充分だった。目をつぶるのが怖かった。眠っている間に転がっていき、縁から転落して、はっと目を覚ましても手遅れだから。この空《そら》の牢屋が囚人を発狂させるのも無理はなかった。

〝神々よ、救いたまえ〟この房の先住者が血液らしきもので、壁に書いていた。〝青空が呼んでいます〟と。最初ティリオンは、これはだれだったろうと考えた。そして、そいつはどうなったろうかと。だが、結局、知らないほうがましだと思い定めた。

あのとき口を慎んでいさえすれば……

見栄えのしない少年が、アリン家の〝月に隼〟の旗印の下、彫刻を施したウィアウッドの玉座から見おろして、口火を切った。ティリオン・ラニスターは生まれて以来、ずっと人に見おろされてきたが、大人の高さになるように、尻の下に厚いクッションを詰めこまなければならない、涙目の六歳の子供から見おろされたのは初めてだった。「こいつが悪者なの？」少年は、人形を抱きながら、尋ねたものだ。

「そうよ」レディ・リサがその横のより小さな玉座からいった。彼女は真っ青な衣服をまとい、宮廷にいっぱいいる求婚者のために、白粉《おしろい》を塗り、香水を振りかけていた。

「こいつ、とっても小さいなあ」アイリーの領主はくすくす笑った。

「これがラニスター家の〝小鬼《インプ》〟ことティリオンで、あなたの父上を殺害したやつです」彼女のあげた声は、高巣城《アイリー》の大広間の端まで聞こえ、乳白色の壁と細い柱列に反響し、全員の耳に届いた。「かれは〝王の手〟を殺したのです」

「おや、わたしはかれも殺したのか？」ティリオンは愚かにも、そういってしまったのだった。

おそらくこのときは、口をつぐんで頭を垂れているのが最善の策だったのだ。今から考えれば、そうとわかる。ちくしょう、そのときだってわかっていたんだ。アリン家の大広間は細長い質素な広間で、青い縞目のある白大理石の壁には近づきがたい冷たさがある。だが、かれを取り巻いている人々の顔はもっとずっと冷たかった。キャスタリー

ロックの権力ははるか彼方で、アリンの谷間《ヴェイル》にラニスター家の友人は一人もいなかった。服従と沈黙こそが最善の防御であっただろうに。

だが、ティリオンの気分はあまりにも険悪で、分別がなくなっていた。恥ずかしいことに、たっぷり一日かかる高巣城《アイリー》までの長い登坂の最後の区間で、かれはよたよたとくずおれてしまい、発育不良の脚は、それ以上かれを運びあげることができなくなったのだった。残り道を、ブロンによって運ばれた。そして、その屈辱がかれの怒りの炎に油を注いだのだった。「とすると、わたしは小間使いみたいに忙しかったろうなあ」かれは皮肉っぽくいった。「虐殺やら、殺人やら、そういうことをする時間を、どうやってやりくりしたのかなあ」

かれはだれを相手にしているか、思いだすべきだった。リサ・アリンと、その半ば精神異常の病弱な息子は、気のきいた冗談を——特にそれが自分たちに向けられている場合には——好む人々ではなかった。

「小鬼《インプ》」リサは冷たくいった。「おまえのその嘲笑的な舌をしまって、礼儀正しくわたしの息子に話すがいい。さもないと、きっと、後悔することになる。自分の立場を思いだせ。ここは高巣城《アイリー》だぞ。そして、おまえを取り巻いているのは、谷間《ヴェイル》の騎士たちで、ジョン・アリンを心から愛していた忠実な男たちだ。かれらは一人残らず、わたしのために死ぬ覚悟でいる」

「レディ・アリン、万一わたしの身に危害がおよべば、兄のジェイムが喜んでかれらの死を見届けるだろうよ」ティリオンはこれらの言葉を吐きだしながらも、これはまずいと感じていた。

「おまえ飛べるか、ラニスターの若殿？」レディ・リサが尋ねた。「小人には翼があるのか？　なければ、思いついた次の脅迫を、飲みこんだほうが賢明だぞ」

「脅迫ではない」ティリオンはいった。「これは約束だ」

小公子ロバートはこれを聞いて、ピョンと立ちあがったが、あまり取り乱したので、人形を落としてしまった。「おまえ、ぼくたちを傷つけることはできないぞ」かれは金切り声でいった。「ここにいるぼくたちを、だれも傷つけることはできないぞ。いってやって、お母様、いってやって、こいつはぼくたちを傷つけることはできないって」少年は引きつけを起こしはじめた。

「高巣城《アイリー》は難攻不落だ」リサ・アリンは静かに言明した。そして、息子を引きよせ、そのふっくらとした白い腕の輪の中に、抱きしめた。「小鬼《インプ》はわたしたちを脅しているだけよ、坊や。ラニスター家の者はみんな嘘つきなのよ。わたしのかわいい坊やは、だれにも傷つけさせないからね」

いまいましいことに、疑いなく彼女が正しかった。ティリオンはここまで登ってくるのがどんなに大変か経験したので、甲冑をつけた騎士が戦いながら登ってくるのが、ど

んなものか想像できた。上から石や矢が降ってくるし、一歩進むごとに敵が戦いを挑んでくるのだから。これはもう悪夢なんてものではないだろう。アイリーが決して陥落したことがないのは、当然だった。

それでも、ティリオンは黙っていることができなかった。「難攻不落ではない」かれはいった。「不便なだけだ」

若いロバートは震える手で、下を指さした。「おまえは嘘つきだ。お母様、こいつが飛ぶのを、ぼく見たい」青空色のマントを着た二人の衛兵がティリオンの腕をつかみ、かれをぶらさげた。

ケイトリン・スタークがいなければ、これから何が起こったかわからなかった。「妹よ」ケイトリンは玉座の下に立ったまま呼びかけた。「思いだしてください。この男はわたしの捕虜ですよ。かれに危害を加えてはなりません」

リサ・アリンは冷たい目で一瞬、姉をちらりと見ると、さっと立ちあがり、長いスカートをひるがえして、ティリオンのところに来た。一瞬、彼女に殴られるのではないかと、ティリオンは思った。だが、彼女はそうせずに、かれを放すように兵士に命じた。かれらはティリオンを床に押しつけた。かれの脚は体を受けとめることができず、ティリオンは倒れた。

かれが必死に膝で立とうとする姿は、ちょっとした見物だったろう。だが、たちまち

右足が痙攣して、再びぶざまに倒れた。アリン家の大広間の端から端まで、笑い声が響きわたった。

「姉の小さな賓客は、立っていられないほど疲れている」レディ・リサが告げた。「サー・ヴァーディス、かれを地下牢に連れてお行き。空《そら》の独房で一休みすれば、効き目があるでしょう」

衛兵がかれを乱暴に引きおこした。ティリオン・ラニスターはかれらの間にぶらさがり、弱々しく足をばたつかせ、恥ずかしさのあまり真っ赤な顔をした。「このことは忘れないぞ」かれは運びさられながら、みんなに向かっていった。

そして、忘れなかった。それが役に立ったかどうかは別として。

かれは最初、この投獄は長続きするはずはないと、みずからを慰めていた。リサ・アリンはおれの高慢の鼻を折りたいと思っただけだ。彼女はまたおれを呼び戻すだろう、それもすぐに。たとえ、彼女がそう思わなくても、ケイトリン・スタークがおれを尋問したいだろう。今度こそは、この舌をもっと厳重にガードすることにしよう。彼女らがいきなりおれを殺すことはあるまい。おれは依然としてキャスタリーロックのラニスター家の一員なのだから。そして、もしあいつらがおれの血を流せば、戦争になる。いや、とにかく、かれはそう思った。

今はそれほど確信はなかった。

たぶん、おれを捕らえた連中は、ここでおれを朽ち果てさせるつもりだろう。だが、おれには長くかかって朽ち果てるだけの体力はない。日に日に体力が衰えている。そして、モードが蹴ったり殴ったりして、重傷を負わせるのは時間の問題だ。もし、あの牢番がその前におれを餓死させなければの話だが。寒くて空腹な夜があと二つ三つ続けば、青空がおれをも呼びはじめるだろう。

かれは独房の壁――こんな壁だが――の外で何が起こっているだろうかと思った。タイウィン公はきっと、知らせが届いたときに、騎士たちを送りだしただろう。今頃、ジェイムは大軍を率いて〝月の山〟を越えているかもしれない……いや、ウィンターフェル目指して北に向かっているのでなければ、の話だが。ケイトリン・スタークがおれをどこに連れこんだか、谷間《ヴェイル》の外のだれかがちらとでも疑ったりしたろうか？　もし、サーセイがこのことを聞いたら、どうするだろうか？　王なら、おれを解放しろと命じることはできる。だが、はたしてロバートが、王妃か、あるいは、かれの〝手〟の話に耳を傾けるだろうか？　ティリオンは姉に対する王の愛情について、決して幻想を抱いてはいなかった。

もし、サーセイが正気を保っていれば、王じきじきにティリオンの裁判をすべきだと、彼女は主張するだろう。それには、ネッド・スタークさえも反対することはできないだろう。反対をすれば、必ず王の名誉をないがしろにすることになる。そして、ティリオ

ンとしては、いちかばちか自分の命運を裁判に賭けることにまったく異存はなかった。かれらがどのような殺人の罪を自分になすりつけるにしても、かれの見るかぎり、スターク家の連中は何の証拠も握っていない。鉄の玉座とあの地方の諸公の前で、かれらにいい分を述べさせてやろう。それは、かれらの終わりを意味するだろう。事態を見通すだけの知能が、サーセイにありさえすれば……

ティリオン・ラニスターは溜め息をついた。おれの姉には、ある種の程度の低い悪知恵がないわけではない。だが、そのプライドが彼女の目を見えなくさせている。彼女はこれを侮辱と考えて、好機とは考えないだろう。そして、ジェイムはさらに悪い。すぐに腹を立てて猪突猛進する。この兄は結び目を剣で二つに切断できる場合には、それを決して解こうとしない。

かれらのどちらが、スタークの子供の口をふさぐために、刺客を送ったのだろうかと、かれは思った。そして、はたして本当に、かれらがアリン公の殺害を企んだのだろうか？　もし、あの年とった〝手〟が殺害されたとしたら、それは素早く隠密に行なわれた。あの年齢の人間は急病で死ぬのがつねだ。それと対照的に、ブランドン・スタークを殺そうとして、盗まれた短剣をどこかの薄のろに持たせて送りこむのは、信じられないほど気のきかないやり方だと思われる。考えてみると、これはおかしくはないか……

ティリオンは身震いした。確かに、何かいやな疑惑が生まれる。たぶん、森の中にい

る獣は、大狼《ダイアウルフ》とライオンだけではないのだろう。そして、もしこれが事実だとすれば、だれかが自分をだしに使っているのだ。ティリオン・ラニスターは人に利用されるのは大嫌いだった。

ここから脱出しなければならない。それも、すぐに。おれがモードに打ち勝つチャンスは少ないか、またはゼロだ。そして、六百フィートのロープをこっそり差し入れてくれる人間はいない。だから、舌先三寸で自分を解放しなければならない。この口が自分をこんな牢屋に放りこんだのだから、当然、この口が自分を脱出させることができるはずだ。

ティリオンは、独房の縁の方向にごくかすかに体を引っ張っている床の傾斜を、極力無視して、やっと立ちあがった。そして、扉を拳でどんどん叩いた。「モード！」かれは叫んだ。「牢番！　モード、おまえに話がある！」たっぷり十分間もそうして叫んでいると、やっと足音が聞こえてきた。ティリオンは扉がどかんと開く直前に跳びのいた。

「喧しい」モードは目を血走らせて、噛みつくようにいった。肉付きのよい片方の手から、なめし革の紐が垂れていた。幅が広くて、厚いやつを、かれは二つ折りにして握っていた。

〝怯えた様子を決して見せるな〟ティリオンは自分にいい聞かせた。「おまえ、金持ちになりたいだろう？」かれは尋ねた。

モードはかれを打った。大儀そうに、逆手で革紐をふるった。だが、革紐はティリオンの腕の上のほうに当たった。その力で、かれはよろめいた。歯ぎしりするほどの痛さだった。

「へらず口を叩くな、ちび」モードは警告した。

「金だよ」ティリオンは微笑の真似ごとをしながら、いった。「キャスタリーロックは金であふれている……アーッ……」こんどの打撃は上からだった。しかも、モードは腕をもっとよけいに振って、革紐をピシリと跳ねさせた。それはティリオンのあばらに当たり、かれは膝をつき、すすり泣いた。だが、無理やり顔を上げて牢番を見た。「〝ラニスター家のように金持ちだ〟」かれはぜいぜい喉を鳴らしながらいった。「という諺もあるんだぞ、モード――」

モードは唸った。革紐がヒュッと空を切り、ティリオンの顔にまともに当たった。あまりの痛さに、かれは倒れた自覚がなかった。だが、目を開けると、独房の床に倒れていた。耳ががんがん鳴っており、口は血でいっぱいだった。かれは起きあがろうとして、手がかりを探った。だが、指には何も……触らなかった。ティリオンはまるで熱湯に触れたかのように、慌てて手をひっこめ、そして、息をしないように最善を尽くした。まともに床の縁に倒れたのだった。青空から数インチのところに。

「まだ、何かいいたいか？」モードは革紐を左右の拳の間に持ち、するどく引いた。ピ

シリと音がして、ティリオンは飛びあがった。牢番は笑った。

〝こいつがおれを縁から押しおとすことはあるまい〟ティリオンは床の縁から這い戻りながら、必死に自分にいい聞かせた。〝ケイトリン・スタークはおれを生かしておきたがっている。こいつがあえておれを殺すことはあるまい〟かれは手の甲で唇の血を拭《ぬぐ》い、にやりと笑っていった。「今のはきいたぜ、モード」牢番はからかわれているかどうか見極めようとして、目を細めてかれを見た。「おまえのような強い男は、おれの役に立つだろう」革紐が飛んできたが、今度はティリオンは身をすくめて避けることができた。革紐が肩をかすめたが、それっきりだった。「金だぞ」かれは、蟹のように慌てて後ずさりしながら繰り返した。「おまえがここで一生の間に見る以上の金だぞ。土地も、女も、馬も、意のままに買えるだけの金だ……領主《ロード》にだってなれる。モード公だぞ」ティリオンは咳払いをして、血の塊と痰を空中に吐きだした。

「金なんかない」モードはいった。

〝この野郎、耳を貸しはじめたぞ！〟ティリオンは思った。「やつらはおれを捕らえたときに、おれの財布も取りあげた。だが、その金はいまだにおれのものだ。ケイトリン・スタークは人を捕虜にするかもしれないが、そいつの金を盗むほどさもしくはない。それでは名誉がすたる。おれを助ければ、その金を全部おまえにやる」モードの革紐がなめるように飛びでた。だがそれには心がこもっておらず、いい加減なスイングで、の

ろくてばかにしたような動きだった。ティリオンはその革紐をつかんで放さなかった。

「おまえに危険はない。メッセージを届けてくれさえすればいいんだ」

牢番はティリオンの手から革紐を引き抜いた。「メッセージ」かれはまるでその言葉を聞いたことがないかのように言い、眉をひそめ、額に深いしわを寄せた。

「いった通りだよ、御前様《マイ・ロード》。おれの言葉をおまえの女主人に伝えさえすればいいのだ。こういってくれ……」〝何といおう？　いったいぜんたい、何といったら、リサ・アリンの心が解けるだろうか？〟不意にティリオン・ラニスターの心に天啓が浮かんだ。

「……おれが罪の懺悔をしたがっていると」

モードは腕を上げた。ティリオンはまた打たれるのかと、体を固くした。だが、その牢番はためらった。その目の中で疑惑と貪欲が争った。その金が欲しかったが、騙されるのを恐れた。かれはしばしば騙された経験のある人間の表情をした。「嘘だ」かれは暗い口調でつぶやいた。「ちび公はおれを騙す」

「文書で約束しよう」ティリオンは誓った。

文盲の人間には、書き物を軽蔑するタイプと、書かれた言葉をある種の魔術ででもあるかのように考えて、迷信的な尊敬を抱くタイプとがあるようだ。幸いにも、モードは後者だった。その牢番は革紐を下ろした。「金と書け。たくさんの金と」

「よし、たくさんの金」ティリオンは請けあった。「あの財布はほんの見本だよ、きみ。

おれの兄貴は金無垢の板金甲冑を着ているんだぜ」実は、ジェイムの甲冑は鋼に鍍金《めっき》したものだった。だが、この薄のろにはその違いは決してわかるまい。

モードは思案顔で革紐をまさぐった。だが、結局、納得して紙とインクを取りにいった。手紙が書かれると、牢番はうさん臭そうに、しかめ面をしてそれを見た。「さあ、この手紙を届けろ」ティリオンは催促した。

その夜遅く、かれが震えながら眠っていると、迎えが来た。モードは扉を開けたが黙っていた。サー・ヴァーディス・エゲンがブーツの先でティリオンを起こした。「立て、小鬼《インプ》。奥方がお会いになる」

ティリオンは目をこすって眠気を払いのけ、顔をしかめて見せた。「彼女がおれに会いたがるのは当然だ。しかし、おれが彼女に会いたがっていると、おまえ、どうしてわかるのかね？」

サー・ヴァーディスは顔をしかめた。ティリオンは、かれが〝手〟の衛兵隊長としてキングズランディングにいた頃から知っていた。四角い無骨な顔、白髪、どっしりとした体格、そして、ユーモアのかけらもない。「おまえがどう思おうと知ったことではない。立て。それとも、運んでいかせるか？」

ティリオンはよろよろと立ちあがった。「寒い夜だ」かれはさりげなくいった。「それにして、大広間は風通しがひどくいい。風邪を引きたくない。モード、まことにお手数だ

が、おれのマントを持ってきてくれないか」

その牢番は顔いっぱいに疑惑の表情を浮かべて、横目でかれを見た。

「おれのマントだよ」ティリオンは繰り返した。「おまえが保管してくれている、あのシャドウキャットだ。思いだせよ」

「そのマントとやらを持ってきてやれ」サー・ヴァーディスがいった。

モードは唸りもしなかった。後でひどい目にあわせてやるからな、という目つきでティリオンを睨みつけた。だが、とにかくマントを取りにいった。かれが囚人の肩にそれをかけると、ティリオンは微笑した。「ありがとよ。これを着るたびに、おまえを思いだすだろう」かれは垂れさがった長い毛皮の端を、右肩に投げかけた。すると、何日かぶりに暖かさを感じた。「案内してくれ、サー・ヴァーディス」

アリン家の大広間は、壁の突き出し燭台に燃えている五十本の松明《たいまつ》の明かりで、あかあかと照らされていた。レディ・リサは、胸に真珠で〝月に隼〟の紋章を縫いとりした黒い絹の服を着ていた。彼女は夜警団《ナイツウオッチ》に加入するような人物には見えないので、罪の告白の場には喪服が似合うと決めているようにしか、思えなかった。彼女の鳶色の長い髪は丁寧に三つ編みにされて、左の肩に垂らされていた。彼女の隣の高いほうの玉座は空いていた。アイリーの小公子は引きつけを起こしながら眠っているにちがいない。ティリオンは少なくともそれだけはありがたいと思った。

かれは深々とお辞儀をし、それからちょっと時間をかけて広間を見まわした。レディ・アリンはかれの期待どおり、その告白を聞くために騎士や家来たちを呼び集めていた。サー・ブリンデン・タリーのいかつい顔、ネスター・ロイス公の居丈高な顔が見える。ネスターの横には猛々しい黒い頬髭を生やした若い騎士が立っているが、それはかれの跡継ぎであるサー・アルバー以外にはありえない。谷間《ヴェイル》のおもだった家の大部分が出席していた。ティリオンは、剣のように細身のサー・リン・コーブレイ、痛風で足の痛いハンター公、息子たちに取り巻かれている未亡人のレディ・ウェインウッドなどに目を止めた。その他にも、かれの知らない紋章をつけた人々がいた。折れた槍、緑の蛇、燃える塔、翼のある聖餐杯など。

谷間《ヴェイル》の諸公と混じって、かれと一緒に旅をしてきた道連れが何人かいた。傷が癒えず青い顔をしているサー・ロドリック・カッセルが、サー・ウィリス・ウォードと並んで立っている。歌い手のマリリオンは新しい木の竪琴を手に入れていた。ティリオンはにっこりした。今夜ここで何が行なわれるにしても、それが秘密裏に行なわれてはならない。そして、物語を遠近に広めるには、歌い手以上に好都合な者はいなかった。

ホールの後ろのほうには、円柱の下にブロンがよりかかっていた。この自由騎手《フリーライダー》の黒い目はティリオンに釘付けになっており、その手は剣の柄頭に軽く置かれていた。ティリオンはかれをじーっと見つめた。はたして、あの男は……

ケイトリン・スタークが口火を切った。「おまえは罪を告白したいといっているそうだが」

「その通りです、奥方」ティリオンは答えた。

リサ・アリンは姉に微笑みかけた。「空《そら》の独房はいつも囚人の心を砕くのよ。神々はあそこにいる囚人を見ることができる。そして、囚人が隠れることのできる暗闇はない」

「かれは砕かれているようには見えないけれど」レディ・ケイトリンがいった。

レディ・リサは彼女を無視した。「いいたいことをいいなさい」彼女はティリオンに命じた。

〝さあ、さいころを転がすときだ〟かれはもう一度ブロンのほうをちらりと見て、そう思った。「何から始めましょうか？　わたしは邪悪な小人です。それを告白します。紳士淑女諸公、わたしの悪行と罪は数えきれません。売春婦と寝ました。一度ならず何百回もです。自分自身の父上の死を願いました。そして、われらの慈悲深き王妃である姉の死をも」かれの後ろで、だれかがくすくす笑った。「わたしは必ずしも召使を優しく扱いません。わたしは博打をしました。騙しさえもしました。それを思えば汗顔の至りです。宮廷の高貴なる紳士淑女諸公について、数々の残酷な、そして悪意あることをいいました」これはまともに場の笑いを引きだした。「かつて、わたしは――」

「黙れ！」リサ・アリンの青い丸顔が燃えるようなピンク色に染まった。「いったい何をしているつもりなの、小人？」

ティリオンは首を傾げた。「告白をしているのですよ、奥方様」

ケイトリン・スタークが一歩踏みだした。「おまえは、刺客を雇い、就寝中のわたしの息子を殺害しようとしたかどで告発されているのですよ。また、〝王の手〟、ジョン・アリン公の殺害を企んだ罪でも告発されているのです」

ティリオンはどうしようもない、というように肩をすくめた。「それらの罪は、残念ながら告白できません。どちらの殺人についても何一つ知らないのですから」

レディ・リサがウィアウッドの玉座から立ちあがった。「わたしはからかわれるつもりはない。おまえの冗談は充分に聞いたぞ、小鬼《インプ》。さぞ楽しんだことだろう。サー・ヴァーディス、かれを地下牢に連れ戻しなさい……だが、今度はもっと小さくて、床がもっと急傾斜している独房に入れるように」

「これが、谷間《ヴェイル》で行なわれる正義なのか？」ティリオンは大声で怒鳴った。その声があまり大きかったので、サー・ヴァーディスが一瞬立ちすくんだほどだった。「名誉は〝血みどろの門〟で行きどまりなのか？　あんたはわたしの犯罪を告発する。わたしはそれを否定する。だからといって、わたしを壁のない独房に放りこんで、凍えさせ、そして餓死させるのか」かれは、モードがその顔に残した傷跡をみんなによく見えるよう

に、顔を上げた。「王の正義はどこにある？　アイリーは七王国の一部ではないのか？　わたしが告発されたと、きみたちはいう。よろしい。裁判を要求する！　わたしにしゃべらせて、それが真実か偽りかを、公開で判断してもらおう。神々と人々の目の前でやってもらおう」

低いざわめきが大広間を満たした。やった、とティリオンは思った。おれは高貴な生まれだ。王国で最も有力な貴族の息子だ。王妃の弟だ。おれに裁判を受けさせないわけにはいかない。青空色のマントを着た衛兵たちがティリオンのほうに来かかった。だが、サー・ヴァーディスがかれらを止めて、レディ・リサのほうを見た。

彼女は小さな口を歪めて、すねたように笑った。「もし、裁判を受けて、告発されている犯罪について、おまえが有罪と決まれば、王自身の法律によって、おまえは生命の血をもって償わなければならない。しかし、このアイリーには首切り役人はいないぞ、ラニスター公。〝月の扉〟を開け」

押しよせた傍聴人たちが二つにわかれた。二本の細い大理石の円柱の間に、一つの狭いウィアウッドの扉があり、その白い木に三日月が彫られていた。二人の衛兵が近づいていくと、そばに立っていた人々が後ずさりした。一人が重い青銅の閂を外し、もう一人が扉を内側に開いた。かれらの青いマントが、開いた扉から唸りをあげて吹きこむ突風を受けて、肩からぱっと舞いあがった。扉の向こう側には、冷たく無関心な星々がち

りばめられた空虚な夜空があった。

「王の正義を見よ」リサ・アリンがいった。松明の炎が壁に沿って長旗のようにはためき、あちらこちらの半端な松明の炎がちらちら揺れて消えた。

「リサ、これは賢明ではないと思うわ」ケイトリン・スタークがいい、黒い風が広間の中に渦巻いた。

妹のリサは彼女を無視した。「おまえは裁判を望む、ラニスターよ。よろしい、裁判を受けさせてやろう。わが息子はおまえのいいたいことを何なりと聞くだろう。そして、おまえはかれの判決を聞くだろう。そうしたら、出ていってよろしい……どちらかの扉から」

彼女はすごく満足そうだ、とティリオンは思った。それも無理はなかった。どうして、裁判が彼女の脅威になるだろうか、彼女の病弱な息子が裁判長だとしたら？　ティリオンはちらりと〝月の扉〟を見た。〝お母様、ぼくかれが飛ぶのを見たいよ！〟あの少年はいったものだ。これまでに、あのくそ生意気な、はな垂れ小僧のために、いったい何人の男たちがあの扉から送りだされたことか？

「ありがとうございます、奥方様。しかし、ご子息ロバート公に迷惑をかける必要はないと存じます」ティリオンは丁寧にいった。「わたしが無実であることは、神々がご存じです。わたしは人間の裁断でなく、神々の裁断を受けましょう。格闘による裁判を要

求します」

アリン家の大広間に突然の笑い声が響きわたった。ネスター・ロイス公は鼻を鳴らし、サー・ウィリスはくすくす笑い、サー・リン・コーブレイはげらげらと大笑いし、その他の者たちも首をのけぞらせて、涙が出るまで笑い転げた。マリリオンは新しい木の竪琴を取りあげ、骨折した手の指でぎごちなく、陽気な曲を掻き鳴らした。〝月の扉〟からヒューヒューと吹きこむ風さえも、あざ笑っているように思われた。

リサ・アリンの水っぽく青い目が不安な表情を浮かべた。ティリオンは彼女の不意をついたのだ。「確かに、その権利はおまえにある」

外衣に緑色の蛇の刺繡がある若い騎士が進みでて、片膝をついた。「奥方、どうぞわたしを、あなたの主張の擁護者《チャンピオン》にしてください」

「その名誉は、わたしがいただく」ハンター老公がいった。「あなたの夫君に対するわが愛のために、かれの仇を取らせてください」

「わが父は、谷間《ヴェイル》の執事長として、忠実にジョン公にお仕えしました」サー・アルバー・ロイスが大声をあげた。「今回は、そのご子息に仕えさせてください」

「神々は正しい主張をする人間に味方される」サー・リン・コーブレイがいった。「しかし、それはしばしば最も剣の達者な人間という結果になる。それがだれであるか、われわれはみんな知っている」かれは控えめに微笑した。

その他一ダースもの男たちが皆いっぺんにしゃべりだしたので、騒々しくて聞きとれなくなった。ティリオンはそれほど大勢の他人が熱心に自分を殺したがっていると知って、がっくりした。もしかしたら、これはあまり利口な戦術ではなかったのかもしれない。

レディ・リサが手を上げて一同を静まらせた。「ありがとう、みなさん。息子がここにいたら、さぞみなさんに感謝したことでしょう。七王国には、谷間《ヴェイル》の騎士ほど大胆で誠実な人々はいません。みなさん全員にこの名誉を与えたいのはやまやまですが、一人しか選ぶことができません」彼女は指さした。「サー・ヴァーディス・エゲン、あなたはつねにわが夫のよき右腕でした。あなたをわれわれの擁護者《チャンピオン》に指名します」

サー・ヴァーディスは一人だけ、沈黙を守っていた人物だった。「奥様」片膝をつき、重々しくいった。「この重責は他の者に担わせるようにお願いします。わたしの趣味に合いません。この男は戦士ではありません。ごらんなさい。小人です。わたしの身長の半分しかなく、しかも足が悪い。このような男を殺して、それを正義と呼ぶのは恥ずかしいことです」

おお、素晴らしい、とティリオンは思った。「わたしも同感だ」

リサはかれを睨みつけた。「格闘による裁判を望んだのは、おまえではないか」

「そして、あんたが自分自身の擁護者《チャンピオン》を選んだように、今度はわたしの擁護者《チャンピオン》を要求す

る。わが兄ジェイムは喜んでその役目を果たしてくれるだろう」

「おまえが頼みとする王殺《キングスレイヤー》しは、ここから何百リーグも離れたところにいるのだよ」

リサ・アリンはぴしゃりといった。

「伝書鳥を出して呼びよせてもらおう。わたしは喜んでかれの到着を待つつもりだ」

「明朝、おまえをサー・ヴァーディスと対戦させる」

「歌い手よ」ティリオンはマリリオンのほうを向いていった。「おまえがこのことを歌にするときは、必ず書いてくれよ──レディ・アリンは、擁護者《チャンピオン》を立てる権利を小人から取りあげたと。そして、足が悪く、傷だらけで、ろくに歩けない小人と、家中最強の騎士を対戦させたと」

「何も取りあげていない!」リサ・アリンは怒りのあまり、いらいらした上ずった声でいった。「おまえの擁護者《チャンピオン》を指名しろ、小鬼《インプ》……おまえのために死んでくれる者が見つかると思うならば」

「おさしつかえなければ、わたしのために果たし合いをしてくれる人を見つけたい」ティリオンは細長い広間を見渡した。だれも動かなかった。長い一瞬に、これは壮大な失敗だったかと、かれは思った。

そのとき、部屋の後ろのほうで動きがあった。「おれが小人に味方する」ブロンが呼ばわった。

39　エダード

昔見た夢をまた見た。白いマントをまとった三人の騎士と、はるか昔に倒れた塔と、そして血みどろのベッドに横たわっているリアナの夢だ。

夢の中で、ネッドは現実にそうであったように、友人たちと馬に乗っていた。ジョリーの父親で、誇り高いマーティン・カッセル。忠実なセオ・ウル。ブランドンの従者をしていたイーサン・グラヴァー。物静かな話しぶりで、心の優しい、サー・マーク・ライズウェル。湖上生活者のハウランド・リード。大きな赤毛の愛馬にまたがったダスティン公。ネッドはかれらの顔を、昔の自分の顔と同様によく知っていた。だが、年月は人の記憶を吸いとる。決して忘れないと誓ったかれらの記憶さえも。夢の中で、かれらはたんなる影にすぎなかった。霧の馬に乗った灰色の死霊のような。

こちらは七人で、三人の相手と対決した。夢の中でも、現実でそうであったように。だが、相手は普通の三人ではなかった。かれらは丸い塔の前で、ドーンの赤い山並みを背にして、白いマントを風になびかせて待っており、その姿は影ではなかった。かれら

の顔は今でもはっきりと目に焼きついている。〝暁の剣士〟ことサー・アーサー・デインは唇に悲しげな笑みを浮かべており、その右肩から、大剣〝夜明け《ドーン》〟の柄が突きでていた。サー・オズウェル・フェントは片膝をついて、砥石で剣を研いでいた。その白いエナメルの兜を横切って、かれの家紋である黒いコウモリが翼を広げていた。かれらの間に、獰猛な老人で、近衛騎士長の〝白い雄牛〟こと、サー・ジェロルド・ハイタワーが立っていた。

「トライデント川では探したぞ」ネッドはかれらにいった。

「われわれはあそこにいなかったのだ」サー・ジェロルドが答えた。

「もし、われわれがいたら王位簒奪者は悲しい思いをしたろう」サー・オズウェルがいった。

「キングズランディングが陥落したとき、サー・ジェイムは黄金の剣できみたちの王を殺した。わたしはきみたちがどこにいるのだろうと思ったぞ」

「ずっと遠くに」サー・ジェロルドがいった。「さもなければ、エリスはまだ鉄の玉座に坐っているだろうに。そして、われわれの不実な兄弟は七つの地獄で焼かれているだろうに」

「わたしは包囲を解くためにストームズエンドに駆けつけた」ネッドはかれらにいった。「すると、ティレル、レッドワインの両公は旗を下げて敬礼し、家来の騎士全員がひざ

まずいて、われわれに忠節を誓った。わたしはきみたちがきっとその中にいると思った」

「われわれの膝は容易には曲がらない」サー・アーサー・ディンがいった。

「サー・ウィレム・ダリーは、きみたちの王妃とヴァイサリス王子を連れて、ドラゴンストーンに逃げている。あるいは、きみたちも彼女らと一緒に船出したと思ったのに」

「サー・ウィレムは善良で忠実な男だ」サー・オズウェルがいった。

「だが、近衛騎士ではない」サー・ジェロルドが指摘した。「近衛騎士は逃げない」

「あのときも、今も」サー・アーサーはいって、兜をかぶった。

「われわれは誓いを立てたのだ」サー・ジェロルド老人が説明した。

ネッドの死霊たちが、影の剣を手にして、かれのそばに寄った。七対三だった。

「さあ、始まるぞ」〝暁の剣士〟ことサー・アーサー・ディンがいった。かれは大剣〝ドーン〟を抜き放ち、両手で構えた。その刃は光をいっぱいに受けて、乳白ガラスのように白く見えた。

「始まりではない」ネッドは悲しみのこもった声でいった。「終わりだ」かれらが鋼と影の塊となって激突したとき、リアナの悲鳴が聞こえた。「エダード!」彼女は呼んだ。死の目のように青く、血の縞模様のある空に、バラの花びらが吹雪のように舞った。

「エダード様」リアナがまた呼んだ。

「約束する」かれはささやいた。「ライア(リアナの愛称)、約束するよ……」

「エダード様」暗闇から男の声が谺《こだま》した。

エダード・スタークはうめきながら目を開けた。〝手の塔〟の高い窓から、月光が流れこんでいた。「エダード様?」一つの影がベッドのそばに立ち、見おろしていた。

「どのくらい……どのくらい時間が経った?」敷布はもつれ、脚は添え木を当てて石膏で固めてあった。鈍い痛みが脇腹を駆けあがった。

「六日七晩です」その声は執事のヴェイヨン・プールのものだった。かれはネッドの口元にカップを差しだした。「お飲みください」

「何だ……?」

「ただの水です。喉が渇いておられるだろうと、グランド・マイスター・パイセルが申しました」

ネッドは飲んだ。かれの唇は干からび、ひび割れていた。水は蜜のように甘く感じられた。

「王がいいおかれました」カップが空になると、ヴェイヨン・プールがいった。「お話をなさりたいということです」

「明日だ」ネッドはいった。「明日になれば、もっと体力がつくだろう」かれは今ロバートと顔を合わせることはできなかった。あの夢のために、仔猫のように弱気になって

いたから。

「それが」プールはいった。「あなた様が目を開かれたら、直ちに連れてまいれというご命令なのです」その執事はそそくさとベッド脇の蠟燭に火をつけた。

ネッドはちくしょうと小声でいった。ロバートが短気なことは周知の事実だ。「ひどく弱っていて、そちらに出向くことができないと伝えてくれ。もし、話があるなら、こちらにおいで願いたいと。おまえが行ったら、あいつ機嫌よく目覚めてくれればいいが。それから、呼んでくれ……」かれはうっかり〝ジョリーを〟といいそうになった。「うちの衛兵隊長を」

執事が出ていった数分後に、オリーンが寝室に入ってきた。「ご用ですか？」

「プールの話だと、もう六日経ったそうだ」ネッドはいった。「情勢を知りたい」

「王　殺《キングスレイヤー》しは町から逃げだしました」オリーンがいった。「キャスタリーロックの父親のところに逃げ帰ったということです。ケイトリン奥様が〝小鬼《インプ》〟を捕らえたという噂が広まっています。衛兵を増やしておきましたが、よろしかったでしょうか？」

「よろしい」ネッドは承認した。「娘たちは？」

「毎日ここに来ていらっしゃいます。サンサ様は静かにお祈りしておられますが、アリア様は……」かれは口ごもった。「あなたが連れ戻されて以来、一言も口をおききになりません。気の強いお嬢様ですね。少女があのように怒るのは見たことがありません」

「どんなことが起ころうとも」ネッドはいった。「娘たちは安全にしておいてやりたい。残念ながら、これはほんの始まりにすぎない」

「お嬢様たちに危害は及びません、エダード様」オリーンはいった。「わたしはそれに命を賭けております」

「ジョリーや他の者たちは……」

「お嬢様たちとともに、北のウィンターフェルに送らせます。ジョリーは祖父のそばで眠りたいでしょう」

当然、祖父のそばだ。ジョリーの父はずっと南のほうに葬られているから。マーティン・カッセルは他の者たちと一緒にあのとき亡くなったのだった。ネッドはその後、塔を引き倒し、その血みどろの石を使い、八つのケルンを尾根に積んだ。レーガーはその場所を喜びの塔と名付けていたといわれるが、ネッドにとってそれは苦い思い出だった。七対三の決闘だったが、生きて帰ったのはたった二人だけだった。エダード・スターク自身と、小柄な湖上生活者のハウランド・リードだ。あんなに昔のことなのに、その夢をまた見るとは縁起が悪いような気がした。

「よくやってくれたな、オリーン」ネッドがそういっていると、ヴェイヨン・プールが戻ってきた。その執事は低くお辞儀をした。「陛下が外におられます。そして、王妃様もご一緒です」

脚が痛みに震えたが、ネッドは顔をしかめながら体を起こした。サーセイが来るとは思っていなかった。悪い知らせだ。「部屋にお通ししろ。そして、きみは席を外してくれ。われわれの話がこの壁の外に洩れてはならない」プールは無言で立ちさった。

ロバートは念入りに身なりを整えてきた。胸に、バラシオン家の王冠をかぶった雄鹿の紋章を金糸で刺繍した黒いビロードの胴衣《ダブレット》に、黒と金のチェックのマントを羽織っていた。手にはワインの瓶を持っており、すでに飲んで赤い顔をしている。サーセイ・ラニスターがその後ろから入ってきた。宝石をちりばめた小冠《ティアラ》をかぶっている。

「陛下」ネッドはいった。「お許しください。立ちあがれません」

「かまわぬ」王は荒々しくいった。「ワインはどうだ？　アーバー産だ。上等のビンテージだぞ」

「ほんの少し」ネッドはいった。「ケシの汁のために、まだ頭がぼんやりしています」

「あなたのような立場の者は、肩の上にまだ頭がついているだけで、幸運だと思うべきですよ」王妃がいいきった。

「うるさいぞ、おまえ」ロバートはぴしゃりというと、一杯のワインをネッドに与えた。「脚はまだ痛むか？」

「いくらか」ネッドはいった。頭がくらくらしていたが、王妃の前で弱みを見せるのは賢明でない。

「きれいさっぱり治ると、パイセルが保証している」ロバートは顔をしかめた。「ケイトリンがしでかしたことを、知っていると思うが？」

「知っております」ネッドはワインを少し飲んだ。「妻には落ち度はありません、陛下。彼女がしたことは、すべてわたしの命令で、したのですから」

「気に入らぬぞ、ネッド」ロバートは不満そうにいった。

「いったいどんな権利があって、わたしの親族に手をかけたのですか？」サーセイが詰めよった。「自分をだれだと思っているのですか？」

「〝王の手〟と思っております」ネッドは氷のような丁寧な言葉でいった。「あなたご自身の夫君から、王の平和と王の法の施行を託されたのです」

「〝手〟だった、のよ。でも、今は――」サーセイはいいかけた。

「黙れ！」王は怒鳴った。「おまえが尋ねたから、かれは答えたのだぞ」サーセイは冷たい怒りを見せて沈黙し、ロバートはネッドのほうに向き直った。「王の平和を保つだと。これがおれの平和を保つ、おまえのやりかたなのか、ネッド？　七人の男たちが死んだのだぞ……」

「八人です」王妃が訂正した。「トレガーが今朝死にました。スターク公に打たれたためです」

「王の道《キングズロード》での誘拐、そして、おれの膝元での酔ったすえの殺人」王はいった。「我慢な

らんぞ、ネッド」

「ケイトリンには小鬼《インプ》を捕らえる立派な理由がありました――」

「我慢ならんというのだ！　彼女の理由などくそくらえだ。ただちにあの小人を釈放するように、おまえから命令しろ。そして、ジェイムと和解しろ」

「目の前で、わたしの家来が三人も殺されました。それも、ジェイム・ラニスターがわたしを懲らしめたいと思ったゆえにです。これを忘れろと？」

「兄はこの喧嘩の原因ではありません」サーセイは王にいった。「スターク公は売春宿から酔っぱらって帰ってくるところでした。かれの家来がジェイムとその護衛を襲ったのです。まさに、かれの妻が王の道《キングズロード》でティリオンを襲ったのと同様にです」

「わたしのことはもっとよくご存じのはずです、ロバート」ネッドはいった。「お疑いなら、ベーリッシュ公に尋ねてごらんなさい。かれは現場にいました」

「リトルフィンガーとはもう話した」ロバートはいった。「かれは乱闘が始まる前に金マントを呼びにいくため、現場を離れたといっている。だが、おまえがどこかの売春宿から戻ってくる途中だったと認めているぞ」

「どこかの売春宿ですと？　あなたの目は節穴ですか、ロバート。わたしはあなたのお嬢さんを一目見るためにあそこに行ったのですよ！　その子の母親はその子をバルラと名付けました。その子は、われわれが一緒に谷間《ヴェイル》で少年時代を過ごした頃に、あなたが

最初に生ませた女の子とそっくりでしたよ」かれは話しながら王妃を観察した。彼女の顔は仮面のようで、動かず、青白く、何を考えているか、うかがい知れなかった。

ロバートは顔を赤らめた。「バルラ（ロバートの変形名）か」かれは唸るようにいった。「おれを喜ばせるためか？　あの小娘め。もっと分別があると思ったが」

「彼女は十五歳にもなっていません。しかも、娼婦です。分別があるはずないでしょう？」ネッドは信じられない思いでいった。脚が激しく痛みだした。感情を抑えているのが難しかった。「その愚かな小娘があなたに恋をしているのですよ、ロバート」

王はちらりとサーセイを見た。「これは王妃の耳に入れるべき話ではない」

「奥方はわたしが何をいっても気に入らないでしょう」ネッドは答えた。「王殺《キングスレイヤー》しが都から逃走したと聞いています。かれを裁くために連れ戻すことをお許しください」

王はカップのワインをぐるぐるまわして、考えこみ、一口飲んだ。「いかん」かれはいった。「もう、そのことは話したくない。ジェイムはおまえの家来を三人殺した。そして、おまえはかれの家来を五人殺した。これで終わりだ」

「あなたの正義とは、そういうものですか？」ネッドはかっとした。「もしそうなら、もはや、あなたの〝手〟でなくなったことを喜ぶだけです」

王妃は夫のほうを見た。「もし、ターガリエン家の一員に対して、あえてこんなしゃべり方をする者がいたとしたら――」

「おれをエリスだと思っているのか？」ロバートはさえぎった。

「王だと思っていましたよ。あらゆる結婚の法律と、わたしたちが共有する絆によって、ジェイムとティリオンはあなた自身の兄弟です。スターク家はその一人を追い払い、もう一人を捕らえたのです。この男は一呼吸ごとにあなたの名誉を汚しています。それなのに、あなたはそこに弱々しく立って、脚は痛むかとか、ワインを飲むかとか聞いているのね」

ロバートの顔が怒りでどす黒くなった。「口を慎めと、何度いったらわかるのだ、このあま！」

サーセイの軽蔑に満ちた顔は見物だった。「神々はわたしたち二人を、何とおからかいになることか？」彼女はいった。「当然のことながら、あなたはスカートを履《は》き、わたしが鎖帷子を着るべきです」

怒りで顔が紫色になった王は、彼女の横面を逆手で力いっぱい張りとばした。彼女はテーブルにぶつかり、ばたんと倒れた。だが、サーセイ・ラニスターは声をあげず、細い指で頬をさすった。その青白いなめらかな肌はすでに赤らみはじめていた。明日には、青痣がその顔の半分を覆うだろう。「これを名誉の勲章のつもりでつけていましょう」

彼女は告げた。

「黙ってつけていろ。さもないと、もっと名誉を与えてやるぞ」ロバートはいいわたし

た。そして、大声で護衛を呼んだ。背が高く、陰気で、白い鎧を着たサー・マーリン・トラントが部屋に入ってきた。「王妃はお疲れだ。寝室にお連れしろ」その騎士はサーセイを助けおこし、無言で外に連れだした。

ロバートは酒瓶に手を伸ばし、ワインを注いだ。「彼女の仕打ちを見たろう、ネッド」王は腰を下ろし、両手でワインのグラスを抱えた。「わが愛する妻。子供たちの母親」かれの激しい怒りはもう消えていた。その目には何か悲しげな、そして怯えているような表情が浮かんでいるのを、ネッドは見た。「殴るべきではなかった。あれは……王者らしいやり方じゃなかった」かれは自分の手を見おろした。まるで、それが何かまったく知らなかったかのように。「おれはつねに強かった……だれもおれに対抗できなかった。だれもだ。相手を殴らずに、どうやって闘うことができる？」混乱して、王は首を振った。「レーガーのやつめ……レーガーの勝ちだ、あんちくしょうめ。おれはやつを殺したんだぞ、ネッド。あの黒い鎧をまともに貫いて、やつの黒い心臓に戦槌《せんつい》を突きたててやった。そして、あいつはおれの足元で死んだ。歌にまでうたわれた。だが、なんとなく、やつはまだ勝っている気がする。やつのところに今はリアナがいる。そして、おれのところにはあのあまがいる」王はワインを飲み干した。

「陛下」ネッド・スタークはいった。「話しあう必要があります」

ロバートは指先でこめかみを抑えた。「話し合いなんて、もううんざりだ。明日は王

の森に狩りに出かけるぞ。何をいいたいか知らぬが、おれが戻るまで待て」

「もし、神々の慈悲があれば、あなたが帰ってきたときに、わたしはここにいないでしょう。ウィンターフェルに帰れと命令されたではありませんか。覚えていませんか？」

ロバートは立ちあがり、ベッドの柱の一つにつかまって、体を支えた。「神々が優しいなんてことはめったにないぞ、ネッド。そら、これをつけろ」かれはマントの裏打ちのポケットから、手の形をしたあの重い銀の記章を引きだして、ベッドの上に放った。「好もうと好むまいと、おまえはおれの〝手〟なんだぞ、ちくしょう。去ることを禁じる」

ネッドはその銀の記章を拾いあげた。どうやら選択の余地はなさそうだった。脚が疼《うず》いた。そして、幼児のような無力感をおぼえた。「あのターガリエンの娘は――」

王はうめいた。「うるさい、二度と彼女のことを持ちだすな。もう決まったことだ。これ以上あの話は聞かんぞ」

「わたしの忠告を聞き入れないなら、なぜわたしをあなたの〝手〟にするのですか？」

「なぜ、だと？」ロバートは笑った。「いいじゃないか？　このいまいましい王国を、だれかが治めねばならぬ。その記章をつけろ、ネッド。よく似合うぞ。もし、再びそれをおれの顔に投げつけるなら、いっておくが、そいつをジェイム・ラニスターにつけさせるからな」

40　ケイトリン

　東の空が桃色と金色に染まり、朝日がアリンの谷間《ヴエイル》の上に顔をだした。ケイトリン・スタークは窓の外の、繊細な彫刻のある石の欄干に手を置いて、光が広がるのを眺めた。眼下の世界は、朝の光が野原や森林の上を這っていくにつれて、黒から藍に、そして緑にと変わっていった。〝アリッサの涙〟から青白い霧が立ち昇った。そこで幻の川が山の肩をこぼれおち、〝巨人の槍〟のおもてを転がりおちる長い道程が始まるのである。ケイトリンはしぶきがかすかに顔にかかるのを感じた。

　アリッサ・アリンは夫と兄弟とそして自分の子供のすべてが殺されるのを見た。それなのに彼女は一生涯、涙を流さなかった。そのため、彼女が死んだとき、神々は、彼女の愛する人々が葬られている谷間《ヴエイル》の黒い土を彼女の涙が濡らすまでは、決して休息を取らせないとお決めになった。アリッサが死んでから、もう六千年経つが、いまだにその急流の水滴は、はるか下の谷底に決して届かないのである。ケイトリンは、自分が死んだら、わたし自身の涙はどんなに大きな滝を作るだろうかと思った。「話の続きを聞か

せて」彼女はいった。

「王殺《キングスレイヤー》しはキャスタリーロックに大軍を集めています」サー・ロドリックが後ろの部屋から答えた。「あなたの弟君、サー・エドミュアの手紙によると、ロックに騎兵を送り、旗幟《きし》鮮明にせよとタイウィン公に迫りましたが、答えがないとのことです。エドミュア殿はヴァンス公とパイパー公に、〝金《ゴールデントウース》の歯〟の下の峠を守るよう命じました。エドミュア殿は、まずラニスター家の血を流してからでなければ、タリー家の土地には一歩たりとも足を踏み入れさせないと誓っています」

ケイトリンは朝日から顔を背けた。その美しさは、彼女の気分を改善するのに、あまり役立たなかった。このように夜明けの美しい日が、あまりにも汚い日没を約束しているとは、なんと残酷なことかと思えた。「エドミュアが騎兵を送り、誓ったのね」彼女はいった。「でも、エドミュアはリヴァーランの領主ではないわ。いったい父上はどういうつもりなのでしょう？」

「ホスター公については、手紙ではまったく触れられていません」サー・ロドリックは頬髭を引っ張った。かれが傷を癒している間に、雪のように白く、茨のようにこわい髭が伸びて、その顔つきはほとんど以前の状態に戻っていた。

「重病でなければ、父上がかれにリヴァーランの防衛を任せるはずがない」彼女は心配していった。「わたし、この伝書鳥が着いてすぐに起こしてもらうべきだったわ」

「寝かせておいたほうがよいと妹君がいわれたと、マイスター・コールモンから聞きました」

「起こしてもらうべきだったわ」彼女はいい張った。

「妹君は、決闘の後であなたとお話しするつもりだということです」サー・ロドリックはいった。

「では、彼女はまだこの道化芝居を続けるつもりなのね？」ケイトリンは顔をしかめた。「あの小人はまるで笛吹きのように、一連の曲を彼女に吹いて聞かせた。ところが、彼女はその音が聞こえないほど耳が悪いのよ。サー・ロドリック、今朝は何が起ころうと、わたしたちはここを去る潮時だわ。わたしの居所はウィンターフェルの子供たちのそばよ。旅に耐えるだけの体力があなたにあれば、護衛をつけてわたしたちをガルタウンまで送り届けてくれるように、リサに頼むわ。あそこから船に乗ればよい」

「また、船ですか？」サー・ロドリックはちょっと青くなった。だが、なんとか身震いするのは我慢した。「わかりました、奥方様」

老騎士を扉の外に待たせて、ケイトリンはリサから与えられた女中を呼んだ。もし決闘の前に妹と話をすれば、ひょっとしたら心を変えさせることができるかもしれない。彼女は着替えをしながら、そう思った。リサの方針は気分しだいで変化する。そして、その気分は時々刻々変化する。リヴァーラン時代に知っていたあの内気な少女は、今は

一人前の女性に成長したが、その気質は猫の目のように変わりやすく、高慢になったり、恐ろしくなったり、残酷になったり、夢見がちになったり、そわそわしたり、臆病になったり、頑固になったり、独りよがりになったりし、とりわけ気まぐれになる。

あの下品な牢番がこそこそやってきて、ティリオン・ラニスターが告白したいといっていると伝えたとき、ケイトリンはあの小人を密かに二人のところに連れてこさせるように、リサに強くすすめたのだった。だが、とんでもない。妹はかれを谷間《ヴェイル》の廷臣の半数の前にさらし者にするといってきかなかった。そして、今度は……

「ラニスターはわたしの捕虜なのよ」彼女は塔の階段を下りて、高巣城《アイリー》の冷たく白い廊下を通っていきながら、サー・ロドリックにいった。ケイトリンは質素な灰色のウールの服に銀色のベルトをしていた。「そのことを、妹に思いださせなければね」

リサの居室の戸口で、叔父が飛びだしてくるのに出会った。「愚者の饗宴に出席するつもりか?」サー・ブリンデンが嚙みつくようにいった。「妹に常識を叩きこめと、きみにいいたいところだが、そんなことをしても何の役にも立つまい。きみの手が痛むだけだ」

「リヴァーランから伝書鳥が来ました」ケイトリンがいいかけた。「エドミュアからの手紙で……」

「知ってるよ」ブリンデンのマントを止めている黒い魚は、かれが譲歩して身につけて

いる唯一の飾りだった。「当然、マイスター・コールモンから聞いている。千人の精強な兵士を連れて、大至急リヴァーランに駆けつけたいから許可してくれと、きみの妹に頼んだのだ。そしたら、やっこさん何てったと思う？　〝谷間《ヴェイル》は千人もの剣士を出す余裕はないわよ、叔父様〟だとさ。そして、〝あなたは〈門の騎士〉なのよ。あなたの持ち場はここでしょ〟だと」かれの後ろの開いた扉から、子供っぽい高笑いが聞こえてきた。彼女の叔父は暗い顔をして肩越しに振り返った。「それで、いってやったのだ。新しい〝門の騎士〟を見つけてもらってけっこうだと。ブラックフィッシュであろうとなかろうと、おれはまだタリー家の一員だと。今日の夕方までには、リヴァーランに向けて発つぞ」

ケイトリンは驚いたふりをすることができなかった。「一人で？　街道の旅で生き残ることはできないのをわかっているくせに。サー・ロドリックとわたしはウィンターフェルに帰ります。一緒にいらっしゃいよ、叔父様。お望みの千人の兵士を貸してさしあげますわ。リヴァーランに孤独な戦いはさせません」

ブリンデンはちょっと考えて、それからぶっきらぼうにうなずいた。「わかった。遠い道のりだが、そちらに行ったほうがいいかもしれんな。下で待っている」かれはマントを後ろになびかせて、大股に立ちさった。

ケイトリンはサー・ロドリックと顔を見合わせた。かれらは扉を通り抜けて、かん高

い、神経質な子供の笑い声がするほうに近づいていった。

リサの住居は小さな庭園に向かって開かれていた。その庭園は土と草とが円を描いていて、青い花が植えられ、周囲をいくつもの白い塔に取り巻かれていた。建設者たちはそれを神々の森にするつもりだったが、高巣城《アイリー》は山の固い岩盤の上に建っており、いくら谷間《ヴェイル》から土を運びあげても、ここにウィアウッドを根付かせることはできなかった。それで、高巣城《アイリー》の城主たちは草花を植えて、花の咲く低い藪の中に彫刻をちりばめたのだった。二人の擁護者《チャンピオン》が命を賭けて対決し、そして、ティリオン・ラニスターの命が神の手に委ねられるのは、この場所だった。

リサは湯上がりの体にクリーム色のビロードの服を着て、ミルクのように白い首にサファイアとムーンストーンを連ねた首飾りをかけており、決闘の場面を見おろすテラスの上で、騎士や家来や大小の貴族たちに取り巻かれて、女王のように振る舞っていた。取り巻きの大部分はまだ彼女と結婚し、同衾《どうきん》し、彼女と並んでアリンの谷間《ヴェイル》を支配したいと望んでいた。ケイトリンがアイリー滞在中に見たところでは、それは空虚な望みだった。

椅子を高くするために木の台が作られ、そこにアイリーの領主たるロバートが坐り、青と白のだんだら模様の道化服を着た猫背の人形遣いが二体の木製の騎士人形に丁々発止と切り結ばせるのを眺めて、くつくつ笑い、手を叩いていた。濃いクリームの水差し

と、籠に入ったブラックベリーが用意され、客たちは甘いオレンジの香りのするワインを、彫刻のある銀のカップで飲んでいた。ブリンデンは〝愚者の饗宴〟と呼んだが、まったくその通りだった。

テラスの向こう側で、リサはハンター公の冗談か何かに陽気に笑い、サー・リン・コーブレイの短剣の先に突き刺されたブラックベリーを嚙みとった。かれらはリサの好みにぴったりの求婚者たちだった……少なくとも今日は。どちらのほうが、より相応《ふさわ》しくないかと尋ねられたら、ケイトリンは答えに窮したであろう。イーオン・ハンターは亡くなったジョン・アリンよりも年をとっており、痛風で足が半ば動かず、不幸にも喧嘩好きな三人の息子がいて、それぞれ貪欲さにかけてはいずれ劣らぬ強者だった。サー・リンはまた別の種類の愚か者だった。痩せていて、ハンサムで、旧家ではあるが落ちぶれた家の跡取りであり、虚栄心が強く、落ち着きがなく、短気で……女性の内面的な魅力にはとんと興味がないと噂されていた。

リサはケイトリンを見つけると、妹らしく抱擁し、その頰に湿ったキスをして歓迎した。「美しい朝じゃない? 神々がわたしたちに微笑みかけていらっしゃるわ。ワインをお上がりなさいな、お姉様。ハンター公がわざわざご自分の酒蔵から取りよせてくださったのよ」

「いいえ、けっこう。リサ、どうしても話があるの」

「後でね」妹は約束し、すでに振り向きかけた。

「今よ」ケイトリンは思わず大声を出した。人々が振り返った。「リサ、こんなばかげたことを続けるわけにはいきませんよ。小鬼《イシブ》は生きていれば価値がある。死ねば鴉の餌にしかならない。そして、万一かれの擁護者《チャンピオン》が勝ったりしたら――」

「そのチャンスはほとんどありませんよ」ハンター公がしみのある手で彼女の肩を叩いて請けあった。「サー・ヴァーディスは勇猛な戦士です。あんな傭兵はたちまちやっつけますよ」

「そうかしら？」ケイトリンは冷たくいった。「わかりませんわ」彼女は街道でブロンの闘いぶりを見てきた。他の男たちが死んだのに、かれがこの旅行で生き残ったのは決して偶然ではなかった。かれは豹のように動き、あのかれの醜い剣は腕の一部のように見えたものだった。

リサの求婚者たちが、花に群がる蜜蜂のように集まってきた。「このようなことは、ご婦人にはほとんどわかりませんよ」サー・モートン・ウェインウッドがいった。「サー・ヴァーディスは騎士ですよ、あなた。もう一人のやつは、まあ、あの類の連中はみな、心は臆病なのです。合戦では充分に役立ちます。まわりに仲間が何千人もいますからな。しかし、一人にしてごらんなさい。勇気はたちまち失せてしまいますよ」

「かりにそれが正しいとして」ケイトリンは口が痛むほど上品な口調でいった。「あの

小人が死んで、わたしたちにどんな利益があるのですか？　自分の弟が山から投げとばされる前に裁判を受けたことを、ジェイムが感謝するとでもお思いですか？」

「首をはねなさい」サー・リン・コーブレイが示唆した。「王殺《キングスレイヤー》しが小鬼《インプ》の首を受け取れば、かれに対する警告になるでしょう」

リサはいらいらして、腰まで届く鳶色の髪を振った。「ロバート公はかれが飛ぶのを見たいとおっしゃっています」彼女はそれで物事が決着するかのようにいった。「そして、小鬼《インプ》は自業自得です。決闘による裁判を要求したのは、かれなんですから」

「それを拒否する名誉ある方法が、レディ・リサにはなかったのですよ。たとえ、彼女がそれを望んだとしても」ハンター公が重々しく節をつけていった。

ケイトリンは全員を無視して、妹に全力を注いだ。「いっておきますが、ティリオン・ラニスターはわたしの捕虜なのよ」

「ならいわせていただくけれど、あの小人はわたしの夫を殺害したのよ！」彼女の声が高まった。「かれは〝王の手〟を毒殺して、わたしのかわいい赤子を父無し子にしたの。だから、ここでかれに罪の償いをさせるのよ！」彼女はスカートをひるがえしてくるりと向きを変え、足音荒くテラスを横切っていった。サー・リンやサー・モートンや、その他の求婚者たちが冷たく会釈してその場を去り、彼女の後を追った。

「そう思いますか？」また二人だけになると、サー・ロドリックが静かに彼女に尋ねた。

「かれがジョン公を殺害したと？　小鬼《インプ》はまだ否定しています。それもきわめて強く……」

「アリン公を殺したのはラニスター家だと信じています」ケイトリンは答えた。「でも、下手人がティリオンなのか、サー・ジェイムなのか、王妃なのか、それともかれら全員なのか、皆目、見当がつかないのですよ」リサがウィンターフェルによこした手紙には、サーセイの名が挙がっていた。なのに今は、ティリオンが下手人だと彼女は確信しているらしい……その理由はたぶん、あの小人が今ここにいるのに対して、王妃は何百リーグも南にある赤い城《レッド・キープ》の壁に守られているからだろう。ケイトリンは妹からの手紙を読まずに燃やしてしまえばよかったとさえ思った。

サー・ロドリックは頬髭を引っ張った。「毒殺か、ふーむ……となると、あの小人の仕業だということも、充分にありえますな。あるいは、サーセイか。毒薬は女の武器と申しますからな。いや、これは失礼。ところで、王殺し《キングスレイヤー》は……あいつはあまり好かんが、そのような男ではない。例のあの黄金の剣を、血で汚すのが大好きだ。毒殺というのは事実ですか、奥方様？」

ケイトリンはなんとなく不安になって眉をしかめた。「自然死に見せかけるには、それ以外にありえないでしょう？」彼女の後ろで、ロバート公が嬉しそうに金切り声をあげた。騎士人形の一つが真っ二つに切断されて、赤い挽粉の血がテラスに振り撒かれた

からである。ケイトリンはその甥を見て溜め息をついた。「あの子はまったく躾けができていない。母親からしばらく引き離さなければ、国を支配するほど強くはならないでしょう」

「かれの父君はあなたと同意見でした」すぐそばで声がした。振り返ると、マイスター・コールモンがワインのカップを手にして立っていた。「ほら、あの方はあの子をドラゴンストーンに里子に出すつもりだったではありませんか……おっと、これは軽率な口をききました」緩いマイスターの鎖の下で、喉仏がひくひく動いた。「どうやら、ハンター公の上等のワインを飲みすぎたようです。今日血が流れることを思うと、わたしの神経はずたずたになりそうです」

「間違っていますよ、マイスター」ケイトリンはいった。「ドラゴンストーンではなくて、キャスタリーロックでした。そして、その取り決めは、〝手〟の死後に、妹の同意なしに行なわれたのですよ」

マイスターは途方もなく長い首の先で、頭をあまりにも激しく動かしたので、かれ自身が半ば操り人形のように見えた。「そうでした。お許しください、奥様。でも、ジョン公は――」

かれらの下で大きな鐘の音が響いた。身分の高い貴族たちも女中たちも等しく、それまでしていたことを突然やめて、欄干のほうに移動した。下では、青空色のマントを羽

織った二人の衛兵がティリオン・ラニスターを連れだした。アイリーの小太りの神官が、庭園の中央の彫像のほうに、かれを導いた。その彫像は縞模様のある白い大理石で、泣いている女性をかたどったものだった。アリッサの像にちがいない。

「悪い小人め」ロバート公はくすくす笑いながらいった。「お母様、かれを飛ばしてもいい？　かれが飛ぶのを見たいよ」

「後でね、坊や」リサは約束した。

「まず裁判」サー・リン・コーブレイが気取っていった。「それから処刑です」

一瞬の後、二人の擁護者《チャンピオン》がそれぞれ庭園の反対側から現われた。その騎士には二人の従者が付き添い、傭兵にはアイリーの武術指南番が付き添っていた。

サー・ヴァーディス・エゲンは鎖帷子と詰め物をした外衣の上から重い板金鎧をまとい、頭から踵《かかと》まで鋼鉄ずくめだった。アリン家の〝月に隼〟の紋章を、クリームと青のエナメルで描いた大きな丸い脇当で、攻撃されやすい腕と胸の繋ぎ目を守っていた。そして、伸縮自在に組みたてられた金属の草摺《くさずり》が、腰から大股部の半ばまでを覆い、固定式の首鎧が喉を取り巻いていた。兜のてっぺんから隼の翼が生え、面頬《めんぼお》は狭い視孔のある尖った金属のくちばしになっていた。

ブロンの武装はあまりにも軽かったので、その騎士と並ぶとまるで裸のように見えた。かれは油を塗った黒い環《リングメイル》鎧をボイルドレザーの上から着ているだけで、それに、鼻当

のついた丸い鋼鉄の半兜をかぶり、その下に鎖頭巾を着用していた。長い革のブーツに鋼鉄の臑当《すね》がついているのが、多少の脚の守りになった。そして、手袋の指にはいくつもの黒い鉄の円盤が縫いつけられていた。だが、ケイトリンの見たところ、その傭兵は対戦相手よりも二インチは背が高く、手もそれだけ長かった……そして、彼女の判断が正しければ、ブロンは相手よりも十五歳は年が若かった。

かれらは泣き女の像の下に、ラニスターを間にはさんで、向きあってひざまずいた。神官は腰につけた柔らかい布袋から切子面のあるクリスタルの球を取りだし、頭上に高くかかげて、きらきらと光を反射させた。小鬼《インプ》の顔に虹が踊った。そして、神官は高く、厳かな、歌うような声で神々に呼びかけ、この男の魂の真実を見いだし、無実ならば命と自由を与え、有罪ならば死を与えるべく、天国から見そなわせたまえと祈った。その声は周囲の塔に谺《こだま》した。

最後の谺が消えると、神官はクリスタルを下ろし、足早にその場を去った。ティリオンは衛兵に連れさられる前に、身を乗りだして、ブロンの耳に何事かをささやいた。その傭兵は笑いながら立ちあがり、膝から草の葉を払いおとした。

ロバート・アリン、アイリーの領主にして谷間《ヴェイル》の守護者は、台を置いて高さを補った椅子の上で、待ちきれないようにそわそわしていた。「あいつら、いつになったら闘うの？」かれは泣きそうになって尋ねた。

サー・ヴァーディスが従者の一人に助けられて立ちあがると、もう一人の従者が高さ四フィート近くもある三角形の楯を持ってきた。重い樫の板に鉄の鋲が打ってあるやつだ。二人の従者はそれをヴァーディスの左前膊に縛りつけた。ところが、同様の楯をリサの武術指南番がブロンに差しだすと、この傭兵は唾を吐き、手を振って断わった。三日間剃らずにおいた強《こわ》い黒い髭が、かれの顎と頬を覆っていた。しかし、髭を剃らなかったのは、剃刀がなかったからではなかった。かれの剣は毎日何時間もかけて研磨され、危険な鋼の輝きを放っていて、触ることができないくらいに鋭利になっていた。

サー・ヴァーディスが籠手《こて》をはめた手を差しだすと、従者が美しい両刃の長剣をその手にのせた。その剣には繊細な銀の網目模様で山の空の景色が彫刻されており、柄頭は隼の頭、棒鐔は翼の形に作られていた。「あの剣は、わたしがジョンのためにキングズランディングで作らせたのよ」サー・ヴァーディスが試し斬りをするのを眺める客たちに、リサは誇らしげにいった。「かれがロバート王の代理としてあの鉄の玉座に坐るときには、いつもあれを吊っていたの。美しい剣じゃない？　あの剣を使って、われわれの擁護者《チャンピオン》がかれの仇を討つのは、至極当然だと思ったのよ」

その彫刻を施された銀の剣は疑いなく美しかった。ケイトリンは、サー・ヴァーディスは自分の剣を使ったほうがずっと闘いやすいのではないかと思ったが、黙っていることにした。妹との不毛な議論に飽き飽きしていたからである。

「闘わせろ!」ロバート公が叫んだ。

サー・ヴァーディスはアイリーの領主のほうを向き、剣を上げて挨拶した。「高巣城《アイリー》と谷間《ヴェイル》のために!」

ティリオン・ラニスターは庭園の向こう側のバルコニーに、二人の衛兵にはさまれて坐っていた。ブロンはそちらに向かって、ぞんざいに挨拶した。

「あなたの命令を待っているのよ」、レディ・リサは息子である領主にいった。

「始め!」少年は椅子の腕をつかんだ手を震わせて、かん高く叫んだ。

サー・ヴァーディスは重い楯を持ちあげて、ぐるりと向きを変えた。ブロンも向きを変え、対面した。かれらは一回、二回と、剣を打ちあわせた。これは試しである。傭兵は一歩さがった。騎士は楯を前に構えて、進みでた。そして、一太刀切りかかったが、ブロンがぱっと飛びのいたのでその銀の剣は届かず、空を切っただけだった。ブロンは右にまわった。サー・ヴァーディスもそれに合わせて、楯を構えながら向きを変えた。傭兵はその騎士はでこぼこした地面の上に注意深く足を運んで、じりじりと前進した。傭兵は唇に薄笑いを浮かべて、後退した。サー・ヴァーディスが飛びこんで切りかかった。だが、ブロンは飛びのき、苔むした低い石を軽やかに飛び越えた。今度は傭兵は左にまわり、相手の楯から遠ざかり、その騎士の無防備な脇腹をうかがった。サー・ヴァーディスはかれの脚を切ろうとしたが、距離が遠すぎた。ブロンはさらに左のほうに飛んだ。

サー・ヴァーディスはその場で向きを変えた。

「あの男は臆病者だ」ハンター公が宣言した。「留まって闘え、臆病者め！」他の声がその考えに呼応した。

ケイトリンはサー・ロドリックのほうを見た。彼女の武術指南番はそっけなく首を振った。「サー・ヴァーディスに追いかけさせているのですよ。あの甲冑と楯の重さでは、最強の男でも疲れてしまいます」

彼女は生まれて以来、ほとんど毎日のように男たちが剣術の稽古をするのを見てきたし、これまでに五十回も武芸競技会を眺めてきた。だが、この決闘はなんとなく様子が違い、のっぴきならない感じがした。ほんのちょっと足の置き場を間違えただけで、死に直結するかのような。そして、眺めているうちに、別の時代の、別の決闘の記憶が、ケイトリン・スタークの脳裏に蘇ってきた。まるで、昨日のことのように生き生きと。

かれらはリヴァーランの低いほうの中庭で対戦したのだった。ブランドンは、ピーターが兜と胸当と環鎧《リングメイル》しか身につけていないのを見ると、自分も大部分の防具を脱ぎ捨てた。ピーターは寵愛のしるしの品を身につけたいとケイトリンに懇願したが、彼女は断わった。父上がブランドン・スタークとの婚約を決めてしまっていたからである。だから、彼女がしるしの品を与えたのはかれのほうにであった。それは、リヴァーランの跳ねる鱒《ます》をみずから刺繍した薄青いハンカチだった。彼女はそれをかれの手に押しこみ

ながら頼んだものだ。「あの子は愚かな少年にすぎないわ。でも、弟のように愛しているの。もしかれが死んだら、わたしはとても悲しい思いをするわ」すると彼女の許婚者はスターク家特有の冷たい灰色の目で彼女を見て、彼女を愛しているその少年の命を助けると約束したのだった。

その決闘は、始まったか始まらないうちに終わってしまった。ブランドンは立派な大人だったから、一歩ごとに鋼の雨を降らせながら、リトルフィンガーを追いたてて、中庭をずっと横切り、下の水階段のところまで行った。ついに少年はよろめき、十数カ所の傷から血を流すようになった。「降参しろ！」ブランドンは一度ならず呼びかけた。だが、ピーターは首を振るばかりで、必死に闘いつづけた。川波がかれらのくるぶしに打ちよせる頃、ブランドンはついに闘いを終わらせた。逆手で強烈に切りつけると、刃はピーターの環《リングメイル》鎧とレザーに深く食いこみ、肋骨の下の柔らかい肉にまで届いた。あまりにも深い傷だったので、これは致命傷になるとケイトリンは確信した。かれは倒れ、彼女を見て、「キャット」とつぶやいた。籠手の指の間から鮮血が流れだした。すっかり忘れたと思っていたことだったのに。

それが彼女がかれの顔を見た最後だった……先日、キングズランディングでかれの前に連れていかれるまでは。

リトルフィンガーの体力が、リヴァーランを去ることができるまでに回復するには、

二週間かかった。だがその間、彼女の父は、ケイトリンがかれの横たわっている塔を訪ねることを禁止した。リサはマイスターがかれを治療するのを手伝った。当時、彼女はもっと優しく、内気だったのだ。エドミュアもかれを見舞ったが、ピーターはかれを追い返してしまった。決闘のとき、エドミュアはブランドンの従者をつとめた。だから、リトルフィンガーはそれを決して許そうとしなかったのである。ピーター・ベーリッシュが旅行できるほど回復すると、ホスター・タリー公はすぐにかれを輿《こし》にのせて、療養の仕上げをさせると称して、かれの生まれ故郷である、岩が突きでた、風の吹きすさぶフィンガーズ岬に送り返してしまったのだった。

鋼と鋼の打ちあう響きが、ケイトリンを現在に引き戻した。サー・ヴァーディスは楯と剣を使って激しくブロンを追いたてていた。傭兵は打撃を一つ一つ払いのけ、岩や根をしなやかに飛び越えて、敵から片時も目を離さずに素早く後退した。かれのほうがすばしこい、とケイトリンは見てとった。その騎士の銀色の剣は決してかれに届かなかったが、ブロン自身の醜い灰色の剣はサー・ヴァーディスの肩当に深い傷を作っていた。

この一幕の戦いは始まったときと同様に、たちまち終わってしまった。ブロンが横跳びして泣き女の像の後ろにまわりこんだのである。サー・ヴァーディスは一瞬前までかれのいた場所に飛びかかり、アリッサの太股の白大理石に切りつけて火花を散らした。

「あいつら、ちゃんと闘っていないよ、母上」アイリーの領主が不満をもらした。「闘

てできませんからね」

「闘いますよ、坊や」母親がなだめた。「傭兵は一日じゅう逃げまわっていることなんてできませんからね」

リサのテラスにいた貴族の何人かは、カップにワインを注ぎ足しながら、意地悪い冗談を飛ばしていた。だが、庭園の反対側では、ティリオン・ラニスターの不揃いな目が、世の中に他のものは何もないかのように、擁護者《チャンピオン》たちが飛び跳ねているのを、じっと見つめていた。

ブロンは彫像の陰からぱっと飛びだしてきて、なおも左に動き、楯に守られていない騎士の右脇腹めがけて、剣を両手で持って切りかかった。サー・ヴァーディスはそれを不器用に防いだ。すると、傭兵の刃は上に向かって一閃し、頭に打ちかかった。金属が鳴り、隼の片方の翼がガチャンと砕けた。サー・ヴァーディスは半歩さがり、楯を上げて身構えた。その木の壁のような楯にブロンの剣が切りつけると、樫の木片が舞った。傭兵は再び左にまわり、楯から離れると、サー・ヴァーディスの腹を横に薙《な》いだ。その剣の剃刀のような刃が、騎士の板金鎧にくいこみ、光る深い裂け目を作った。

サー・ヴァーディスは後ろ足を踏ん張って前に飛びだしざま、銀色の刃を、凶暴な弧を描いて振りおろした。ブロンはそれをがつんと払いのけて、飛びのいた。騎士は泣き女に激突し、台座もろとも激しく揺らした。かれはよろめきながら後退し、敵の姿を求

めて、あちこち首をまわした。兜の面頬についている視孔のために、視野が狭まっているのだ。

「後ろにいるぞ！」ハンター公が叫んだが、手遅れだった。ブロンは両手で剣を振りおろし、サー・ヴァーディスの右肘に切りつけた。関節を守っている可動部分の薄い金属が、グシャッとつぶれた。騎士はうめき、向きを変え、武器を捩じるようにして持ちあげた。今度はブロンは後退しなかった。たがいの剣が打ちあった。その鋼の歌は庭園を満たし、高巣城《アイリー》の白い塔に谺《こだま》した。

「サー・ヴァーディスは傷を負っている」サー・ロドリックが重々しい声でいった。いわれるまでもなかった。ケイトリンの目には、騎士の前膊に沿って鮮血が流れているのが見え、肘の接合部の内側が濡れているのが見えた。剣を払いのける動作が少しずつのろくなり、少しずつ下がってくるのがわかった。そのため、サー・ヴァーディスは側面を敵に向け、楯を使って防ごうとした。だが、ブロンは猫のように素早く、かれの周囲をまわった。その傭兵はだんだん強くなっていくように見えた。今では、切りつけるたびに跡が残った。騎士の甲冑のあらゆる部分に輝く深い切れ込みができた。右の股にも、くちばし型の面頬にも、胸当にも横様に、首鎧の前面にも長い切り込みが。サー・ヴァーディスの右腕を覆っていた〝月に隼〟の脇当が真っ二つに断ち切られ、紐でぶらさがった。かれの面頬の空気孔から漏れる、ぜいぜいという苦しそうな息遣いが観衆

のところまで聞こえた。

傲慢で目のくらんでいる谷間《ヴェイル》の騎士や貴族たちでさえも、目の下で何が起こっているか見ることができた。だが、ケイトリンの妹には何も見えなかった。「もういい、サー・ヴァーディス！」レディ・リサは下の騎士に呼びかけた。「さあ、決着をつけなさい。坊やが退屈しています」

サー・ヴァーディス・エゲンは最後まで女主人の命令に忠実だったと、かれのためにいっておかなければならない。一瞬、かれはよろよろと後退し、傷だらけの楯の陰に半ばうずくまったが、次の瞬間、突撃した。不意の猪突猛進を受けて、ブロンはバランスを崩した。サー・ヴァーディスは猛烈な勢いで傭兵に体当たりし、その顔を楯の縁で強打した。ほとんど、ほとんど、ブロンは倒れそうになり……よろよろと後退し、岩につまずき、泣き女につかまってバランスを取った。サー・ヴァーディスは楯を投げ捨て、両手で剣を振りあげて襲いかかった。今や、その右腕は肘から指まで鮮血に染まっていた。それでも、かれの最後の必死の切り込みは、ブロンの首から臍まで断ち割ったことだろう……その傭兵が立ったまま、それを受けとめたとすれば。

しかし、ブロンはぱっと飛びのいた。ジョン・アリンの美しい彫刻のある銀色の剣は、泣き女の大理石の肘をかすめ、上の三分の一がぽきりと折れた。ブロンはその彫像の背中に肩を当てて押した。風化していたアリッサ・アリンの像はぐらりと揺れてどうと倒

れ、サー・ヴァーディス・エゲンはその下敷きになった。

ブロンは瞬時にしてそれに襲いかかり、砕けた脇当の残骸を蹴りよけて、腕と胸当の間の弱点を露出させた。サー・ヴァーディスは泣き女の壊れた胴体の下敷きになって、横向きに倒れていた。傭兵は両手で剣を持ちあげ、腕の下の肋骨の間を渾身の力をこめて突き刺した。ケイトリンは騎士のうめき声を聞いた。サー・ヴァーディス・エゲンは身を震わせ、そして、動かなくなった。

高巣城《アイリー》は静まりかえった。ブロンは半兜を脱ぎ、草の上に落とした。かれの唇は楯で打たれたために、つぶれて血だらけになっており、漆黒の頭髪は汗でびっしょりと濡れていた。かれは折れた歯をぺっと吐きだした。

「終わったの、お母様?」アイリーの領主が尋ねた。

〝いいえ〟と、ケイトリンは答えたかった。〝今、始まったばかりよ〟と。

「ええ」リサはむっつりといった。その声は、彼女の衛兵隊長と同様に冷たく、生気がなかった。

「もう、あの小さい人、飛ばしてもいい?」

庭園の反対側で、ティリオン・ラニスターが立ちあがった。「この小さい人は違うぞ」かれはいった。「この小さい人は、お手数だが、かぶらの籠に乗せてもらって下りるんだ」

「おまえ――」リサがいいかけた。

「アリン家の銘言にもあるように」小鬼《インプ》はいった。「〝誉れのごとく高し〟だから」

「あいつを飛ばしてもよいと約束したじゃないか」アイリーの領主が母親に向かって金切り声をあげ、ひきつけを起こしそうになった。

レディ・リサの顔は怒りで真っ赤になった。「神々はかれを無実だと見そなわされたのよ、坊や。釈放するしかないわ」彼女は声をあげた。「衛兵、ラニスター公とその……けだものを、わたしの目の前から連れさりなさい。そして、〝血みどろの門〟に連れていき、釈放しなさい。馬と、トライデント川まで行くだけの物資を支給するように。そして、かれらの所持品と武器はすべて確実に返却すること。街道ではそれらが必要になるはずだから」

「街道でねえ」ティリオン・ラニスターはいった。リサは満足げな薄笑いを浮かべた。これは別の種類の死刑宣告だと、ケイトリンは悟った。ティリオン・ラニスターもそれをよく知っているにちがいない。だが、その小人はレディ・アリンに向かって、ばかにしたようなお辞儀をした。「ご命令に従いますよ、奥様」かれはいった。「道筋は知っているつもりです」

41　ジョン

「おまえたちは、これまでに訓練したガキに負けず劣らず、役立たずだ」全員が中庭に集合すると、サー・アリザー・ソーンが宣言した。「おまえたちの手は、剣ではなく肥《こえ》杓《びしゃく》を持つようにできている。もし、おれの自由になるなら、大部分は豚飼いにまわす。だが、昨夜、ゲレンが五人の新入りを連れて王の道《キングズロード》を進んでくると報告を受けた。そのうち一人か二人は小便くらいの価値はあるかもしれん。そいつらの居場所を作るために、おまえたちのうち八人を司令官どのに渡して、好きなように使ってもらうことにした」

かれは一人一人名前を呼びあげた。「がま《トウド》、石頭《ストーンヘッド》、野牛《オーロクス》、ひも《ラバー》、にきび《ピンプル》、猿《モンキー》、やくざ《サー・ルーン》」そして、最後にジョンを見た。「それに、私生児《バスタード》だ」

ピップはウワーッと叫んで、剣を空中に放りあげた。サー・アリザーは爬虫類の目でそれを睨みすえた。「これから世間では、おまえたちを夜警団《ナイツウオッチ》の隊員《ブラザー》と呼ぶだろう。だが、もしそれを信じでもしたら、ここに来ているどさまわりの猿以上の大ばか者だ。おまえらはまだ子供だ。青臭い夏の匂いがする。冬がきたら蝿のように死ぬだろう」サー

・アリザー・ソーンはそういい捨てると、立ちさった。
他の少年たちが指名された八人のまわりに集まり、笑ったり悪態をついたりして祝福した。ハルダーはトウドの尻を剣の面でぴしゃりと叩いて、叫んだ。「夜警団《ナイツウオッチ》のトウドだ！」そして、黒衣の兵士には馬が必要だとわめいて、ピップはグレンの肩に飛び乗った。二人は地面に倒れ、転げまわり、殴りあい、歓声をあげた。ダレオンは武器庫に駆けこみ、酸っぱくなった赤ワインの皮袋を持ちだした。みんながばかのようににやにや笑いながら、手から手へとワインを渡しているときに、ジョンはサムウェル・ターリーが独りぼっちで中庭の隅の枯れ木の下に立っているのに気づいた。ジョンはかれに皮袋を差しだした。「一杯やるか？」

サムは首を振った。「いや、けっこう」

「大丈夫かい？」

「大丈夫だ、本当に」その太った少年は嘘をついた。「おまえたち、みんなよかったなあ」かれは丸い顔をひきつらせて、無理に笑った。「おまえはいずれ一等突撃隊員《ファースト・レンジャー》になる、叔父さんがそうだったように」

「〝だった〟じゃない、〝である〟だ」ジョンは訂正した。かれはどうしても、ベンジェン・スタークが死んだことを受け入れようとしなかった。続きをいわないうちに、ハルダーが叫んだ。「おい、おまえたちだけで飲むつもりか？」ピップはかれの手から皮

袋をひったくって、笑いながら飛びのいた。グレンがかれの腕をつかみ、ピップが皮袋を絞ると、一本の赤い細い筋がほとばしり、ジョンの顔にかかった。ハルダーは上等のワインが無駄になると文句をいった。ジョンはプップッと唾を吐きながら、もがいた。マサーとジェレンは壁に登り、皆に雪つぶてを投げつけはじめた。

頭髪を雪だらけにし、外衣にワインのしみをつけたジョンが、かれらの手を振り払う頃には、サムウェル・ターリーの姿は消えていた。

その夜、〝三つ指のホッブ〟は記念として、特別な食事を少年たちのために作った。ジョンが食堂に行くと、執事がみずから、かれを火のそばのベンチに連れていった。年上の兵士たちが通りがかりにかれの腕を叩いていった。八人の隊員候補者《ブラザー》のための御馳走は、ニンニクとハーブでくるんで焼いた仔羊のあばら肉に、ミントの芽を添え、それをバターにひたした黄色いかぶらのつぶしたもので囲んであった。「司令官ご自身のテーブルからだ」バウエン・マーシュがいった。ホウレン草とヒヨコ豆とかぶらの葉のサラダもあった。そして、後から、砂糖をまぶしたブルーベリーと甘いクリームの椀がでた。

「おれたちを一緒にしておいてくれるかなあ？」みんな楽しく腹いっぱい食べているときに、ピップがいった。

トウドが顔をしかめた。「おれはいやだぜ。てめえのそういう耳は見飽きたからな」

「ほう」ピップがいった。「鴉《からす》が烏《からす》を、黒いといって笑ってるぜ。てめえはきっと突撃《レンジ》隊《ャー》になるぞ、トウド。上官はおまえを、城からできるだけ遠いところに連れていきたいんだ。もし、マンス・レイダーが攻めてきたら、おまえ面頬《めんぼお》を上げて顔を見せろ。そうすりゃ、やっこさん悲鳴をあげて逃げていくぜ」

　グレン以外のみんなが笑った。「おれ、突撃隊《レンジャー》になりたいなあ」

「おまえだって、だれだって、みんなそうさ」マサーがいった。黒衣をまとう者はすべて〝壁〟を歩く。そして、すべての男が武器を手にしてそれを守ることになっている。だが、突撃隊員《レンジャー》こそが夜警団《ナイツウオッチ》の闘争精神の権化だった。かれらこそが、勇敢にも〝壁〟の外に出ていき、影の塔《シャドウ・タワー》の西に広がる幽霊の森や、凍った高山を跋渉《ばっしょう》し、野生人や巨人や恐ろしい雪熊と闘うのだった。

「だれでもじゃない」ハルダーがいった。「おれは建設隊《ビルダー》に向いている。もし〝壁〟が崩れたら、突撃隊《レンジャー》が何の役に立つ？」

　建設隊《ビルダー》は櫓や塔の修理のために石工や大工として働く。鉱夫隊《マイナー》はトンネルを掘り、道路や通路に敷く石を砕く。森林隊《ウッドマン》は森が〝壁〟のそばまで迫っている場所で、新しく伸びた枝を刈りとる。かつて、かれらは幽霊の森の奥にある凍った湖から巨大な氷の塊を切りだし、橇《そり》にのせて南に引っ張ってきて、〝壁〟をさらに高くするために使ったといわれる。しかし、それは何世紀も前の話で、今かれらにできることは、東方監視所から

影の塔《シャドウ・タワー》まで〝壁〟を歩き、割れ目や溶ける兆候を見つけて、とりあえず修繕をすることだけである。

「あの熊親父はばかじゃない」ダレオンがいった。「おまえはきっと建設隊《ビルダー》になるよ。そして、ジョンは間違いなく突撃隊《レンジャー》。おれたちの中で剣術も乗馬もいちばんだからな。それに、かれの叔父さんは一等突撃隊員《ファースト・レンジャー》だったが……」かれは自分が何をいいかけたか気がついて、ぎごちなく話を切った。

「ベンジェン・スタークはいまだに一等突撃隊員だぞ」ジョン・スノウはブルーベリーの椀をつつきながらいった。他の連中は叔父の生還を完全に諦めてしまっているかもしれないが、おれは別だ、と思った。かれはブルーベリーにほとんど手をつけずに椀を押しやり、ベンチから立ちあがった。

「これ、もう食べないのか？」トウドが尋ねた。

「おまえにやるよ」ジョンはホッブの御馳走をほとんど賞味することができなかった。「もう一口も食えない」かれは扉のそばのフックから自分のマントを取り、扉を肩で押し開けて外に出た。

　ピップが追ってきた。「ジョン、どうした？」

「サムがね」かれは認めた。「今夜、あいつ食卓にいなかったぞ」

「食事に出ないなんて、あいつらしくないな」ピップは考えながらいった。「病気にで

もなったんだろうか？」

「怯えているのさ。自分だけ取り残されて」かれは自分がウィンターフェルを去った日を思いだした。すべて、ほろにがい別れだった。ブランは骨折して寝ていた。ロブは髪に雪をつけていた。アリアは〝針《ニードル》〟を渡すと、キスの雨を降らせたっけ。「いったん宣誓をすれば、おれたちはみんな任務を与えられる。遠くに送られるかもしれない。東方監視所とか影《シャドウ・タワー》の塔にな。サムは、ラストとかクーガーとか、今、王の道《キングズロード》を進んでくる新人たちと一緒に、訓練所に残るだろう。そいつらがどんな連中かわからないが、サー・アリザーがかれにけしかけるのは確実だ、チャンスがありしだい」

ピップは顔をしかめた。「おまえ、やるだけのことはやったよ」

「やるだけやったが、充分じゃなかった」ジョンはいった。

かれは強い不安を感じながら、ゴーストを探しにハーディンの塔のほうに戻っていった。大狼《ダイアウルフ》は厩舎まで一緒に歩いてきた。厩舎に入ると、臆病な馬は仕切り板を蹴り、耳を倒した。ジョンは自分の雌馬に鞍を置いて、乗り、黒《キャスル・ブラック》の城を出て、月光の下を南に向かった。ゴーストはかれの前を、地面を飛ぶようにして疾走し、たちまち見えなくなった。ジョンはかれを放っておいた。狼は狩りをする必要がある。

どこに行こうという当てもなかった。ただ馬に乗りたかった。しばらくの間、岩の上をちょろちょろと流れる氷のように冷たい水の音を聞きながら、小川に沿って進んでい

き、それから野原を突っ切って王の道《キングズロード》に出た。道は目の前に長く伸びていた。細くて、石ころだらけで、草が点々と生えている。何の変哲もない道だが、それはジョンの心に強い郷愁を感じさせた。この道のずっと先にウィンターフェルがある。そして、その先にリヴァーランやキングズランディングやアイリーや、その他いろいろな場所がある。キャスタリーロック、顔のある島《アイル・オブ・フェイシズ》、ドーンの赤い山々、海に浮かぶブラーボスの何百もの島々、煙立つ古《いにしえ》のヴァリリアの廃墟。それらはすべて、ジョンが一生涯見ることのないであろう場所だ。この道路の先に世界がある……そして、おれはここにいる。

いったん宣誓をしてしまったら、マイスター・エーモンぐらいの老人になるまで、〝壁〟がおれの家となる。「おれはまだ宣誓していない」かれはつぶやいた。おれは、みずからの犯罪を償うか、さもなければ黒衣を着るか、という二者択一を迫られた追放者では決してない。おれは自由意志でここに来た。そして、自由に去ることができる……宣誓をするまでは。馬に乗りさえすれば、すべてを後にして去ることができる。再び月が満ちるときまでにはウィンターフェルの兄弟のもとに帰ることができる。

いや、〝異母〟兄弟だぞ、と内心の声が訂正した。〝そして、レディ・スタークがいる。彼女はおまえを歓迎しないぞ〟と。ウィンターフェルにはかれの居場所はなかった。そして、キングズランディングにも。かれを生んだ母親さえも、かれの居場所を作ることができなかった。かれは母親のことを思うと悲しくなった。母はいったいだれだった

のか、どんな顔かたちをしていたのか、なぜ父は母から去ったのか？〝それは、彼女が娼婦か姦婦だったからだよ、ばかめ。何か暗くて不名誉な感じがつきまとっている。さもなければ、なぜエダード公は彼女について話すことができないほど恥じるのか？〟

ジョン・スノウは王の道《キングズロード》から目を転じて、後ろを見た。黒の城《キャスル・ブラック》の灯火は丘にさえぎられて見えなかった。だが、〝壁〟はそこにあった。月光を浴びて青白く、広大に冷たく、地平線から地平線まで走っている。

かれは馬の頭をめぐらせて、帰りはじめた。

坂の頂上に登り、〝司令官の塔〟のランプの明かりが遠くに見えたとき、ゴーストが戻ってきた。馬の横をひたひたと走るゴーストの鼻面は血で赤く染まっていた。ジョンは帰っていきながら、いつのまにかサムウェル・ターリーのことを思いだしていた。そして、厩舎に着くまでに、どうすべきか心が決まった。

マイスター・エーモンの居室は鴉小屋の下の頑丈な木造の櫓の中にあった。マイスターは老人で虚弱なので、そこで二人の若い執事と一緒に暮らしていた。その二人がかれの身のまわりの世話をし、仕事を手伝っているのである。隊員たちは冗談で、かれは夜警団《ナイツウオッチ》の最も醜い二人の男を与えられているといっていた。マイスターは盲目だったので、かれらの顔を見ずにすむのだった。クライダスは背が低く、禿げ頭で、顎がなく、モグラのように小さく赤い目をしていた。チェットは首に鳩の卵ほどのこぶがあり、顔には

赤い腫れ物や吹き出物が点々とできていた。かれがいつも不機嫌に見えるのは、たぶんそのためだろう。

ジョンのノックに応えたのはチェットのほうだった。「マイスター・エーモンに話があるのだが」ジョンはかれにいった。

「マイスターはお休みだ。おまえだってもう寝ているはずの時間だぞ。明朝もう一度来れば、たぶん会ってくれるだろう」かれは扉を閉めかけた。

ジョンはそれをブーツでこじ開けた。「今、話す必要があるんだ。明朝では遅すぎる」

チェットは苦い顔をした。「マイスターは夜、起こされるのに慣れていない。あの人が何歳か知っているか？」

「あんたより、もう少し礼儀正しく客を扱う歳《とし》にはなっているだろう」ジョンはいった。「お願いしますと伝えてくれ。重大なことじゃなければ、お休み中に邪魔などしないよ」

「もし、おれが断わったら？」

ジョンはブーツを楔《くさび》にして、しっかりと扉を押さえた。「必要なら、一晩中こうやって立っていることもできるんだぞ」

その黒衣のブラザーはうんざりしたような声を出して、扉を開け、かれを中に入れた。

「書斎で待っていろ。薪があるから、火をおこせ。おまえのためにマイスターに風邪をひかせるわけにはいかない」

チェットがマイスター・エーモンを連れてきたときには、ジョンは薪をパチパチと威勢よく燃やしていた。その老人は寝間着をきていたが、首には教団の鎖をかけていた。マイスターというものは、寝るときでさえも、鎖を外すことがないのだ。「炉端の椅子は気持ちがよいかな」かれは顔に暖かみを感じて、いった。かれが気持ちよさそうに椅子に坐ると、チェットがその足を毛皮で覆い、自分は戸口に立った。

「お休み中、起こしてしまってすみません、マイスター」ジョン・スノウはいった。

「眠ってはいなかった」エーモンは答えた。「年をとるほど、眠りの必要は少なくなるらしい。そして、わたしはひどく年をとっている。しばしば夜の半分は、五十年前のことをまるで昨日のことのように思いだして、幽霊とともに過ごしているのだ。真夜中の訪問者という謎は、絶好の気晴らしになる。だから、説明してごらん、ジョン・スノウ。なぜ、こんなおかしな時間に訪問したのか？」

「サムウェル・ターリーを訓練場から引きあげて、夜警団《ナイツウオッチ》の隊員《ブラザー》として受け入れてもらうように、お願いするためです」

「それはマイスター・エーモンの知ったことじゃない」チェットが文句をいった。

「われらの司令官は新人の訓練をサー・アリザー・ソーンの手に委ねている」マイスタ

ーは優しくいった。「きみも知っての通り、かれだけが子供にいつ、宣誓をさせるか決めることができる。それなのに、なぜわたしのところに来たのかな?」

「司令官閣下はあなたの忠告を聞きます」ジョンはいった。「そして、夜警団《ナイツウオッチ》の負傷者や病人はあなたの管轄です」

「では、きみの友人サムウェルは怪我か病気なのか？」

「そうなるでしょう」ジョンは断言した。「あなたの助けがなければ」

かれは事情をすべて説明した。ラストの喉にゴーストをけしかけたことも省かずに。マイスター・エーモンは見えない目で暖炉の火を見すえながら、黙って聞いていた。だが、チェットの顔は一言ごとに黒ずんでいった。「ぼくらが守ってやらなければ、サムにはチャンスがありません」ジョンはいいおえた。「かれには戦士になる見込みはありません。ぼくの妹のアリアでもかれを引き裂くことができるでしょう。まだ十歳にもなっていない妹ですが。もし、サー・アリザーがかれを闘わせれば、怪我をするか、死ぬか、時間の問題です」

チェットはもう黙っていられなかった。「そのでぶの子供は食堂で見たことがある」かれはいった。「あいつは豚みたいなやつだ。それに、どうしようもない臆病者だぞ。おまえのいうことが本当なら」

「たぶん、その通りだろう」マイスター・エーモンがいった。「なあ、チェット、きみ

だったら、そういう子供をどのようにさせたいかね？」

「そのまま置いておきますよ」チェットはいった。「〝壁〟は弱虫の来るところではありません。何年かかろうと、役に立つようになるまで訓練すればいいんです。神々の思し召しに従って、サー・アリザーはそいつを男にするか、殺すか、しますよ」

「それはばかげている」ジョンはいった。そして、考えをまとめるために深呼吸をした。「昔、マイスター・ルーウィンに、なぜ喉に鎖を巻いているか、尋ねたことがあります」

マイスター・エーモンは自分の首飾りに軽く手を当て、骨ばったしわだらけの指で重い金属の鎖を撫でた。「話してみなさい」

「答えはこうでした。マイスターの首飾りは、奉仕を誓ったことを本人に思いださせるために鎖でできていると」ジョンは思いだしていった。「それぞれの輪がどうして異なった金属でできているのかと尋ねました。マイスター・ルーウィンは笑って、マイスターは研究分野に応じて鎖を鍛造するといいました。それぞれの金属は、それぞれ異なった学問の種類を示すと。金は金銭と会計の研究を示す。銀は治療の、鉄は武器の。そしてまた、他の意味もあるといいました。首飾りは、マイスターに、自分の仕える国家を思いださせるためのものだと。そうなんでしょう？　貴族は金、騎士は鋼。しかし、二つの輪では鎖になりません。

銀も鉄も鉛も必要だし、錫《すず》も銅も青銅も、その他すべての金属が必要です。そして、それらは農民、鍛冶屋、商人等々であると。一本の鎖にはあらゆる種類の金属が必要です。そして、一つの国にはあらゆる種類の人々が必要です」

マイスター・エーモンは微笑した。「それで？」

「夜警団《ナイツウオッチ》にもやはりあらゆる種類の人間が必要です。さもなければ、突撃隊《レンジャー》や建設隊《ビルダー》や執事がどうしているんですか？　ランディル公はサムを戦士にすることができませんでした。そして、サー・アリザーにもやはりできません。いくら一所懸命に叩いても、錫を鉄に変えることはできません。だからといって、錫が役立たずだということはありません。サムを執事にしてやってはいただけないでしょうか？」チェットが怒って怖い顔をした。「おれは執事だぞ。これが臆病者向きの楽な仕事だとでも思っているのか？　執事の職分が夜警団《ナイツウオッチ》を生かしているのだぞ。おれたちは狩りをし、農作業をし、馬の世話をし、牛の乳を絞り、薪を集め、食事を作る。おまえたちの衣服をだれが作っていると思う？　南から必需物資をだれが運んでくると思う？　すべて執事だぞ」

マイスター・エーモンはさらに優しくなった。「きみの友人は狩りをするかね？」

「狩りは大嫌いです」ジョンは認めないわけにはいかなかった。

「畑を耕すことができるかね」マイスターは尋ねた。「馬車を御したり、船を走らせたりすることができるかね？　家畜を殺せるかね？」

「いいえ」

チェットがいやらしい笑いかたをした。「やわな貴族の小僧どもを働かせると、どういうことになるか見てきた。バターをかきまわさせてみろ。手はまめだらけ、血だらけになる。斧で木を切らせてみろ。自分の足を切りおとすぜ」

「サムが他の人より上手にできることが、一つだけあります」

「ほう?」マイスター・エーモンが促した。

ジョンは警戒するようにチェットをちらりと見た。戸口に立つそいつは、吹き出物が赤く膿んでいるように見えた。「あなたの手伝いができます」ジョンは急いでいった。「かれは計算ができ、読み書きもできます。チェットが文字を読めないことも、クライダスの目が弱いことも、ぼくは知っています。サムは父親の書斎の本を全部読んだそうですし、鴉の扱いも上手にやるでしょう。動物たちはかれが好きらしいです。ゴーストはたちまちなついてしまいました。戦闘以外に、かれにできることはたくさんあります。夜警団《ナイツウオッチ》にはあらゆる種類の人間が必要です。どうして、目的もなく、一人の人間を殺すのですか? 殺さずに利用してください」

マイスター・エーモンは目をつぶった。ジョンはかれが眠ってしまったのではないかと、ちょっと心配になった。だが、マイスターは結局いった。「マイスター・ルーウィンはきみをよく教育したらしいな、ジョン・スノウ。どうやら、きみの精神はきみの剣

と同様に素早く働くようだ」

「だから……？」

「だから、きみのいったことを、わたしは熟慮しなければならない」マイスターはきっぱりといった。「さあこれで、きっと眠れるだろう。チェット、この若いブラザーを扉までお送りしなさい」

42　ティリオン

　かれらは街道からちょっと外れた低いポプラ林の木陰で野宿をした。ティリオンは馬たちが渓流で水を飲んでいる間に、枯れ木の枝を集めた。かれは前屈みになって、折れた枝を拾いあげ、仔細に調べた。「これでいいかなあ？　おれは火をおこすのに慣れていない。モレックにやらせていたのでな」

「火だと？」ブロンがいって唾を吐いた。「それほど死にたいか、小人？　それとも、気が狂ったのか？　焚き火なんかすれば、周囲何マイルもの山の民を引きよせることになる。おれはこの旅行で生き残るつもりでいるんだぞ、ラニスター」

「どうやって、生き残るつもりだ？」ティリオンが尋ねた。かれは枯れ枝を小脇に抱えて、もっと落ちていないかと、まばらな下生えの間をつつきまわった。無理して前屈みになるので背中が痛んだ。かれらは夜明けからずっと馬に乗ってやってきたのだった。この日、夜が明けると、石のように固い表情をしたサー・リン・コーブレイがかれらを〝血みどろの門〟から連れだし、二度と戻ってくるなといいわたしたのだった。

「どんなに無理しても逆戻りはできない」ブロンはいった。「しかし、十人よりも、二人のほうがもっと道中がはかどる。しかも、注意を引かない。この山岳地帯に留まる日数が少なければ、それだけ川沿いの低地に着く可能性もふえる。強行軍して、先を急ごうといっているんだ。夜に進んで、昼はなるべく道路を避けて、身を隠し、音をたてず、焚き火もしない」

ティリオン・ラニスターは溜め息をついた。「素晴らしい計画だ、ブロン。好きなようにやってみろ……しかし、おれが後に残っておまえを埋葬しなくても、悪く思うなよ」

「おれより長生きするつもりなのか、小人?」傭兵はにやりと笑った。その笑顔には黒い隙間があった。サー・ヴァーディス・エゲンの楯の縁で、歯が一本、途中から折れたからである。

ティリオンは肩をすくめた。「夜に馬で先を急げば、きっと山から転げおちて、頭蓋骨を砕く。おれはゆっくりと気楽に通り抜けたい。おまえが馬肉の味が大好きなことはわかっているさ、ブロン。しかし、ここで馬を乗りつぶしたら、おれたちはシャドウキャットに鞍を置く工夫をしなければならないだろうよ……そして、実をいえば、おれたちが何をしようと、山の民はおれたちを見つけると思う。かれらの目はおれたちをぐるりと取り巻いているんだ」ティリオンは、かれらを取り巻いている、風に彫刻されたよ

うなゴツゴツした岩を、手袋をはめた手でぐるりと差し示した。

ブロンは顔をしかめた。「では、おれたちは死んだも同然だ、ラニスター」

「もしそうなら、気持ちよく死にたいね」ティリオンは答えた。「焚き火は必要だ。この高地では夜は冷える。そして、熱い食べ物は腹を温め、精神を高揚させてくれる。鳥か獣を捕ることができると思うかい？　レディ・リサは親切にも、牛肉の塩漬け、固いチーズ、かび臭いパンという立派な御馳走を用意してくれた。だが、おれとしては、医者《マイスター》もいないこんな場所で、歯を折るのはごめんだぜ」

「獣なら見つかるだろう」振りかかった黒い髪の毛の下から、ブロンの暗い目がうさん臭そうにティリオンを見た。「おまえの愚かな焚き火のそばに、おまえを置いていくべきだな。もし、おまえの馬を奪えば、おれがここを切り抜けるチャンスは二倍になる。そうしたら、どうする、小人？」

「おそらく死ぬだろう」ティリオンはまた屈んで枯れ枝を拾った。

「おれがそうするとは、思わないのだな？」

「自分の命にかかわると思えば、おまえは躊躇なくそうするだろうよ。仲間のチッゲンが腹に矢を受けたとき、おまえは手早くあいつの息の根を止めたぞ」あのとき、ブロンはその男の髪をつかんでのけぞらせ、耳の下を短刀の先で掻き切ったのだった。そして、その後でケイトリン・スタークに、あの傭兵は負傷して死んだといったのだった。

「やつはすでに死んだも同然だった」ブロンはいった。「やつのうめき声を聞いて、敵が押しよせようとしていた。逆の立場ならチッゲンだって同じようにしたろう……そして、やつは仲間じゃない、ただの道連れだった。勘違いするなよ、小人。おれはおまえのために闘ったが、おまえを愛しているわけじゃないぞ」

「おれに必要なのはおまえの剣だった」ティリオンはいった。「愛じゃなくて」かれは腕いっぱいに抱えた薪を地面に放りだした。

ブロンはにやりとした。「おまえは傭兵なみに大胆だな、それは認めてやる。おれがおまえの味方をすると、どうしてわかった？」

「わかったか、だと？」ティリオンは火をおこすために、発育不良の脚で不器用にしゃがんだ。「さいころを振ったのさ。あの旅籠《はたご》にいたとき、おまえとチッゲンはおれを捕虜にするのを手伝った。なぜだ？ 他の連中はそれを自分らの義務だと、仕えている貴族たちの名誉のためだと、考えた。だが、おまえたち二人は違う。おまえたちには主人はいないし、義務はないし、貴重な名誉もほとんどない。それなのに、どうしてわざわざ手を出した？」かれはナイフを取りだして、焚きつけに使うために、拾ってきた小枝の一本から細い樹皮を削りとった。「おい、傭兵どもが何かをするのは何のためだ？ 金のためだろう。手伝えば、レディ・ケイトリンが報酬を払うと、おまえたちは思った。ことによったら、家臣に抱えてくれるかもしれないと、な。さあ、これでよかろう。火

打ち石を持っているか？」

ブロンはベルトにつけた袋に二本の指をつっこみ、火打ち石を放りだした。ティリオンをそれを空中で受け取った。

「ありがとよ」かれはいった。「問題は、おまえたちがスターク家の人間について知らなかったことだ。エダード公は誇り高く、名誉を重んじる、正直な男だ。だが、かれの妻はもっと悪い。ああ、ことがすめば、コインの一枚か二枚くれるのは間違いない。それを丁寧な言葉と、嫌悪の表情とともに、おまえたちの手に押しこんでくれただろう。だが、それがおまえたちが望みうる精一杯のことだ。スターク家は勇気と忠節と名誉を、家臣として選ぶ者に求める。そして、いわせてもらえば、おまえとチッゲンは下賤なクズだ」ティリオンは火打ち石を自分の短剣に打ちつけて、火花を飛ばそうとした。だが、だめだった。

ブロンは鼻を鳴らした。「大胆な舌を持っているじゃないか、小人。いずれ、だれかがそれを切りとって、おまえに食わせるぞ」

「みんなそういう」ティリオンはその傭兵をちらりと見あげた。「気を悪くしたか？ごめんよ……だが、おまえは事実、クズなんだぞ、ブロン。勘違いするなよ。義務、名誉、友情。こういうものは、おまえにとって何なんだ？ いや、いい。おれたちはどちらも答えを知っている。しかし、おまえはばかじゃない。いったん、谷間《ヴェイル》に着くと、レ

ディ・スタークはもうおまえを必要としなくなった……だが、おれにはおまえが必要だった。そして、ラニスター家が決して不自由しないのが、金なのだ。さいころを投げる瞬間がきたとき、おれはおまえの利口さに賭けたのだ。自分にとっていちばんの利益はどこにあるか、おまえは知っているからな。嬉しいことに、その通りだった」かれはまた石と短剣を打ちあわせた。だが、だめだった。

「よこせ」ブロンはしゃがんだ。「おれがやる」かれはティリオンの手から短剣と火打ち石を受け取り、最初の一発で火花を飛ばした。丸まった樹皮が煙を上げはじめた。

「でかした」ティリオンはいった。「おまえはクズかもしれないが、役に立つことは否定できない。そして、その手に剣を持たせれば、ほとんど兄のジェイムに匹敵するくらい腕が立つ。何が欲しい、ブロン？　金か？　土地か？　女か？　おれを生かしておけば、全部手に入るぞ」

ブロンが静かに息を吹きかけると、炎がぱっと立ちあがった。「それで、もしおまえが死んだら？」

「そうしたら、おれのために真剣に泣いてくれる泣き男が一人生まれるだろう」ティリオンはにやりとしていった。「そうなったら、黄金はなしだ」

焚き火が勢いよく燃えあがった。ブロンは立ちあがり、火打ち石を袋に戻し、短剣をティリオンに投げて返した。「公平な取引だ」かれはいった。「では、おれの剣はおま

えのものだ……だが、おまえが糞をひるたびに、おれが這いつくばって、御前様と敬い奉るのはごめんだぜ。おれはだれにもおべっかを使わない」

「そして、だれの友達でもない」ティリオンはいった。「利益があると思えば、レディ・スタークを裏切ったように、おまえは疑いなく、すぐさまおれを裏切るだろう。もし、おれを売りわたしたい誘惑に駆られるときがきたら、覚えておけよ、ブロン――どんなに高い値段がついても、それに見合う額をおれが払う。命は惜しいからなあ。ところで、おまえ、何か夕飯を見つけてきてくれないか？」

「馬の世話をしろ」ブロンはいって、腰につけていた長めの短刀を抜き、森に入っていった。

一時間後、馬たちはブラシをかけられ、餌を与えられ、焚き火はパチパチと勢いよく燃え、若い山羊の股肉が炎の上でぐるぐるまわり、ジュージューパチパチと焼けていた。

「ここで足りないものは、この仔山羊を飲みこむための上等のワインぐらいのものだ」ティリオンはいった。

「それと、女と、それに、あと一ダースほどの剣士だ」ブロンはいった。かれは焚き火のそばにあぐらをかいて坐り、オイルストーンで長剣を研ぎはじめた。砥石で鋼をこするザラザラした音には、奇妙に心を和ませるものがあった。「間もなく真っ暗になる」その傭兵はいった。「おれがまず、見張りをする……役に立つかはわからんが。やつら

にとって、こちらが眠っている間に殺されてやったほうが親切かもしれんがな」

「おう、おれたちが寝つくずっと前に、やつらはここに来ると思うよ」焼ける肉の匂いを嗅ぐと、ティリオンはよだれが出た。

ブロンは焚き火越しにかれを見つめた。「計画があるんだな」かれはそっけなくいって、砥石で剣を一こすりした。

「むしろ希望ってところだ」ティリオンはいった。「もう一度さいころを投げてみる」

「おれたちの命を賭けてか？」

ティリオンは肩をすくめた。「他にどうしようもないだろう？」かれは火の上に身をかがめて、仔山羊の肉を薄く切りとった。「ああ」かれは嬉しそうに溜め息をつきながら、肉を噛んだ。脂が顎に垂れた。「おれの好みより、ちょっと固い。そして、スパイスがかかっていない。だが、あまり大声で不満をいうのはやめよう。まだ高巣城《アイリー》に残っていれば、今ごろは煮豆が欲しくて、断崖の上で踊りを踊っているところだ」

「それなのに、あの牢番に金貨入りの財布をやったんだな」ブロンがいった。

「ラニスターはつねに借りを払う」

ティリオンが革財布を投げ与えたのは、モード自身にさえほとんど信じられないことだった。その牢番の目は、財布を開けて黄金の輝きを見たとき、ゆで卵ほどの大きさになったものだった。「銀貨はおれが取った」ティリオンは歪んだ笑いを浮かべてかれに

いったものだった。「だが、おまえには金貨を約束した。だから、それをやる」それは、モードのような男が一生涯、囚人を虐待しても、決して稼ぐことができないほどの金額だった。「そして、おれがいったことを覚えておけよ。これはほんの味見だ。もし、レディ・アリンに仕えるのに飽きたら、キャスタリーロックにやってこい。そうすれば、借りの残りを払ってやるぞ」モードは両手からあふれるほどのドラゴン金貨をもらって、ひざまずき、きっとそうすると約束したのだった。

ブロンは短刀を抜いて、火から肉をひきとり、骨から厚い肉の塊をこそげとった。一方、ティリオンはかび臭いパンをくりぬいて、二枚の皿を作った。「もし、本当に川まで行けたら、それからどうする？」その傭兵は肉を切りながら尋ねた。

「おう、まず手始めに、売春婦と羽根布団と、そして酒だ」ティリオンはパンの皿を差しだし、ブロンはそれに肉をのせた。「それから、キャスタリーロックかキングズランディングに行こうと思う。ある短剣について、解明したい疑問があるのだ」

傭兵は肉を噛んで飲みこんだ。「じゃ、本当のことをいっていたんだな。あれはおまえの短剣じゃないって？」

ティリオンは薄笑いを浮かべた。「おれが嘘つきに見えるかい？」

腹いっぱいになる頃には、星が出て、半月が山脈の上に昇ってきた。ティリオンはシャドウキャットの毛皮のマントを地面に広げ、鞍を枕にして横になった。「今ごろは、

われわれの友人たちは楽しい時を過ごしていることだろう」

「もし、おれがやつらなら、これは罠ではないかと疑うな」ブロンはいった。「さもなければ、こんなに無防備でいるはずがないじゃないか。敵を誘《おび》きよせようとしているのでなければ」

ティリオンはくすくす笑った。「では、歌でもうたおうか。そうすれば、やつらは怖くなって、逃げさるぞ」かれは口笛で、ある曲を吹きはじめた。

「気ちがいだよ、おまえは」ブロンはそういって、短刀で爪の間につまった脂を掻きだした。

「どんな音楽が好きだ、ブロン？」

「音楽が聞きたいなら、おまえの擁護者《チャンピオン》にあの歌い手を選ぶべきだったな」

ティリオンはにやりとした。「そうすれば、面白かったろうに。やつが竪琴で、サー・ヴァーディスの剣を防ぐのが目に見えるようだ」そして、また口笛を吹きはじめた。

「この歌を知っているか？」かれは尋ねた。

「ここでも、あそこでも、旅籠でも売春宿でも、聞いた」

「ミアの歌だ。『愛の四季』。甘く、せつない。言葉がわかればな。おれが初めて寝た娘がよく歌っていたっけ。これが頭からどうしても離れないんだ」ティリオンは空を見あげた。晴れた涼しい夜で、星が真実のように明るく無情に、山々の上で光っていた。

「こんな晩に、その子と出会ったのさ」かれは問わず語りを始めていた。「ジェイムと一緒に、馬でラニスポートから帰ってくる途中に、悲鳴が聞こえた。女が一人、道路に飛びだしてきた。その後から、脅し文句を叫びながら二人の男が追ってきた。兄は剣を抜いてやつらを追い、おれは彼女を守ろうとして馬から下りた。彼女はおれとほとんど同じくらいの年頃で、髪が黒く、痩せていて、こちらの胸がキュンとなるような顔をしていた。確かにおれの胸は張り裂けた。下賤の生まれで、半ば飢えていて、風呂にも入っていなくて……それなのに愛らしい。やつらは彼女のぼろぼろの衣服を背中から半分くらい剝ぎとってしまっていた。そこでおれは、ジェイムがやつらを森の中に追いこんでいる間、彼女をマントでくるんでやった。兄が馬を走らせて戻ってくる頃には、おれは彼女の名前と身の上話を聞きだしていた。彼女は小作人の娘で、父親が熱病で死んだので孤児になった。そして、どこかに……まあ、どこでもいいが……行く途中だった。

　ジェイムは怒って男どもを取り押さえようとした。キャスタリーロックのこんな近くで、無法者が旅人を襲うことはめったになかったから、それをかれは、一種の侮辱と考えたのだ。だが、娘があまり怯えているので、彼女を一人で行かせるわけにはいかなかった。それで、兄が援軍を呼びにロックに戻る間、おれは彼女を近くの旅籠に連れていき、食事をさせようと申しでた。

　彼女は信じられないほど腹をすかしていた。おれたちは話をしながら、二羽のチキン

をそっくり食いつくし、三羽めにも手をつけ、ワインを一本飲んでしまった。おれはわずか十三歳だった。そして、たぶんワインが頭にまわっていたと思う。次に覚えていることは、彼女と一つのベッドに寝ていたことだ。彼女が内気だとすれば、おれはもっと内気だった。どこからあんな勇気が湧いたか見当もつかない。処女膜を破ったとき、彼女は泣いたが、後からキスして、小唄を歌ってくれた。そして、朝までにはおれは恋に落ちていた」

「おまえが？」ブロンは面白そうな声を出した。

「ばかげている、といいたいんだろ？」ティリオンはまたその歌を口笛で吹きはじめた。

「おれ、彼女と結婚したんだ」かれはついに白状した。

「キャスタリーロックの御曹司《おんぞうし》が小作人の娘と結婚しただと」ブロンはいった。「どうしてそんなことができたんだ？」

「おう、二、三の嘘と、五十枚の銀貨と、そして酔っぱらった神官を使って、少年にどんなことができるか、おまえ知ったらびっくり仰天するぞ。おれは花嫁をキャスタリーロックの家に連れていく勇気がなかったので、彼女自身の賤家《せんか》に所帯を持った。そして、二週間ままごとをした。やがて、神官がしらふに戻って、おれの親父にすべてを告白した」ティリオンはこんなに年月が経っているのに、この話をすると、あまりにも寂しくなるので、びっくりした。たぶん、疲れているだけのことだろうが。「これがわが結婚

の終わりだった」かれは起きあがり、消えかけた焚き火を見つめて、目をしばたたいた。

「親父さんは、その子を追っ払ったのか？」

「それよりはましなことをした」ティリオンはいった。「まず兄に、おれに対して真実を話させた。あの娘は売春婦だったのさ。ジェイムがすべてを仕組んだのだった。道路も、無法者も、何もかも。かれはおれが女を知る年頃になったと思い、おれが童貞なのを知っているので、二倍の代金を払って処女を雇ってくれた。

ジェイムが告白した後、タイウィン公はこの教訓がおれの身にしみるように、あの娘を城内に入れて、衛兵たちに与えた。かれらは彼女にたっぷり支払った。一人銀貨一枚だ。そんなに高い料金を吹きかける売春婦が何人いるか？　親父はおれを兵舎の隅に坐らせて、見ているように命じた。しまいには、彼女はあまりにもたくさんの銀貨を手に入れて、指の間から床に銀貨が転げおちるほどだった。彼女は……」煙がかれの目にしみた。ティリオンは咳払いをして、焚き火から目を背け、暗闇を見つめた。「タイウィン公はおれを最後に行かせた」かれは静かな声でいった。「そして、彼女に払うために金貨を一枚くれた。なぜなら、おれはラニスター家の一員で、衛兵たちなんかより、もっと価値があるからさ」

しばらくして、またあの音が聞こえた。石と鋼がこすれるシューシューという音、ブロンが剣を研ぐ音が。「十三歳であろうと、三十歳であろうと、三歳であろうと、おれ

なら、自分にそんなことをしたやつを殺しただろうに」

ティリオンはくるりと向きを変えて、かれに対面した。「いずれ、そういうチャンスがあるかもしれない。おれがいったことを覚えておけ。ラニスター家の者は必ず借りを返すと」かれは欠伸《あくび》をした。「眠る努力をしてみよう。死ぬときがきたら、起こしてくれよな」かれはシャドウキャットの毛皮にくるまって丸くなり、目をつぶった。地面は石だらけで、冷たかったが、しばらくするとティリオン・ラニスターは本当に眠ってしまった。かれは空の独房の夢を見た。今度は、かれが牢番で、囚人ではなかった。背が高く、手に革紐を持ち、父親を打って、後ずさりさせていた。奈落に向かって……

「ティリオン」低く切迫したブロンの警告が聞こえた。

ティリオンはぱっと目覚めた。焚き火は燃えつきて熾《おき》になっていた。そして、いくつもの影が周囲から忍びよっていた。ブロンは片膝を立て、片手に剣を、もう片手に短刀を持っていた。ティリオンは〝静かに〟というように片手を上げた。「ここに来て一緒に焚き火に当たれよ。夜は寒いぞ」かれは這う影に呼びかけた。「残念ながら、ワインを振る舞うことはできないが、おれたちの山羊を御馳走するよ」

すべての動きが止まった。月の光が金属に反射するのが見えた。「おれたちの山だ」森の中から一つの声が聞こえた。低く、厳しく、友好的でない声が。「おれたちの山羊だ」

「おまえたちの山羊だな」ティリオンは同意した。「おまえたちはだれだ？」

「おまえたちの神々に会ったら伝えろ」別の声が答えた。「石鳥族《ストーンクロウ》のグルンの息子グンターが、おまえたちを神々のもとに送りつけたといえ」そいつは枝を踏みしだきながら、明るい場所に歩みでた。痩せた男で、角の生えた兜をかぶり、長いナイフを持っている。

「そして、ドルフの息子シャッガだ」最初の声がいった。低い、憎悪に満ちた声だ。かれらの左側で一つの丸石が動き、立ちあがり、人間になった。こいつは大柄で、のろくて、強そうに見えた。革ずくめの服装をし、右手に棍棒、左手に斧を持っている。それらを打ちあわせて、のっし、のっしと近づいてきた。

別のいくつもの声が、別の名前を名乗った。コン、トレック、ジャゴット、その他、聞いたとたんにティリオンが忘れてしまうような名前を。少なくとも十人はいた。剣やナイフを持っている者も少しはいて、その他は干し草用の三叉や、草刈り用の大鎌や、木の槍を持っていた。ティリオンはかれらが大声で名乗りおわるまで待って、答えた。

「おれはロックのライオン、ラニスター族のタイウィンの息子ティリオンだ。食った山羊の代価は喜んで払うぞ」

「何をくれる、タイウィンの息子ティリオン？」グンターと名乗った男が尋ねた。こいつが首領らしかった。

「財布の中に銀貨がある」ティリオンは答えた。「今着ているこの鎖帷子はおれには大

きすぎるが、コンにはぴったり合うはずだ。そして、この戦斧は、シャッガが持っている樵の斧よりも、その大きな手に合うだろう」

「その半人前に、おれたち自身のコインで支払ってもらおう」コンがいった。

「コンのいう通りだ」グンターがいった。「おまえの銀貨はおれたちのもの。おまえの馬はおれたちのもの。おまえの鎖帷子も戦斧も、腰のナイフも、全部おれたちのものだ。おまえたちが払えるのは、その命しかない。どんな死に方をしたいか、タイウィンの息子ティリオン？」

「自分のベッドで、たらふくワインを飲んで、乙女にちんぽをしゃぶってもらって、八十歳で」かれは答えた。

大男のシャッガが最初に大声で笑った。他の連中はあまり面白がらなかった。「コン、こいつらの馬を奪え」グンターが命じた。「一人を殺し、その半人前を捕まえろ。そいつは山羊の乳しぼりができるし、母親どもを笑わせることができる」

ブロンがぱっと立ちあがった。「先に死ぬのはどっちだ？」

「よせ！」ティリオンが鋭くいった。「グルンの息子グンター、聞いてくれ。おれの家は金持ちで強力だ。もし、石烏族《ストーンクロウ》がおれたちを安全に山越えさせてくれたら、おれの親父はおまえたちに金のシャワーを降らせるぞ」

「低地の領主どもの金は、半人前がする約束のように価値がない」グンターがいった。

「半人前かもしれないが」ティリオンはいった。「おれは敵に立ち向かう勇気がある。石鳥族《ストーンクロウ》はどうだ？　谷間《ヴェイル》の騎士たちが通りかかると、おまえたちは震えあがって岩陰に隠れるじゃないか？」

シャッガは怒りの声をあげ、棍棒と斧を打ちあわせた。ジャゴットはティリオンの顔を、火で穂先を固めた長い槍でつついた。ティリオンは顔をしかめないように、最善を尽くした。「おまえたちが盗んでくる武器はこんなものなのか？」かれはいった。「まあ、羊を殺すにはよいだろう……羊が反撃しなければな。おれの親父の鍛冶屋ならもっといい鉄をひりだすぞ」

「この小僧」シャッガが怒鳴った。「この斧できさまのちんぽをちょん切って、山羊どもに喰わせた後でも、減らず口がたたけるか？」

だが、グンターが片手を上げた。「待て。おれはこいつの話を聞きたい。母親どもは飢えている。そして、鉄は金よりも口の足しになる。身代金として、何をよこすか、タイウィンの息子ティリオン？　剣か？　槍か？　鎖帷子か？」

「全部やるぞ、グルンの息子グンター。それだけじゃない」ティリオン・ラニスターはにっこり笑って答えた。「アリンの谷間《ヴェイル》をくれてやる」

付　録

バラシオン家……………………334
スターク家……………………338
ラニスター家……………………341
アリン家……………………343
タリー家……………………346
ティレル家……………………349
グレイジョイ家……………………352
古代王朝ターガリエン家………355

バラシオン家

名家のうちで最も新しく、征服戦争中に創設された。創設者オーリス・バラシオンはエーゴン・ドラゴン王の庶出の兄弟と噂された。オーリスは低い身分から出世して、エーゴンの最も勇猛な指揮官の一人となった。最後のストーム王であるアージラック傲慢王を敗北させ、殺したので、その褒賞としてエーゴンはかれに、アージラックの城、領地、およびその娘を与えた。オーリスはその娘を妻に娶り、彼女の家系の旗印、官位、および銘言を引き継いだ。バラシオン家の紋章は金色の地に、王冠をかぶった黒い雄鹿である。銘言は〝氏神は復讐の女神〟。

ロバート・バラシオン王　第一世

その妻　**クィーン・サーセイ**　ラニスター家出身

その子供たち
プリンス・ジョフリー　鉄の玉座の後継者、十二歳
プリンセス・ミアセラ　八歳
プリンス・トンメン　七歳
その弟たち
スタンニス・バラシオン　ドラゴンストーンの領主
その妻　**レディ・セリーズ**　フロレント家出身
その娘　**シリーン**　九歳
レンリー・バラシオン　ストームズエンドの領主
その小議会
グランド・マイスター・パイセル
ピーター・ベーリッシュ公　あだ名は小指《リトルフィンガー》、蔵相
スタンニス・バラシオン公　船舶相
レンリー・バラシオン公　法相
サー・バリスタン・セルミー　近衛騎士長
ヴェリース　宦官、あだ名は蜘蛛《スパイダー》、諜報機関の頭

その廷臣および家臣

サー・イリーン・ペイン　王の執行吏、首切り役人

サンダー・クレゲイン　あだ名は猟犬《ハウンド》、プリンス・ジョフリーの守護役

ジャラバー・コー　〝夏諸島《サマー・アイランズ》〟からの亡命プリンス

ムーン・ボーイ　道化師

ランセルおよび**タイレク・ラニスター**　王の従者、王妃の従兄弟たち

サー・アロン・サンタガー　武術指南番、近衛騎士

その近衛騎士たち

サー・バリスタン・セルミー　騎士長

サー・ジェイム・ラニスター　あだ名は王殺し《キングスレイヤー》

サー・ボロス・ブラウント

サー・マーリン・トラント

ストームズエンドに忠誠を誓っている主な家

セルミー、ワイルド、トラント、ペンローズ、エロル、エスターモント、タース、スワン、ドンダリオン、キャロン

ドラゴンストーンに忠誠を誓っている主な家

セルティガー、ヴェラリオン、シーワース、バー・エンモン、およびサングラス

スターク家

スターク家は、ブランドン建設王、および古代の冬の諸王の血統を受け継いでいる。何千年もの間、北の王としてウィンターフェルを根城とし、支配を続けてきたが、トーレン・スターク屈伏王の代になって、エーゴン・ドラゴン王に対し、戦いよりも、臣従の誓いを選んだ。家紋は雪白の地に灰色の大狼《ダイアウルフ》である。スターク家の銘言は〝冬がやってくる〟。

エダード・スターク　ウィンターフェルの領主、北部総督、愛称はネッド
　その妻　**レディ・ケイトリン**　タリー家出身、愛称はキャット
　その子供たち
　　ロブ　ウィンターフェルの後継者、十四歳

サンサ　長女、十一歳
アリア　次女、九歳
ブランドン　愛称はブラン、七歳
リコン　三歳
その私生児　ジョン・スノウ　十四歳
その被後見人　シオン・グレイジョイ　〝鉄諸島〟の後継者
その兄弟姉妹
［ブランドン］その兄、エリス・ターガリエン二世の命令で殺害された
［リアナ］その妹、ドーンの山中にて死亡
ベンジェン　その弟、夜警団《ナイツウオッチ》の一員
その家臣など
マイスター・ルーウィン　相談役、治療師、家庭教師
ヴェイヨン・プール　ウィンターフェルの執事
ジェイン　その娘、サンサの親友
ジョリー・カッセル　衛兵隊長
ハリス・モレン、デズモンド、クェント、ポーター、オリーン、トマード、
ヒューアド、ケイン、ウィルほか二名　衛兵たち

サー・ロドリック・カッセル　武術指南番、ジョリーの叔父
モーデイン尼　エダード公の娘たちの家庭教師
ハレン　厩舎頭
　ハーウィン　その息子、衛兵
　ジョゼス　馬丁、調教師
婆や　語り部、かつては乳母だった
　ホーダー　その曾孫、馬丁
ミッケン　鍛冶屋、武具師

ウィンターフェルに忠誠を誓う主な家
カースターク、アンバー、フリント、モーモント、ホーンウッド、サーウィン、
リード、マンダリー、グラヴァー、トールハート、ボルトン

ラニスター家

金髪で背が高くハンサムなラニスター家の人々は、西部の丘陵と谷間に強力な王国を築いたアンダル人の冒険者たちの血を引いている。その女系は、英雄時代の伝説的な策略家ラン利口王の子孫であることを誇りにしている。キャスタリーロックと金の歯《ゴールデントゥース》で採れる黄金のために、諸大家のうちで最も裕福な家になった。紋章は真紅の地に黄金のライオン。ラニスター家の銘言は〝わが咆哮を聞け〟。

タイウィン・ラニスター　キャスタリーロックの領主、西部総督、ラニスポートの守護者
　その妻［**レディ・ジョアンナ**］従妹、産褥で死亡
　その子供たち

サー・ジェイム　あだ名は王殺《キングスレイヤー》し、キャスタリーロックの後継者、サーセイと双子
クィーン・サーセイ　バラシオン家ロバート一世王の妻、ジェイムと双子
ティリオン　あだ名は小鬼《インプ》、発育不全で体が小さい
その主な騎士
サー・グレガー・クレゲイン　あだ名は〝馬を駆る山《マウンテン・ザット・ライズ》〟
キャスタリーロックに忠誠を誓う主な家
ペイン、スイフト、マーブランド、リッデン、ベインフォート、レフォード、クレイクホール、セレット、ブルーム、クレゲイン、プレスター、およびウェスタリング

アリン家

アリン家は〝山と谷間《ヴェイル》〟の諸王の子孫であり、アンダル貴族のうちで最も古く純粋な家系である。紋章は紺青の地に白い〝月に隼〟。アリン家の銘言は〝誉れのごとく高し〟。

［**ジョン・アリン**］アイリーの領主、谷間《ヴェイル》の守護者、東部総督、王の〝手〟、最近死去した

その最初の妻［**レディ・ジェイン**　ロイス家出身］産褥で死亡、生まれた娘は死産だった

二番目の妻［**レディ・ロウェナ**　アリン家出身］かれの従妹、冬の寒気で死亡、子はなかった

三番目の妻にして未亡人　**レディ・リサ**　タリー家出身

その息子

ロバート・アリン　六歳の病弱な少年、今はアイリー公、谷間《ヴェイル》の守護者

その家臣および雇い人など

マイスター・コールモン　相談役、治療師、そして家庭教師

サー・ヴァーディス・エゲン　衛兵隊長

サー・ブリンデン・タリー　あだ名はブラックフィッシュ、〝門の騎士〟、レディ・リサの叔父

ネスター・ロイス公　谷間《ヴェイル》の執事長

サー・アルバー・ロイス　その息子

マイア・ストーン　庶出の娘、かれの下で働いている

イーオン・ハンター公　レディ・リサの求婚者

サー・リン・コーブレイ　レディ・リサの求婚者

マイケル・レッドフォート　その従者

レディ・アニア・ウェインウッド　未亡人

サー・モートン・ウェインウッド　その息子、レディ・リサの求婚者

サー・ドンネル・ウェインウッド　その息子

モード　残忍な牢番

アイリーに忠誠を誓う主な家

ロイス、ベーリッシュ、エゲン、ウェインウッド、ハンター、レッドフォート、
コーブレイ、ベルモア、メルカム、およびハーシー

タリー家

タリー家は千年にわたってリヴァーランに豊かな土地と大きな城を所有していたが、王家として君臨したことは一度もない。征服戦争のあいだ、トライデント川流域は〝島々の王〟であるハレン色黒王に属していた。ハレンの祖父、ハーウィン・ハードハンド王はアレック嵐王からトライデント川を奪った。このアレックの祖先がこれより三百年前に、昔の〝川の王〟たちの最後の人を殺して、地峡《ネック》にいたるすべての土地を征服していたのだった。ハレン色黒王は自惚《うぬぼ》れが強く、残忍な暴君で、領民たちからほとんど愛されていなかった。そして、流域の領主の多くはかれを捨てて、エーゴンの軍に加わってしまった。その筆頭がリヴァーランのエドミン・タリーだった。ハレンホールの焼き討ちにより、ハレンとその一統が滅亡すると、エーゴンはタリー家への褒賞として、トライデント川流域の土地の支配権をエドミン公に与え、流域の他の諸公にかれへの忠

誠を誓わせた。タリー家の紋章には赤と青のさざ波模様の地に、銀色の跳ねる鱒が描かれている。タリー家の銘言は〝家族、義務、名誉〟。

ホスター・タリー　リヴァーランの領主
　その妻［**レディ・ミニサ**　フェント家出身］産褥で死亡
　その子供たち
　　ケイトリン　長女、エダード・スターク公に嫁ぐ
　　リサ　次女、ジョン・アリン公に嫁ぐ
　　サー・エドミュア　リヴァーランの後継者
　その弟　**サー・ブリンデン**　あだ名はブラックフィッシュ
　その旗手諸公
　　ジェイソン・マリスター　シーガードの領主
　　　パトレック・マリスター　その息子で後継者
　　ウォルダー・フレイ　渡り場《クロッシング》の領主
　　　その大勢の息子、孫、私生児
　　ジョノス・ブラッケン　ストーンヘッジの領主
　　サー・レイマン・ダリー

サー・カーリル・ヴァンス
サー・マイク・パイパー
シェラ・フェント　ハレンホールの女領主
サー・ウィリス・ウォード　彼女に仕える騎士

リヴァーランに忠誠を誓う下位の家
ダリー、フレイ、マリスター、ブラッケン、ブラックウッド、フェント、ライガー、パイパー、ヴァンスなど

ティレル家

ティレル家は河間平野《リーチ》の諸王の執事として力を蓄えた。その支配権はドーン辺境およびブラックウォーター急流の南西から日没海《サンセット・シー》の海岸にいたる肥沃な平原が含まれている。その女系は、〝最初の人々〟の園芸愛好王、ガース・グリーンハンドの子孫だと主張している。この王は蔓と花の冠をかむり、土地に花を咲かせたといわれる。その古い血統の最後の人、マーン王が火炎ヶ原で死んだとき、その執事であったハーレン・ティレルはハイガーデンをエーゴン・ターガリエンに明け渡し、忠誠を誓った。エーゴンはかれに城と河間平野の支配権を与えた。ティレル家の紋章は緑色の地に金の薔薇である。その銘言は〝強く育つ〟。

メイス・ティレル　ハイガーデンの領主、南部総督、辺境の守護者、河間平野の最高司

令官

その妻　**レディ・アレリー**　オールドタウンのハイタワー家出身

その子供たち

ウィラス　長男、ハイガーデンの後継者

サー・ガーラン　あだ名は伊達男《ギャラント》、次男

サー・ロラス　〝花の騎士〟、末の息子

マージェリー　娘、十四歳

その旗手諸公

パクスター・レッドワイン　アーバーの領主

その妻　**レディ・ミナ**　ティレル家出身

その子供たち

サー・ホラス　恐怖《ホラー》と嘲られる、ホッバーと双子

サー・ホッバー　よだれ《スロッバー》と嘲られる、ホラスと双子

デスメラ　十五歳の乙女

ランディル・ターリー　ホーンヒルの領主

サムウェル　その長男、夜警団《ナイツウオッチ》に加わる

ディッコン　その次男、ホーンヒルの後継者

ハイガーデンに忠誠を誓う主な家

ヴィアウェル、フロレント、オークハート、ハイタワー、クレイン、ターリー、レッドワイン、ロウアン、フォソウェイ、およびマレンドア

グレイジョイ家

パイクのグレイジョイ家は、英雄時代のグレイ王の血を引いていると主張する。伝説によれば、グレイ王は西部の島々だけでなく、海そのものをも支配し、人魚を妻としたという。

何千年にもわたって、〝鉄諸島〟からの略奪者――被略奪者から〝鉄人《アイアンメン》〟と呼ばれた――は、はるばるイッベンの港や〝夏諸島《サマー・アイランズ》〟まで出かけていき、海の脅威となった。かれらは戦闘時の勇猛さと、神聖な自由を誇りにしていた。それぞれの島にそれぞれの〝塩の王〟と〝岩の王〟がいた。〝島々の大王〟は諸王の間で互選されたが、ウアロン王が、大王選出のために集まった諸王を殺して大王位を世襲にした。ウアロン自身の血統は、その千年後にアンダル人が島々を席巻したときに滅亡した。グレイジョイ家

は他の島の領主と同様に、結婚により征服者たちと結ばれた。

〝鉄の王〟たちはみずから島々のずっと先まで支配範囲を広げ、火と鉄を使って大陸に諸王国を切り開いた。コアド王が〝塩水の匂いがし、波音の聞こえる場所〟ならどこでも威令《いれい》が行なわれると豪語したのは当然だった。その後、何世紀かの間に、コアドの子孫たちはアーバー、オールドタウン、〝熊《ベア・アイランド》の島〟および西部の海岸の多くを失なった。それでも、いったん征服戦争が起こると、ハレン色黒王は地峡《ネック》からブラックウォーター急流に至る山間のすべての土地を支配した。ハレンホールの陥落でハレンとその息子たちが滅びると、エーゴン・ターガリエンはトライデント川流域の地をタリー家に与え、生き残った〝鉄諸島〟の領主たちに古来の風習の復活と、仲間の筆頭者の選出を許した。そして、かれらはパイクのヴィコン・グレイジョイ公を選出した。

グレイジョイ家の紋章は黒地に金色の海の怪物《クラーケン》である。その銘言は〝我等は種を撒かず〟。

バロン・グレイジョイ　〝鉄諸島〟の領主、塩と岩の王、海風の息子、パイクの収穫者

その妻　**レディ・アランニス**　ハーロー家出身

その子供たち

〔ロドリック〕長男、グレイジョイの反乱の際にシーガードで殺される
〔マロン〕次男、グレイジョイの反乱の際にパイクの城壁で殺される
アシャ　娘、ブラックウィンド号の船長
シオン　唯一生き残った息子、パイクの後継者、エダード・スターク公の被後見人

パイクに忠誠を誓う下位の家
ハーロー、ストーンハウス、マーリン、サンダリー、ボトリー、ターニー、ウィンチ、グッドブラザーなど

古代王朝ターガリエン家

ターガリエン家はドラゴンの血を引く家柄で、古代ヴァリリアの自由保有地の大領主の子孫である。かれらの遺伝的特徴は驚くべき（非人間的だという人もある）美しさにあり、目は紅藤色または洋藍色または青紫色で、頭髪はシルバーゴールドまたはプラチナムホワイトである。

エーゴン・ドラゴン王の祖先はヴァリリア滅亡とそれに続く混乱や殺戮を逃れて、狭い海にある岩だらけの島、ドラゴンストーンに定住した。この場所から、エーゴンとその姉妹ヴァイセニアおよびレーニスが船出して、七王国征服に向かったのだった。ターガリエン家は王家の血統を保持し、純血を保つために、しばしばヴァリリアの習慣に従って、兄弟姉妹が結婚した。エーゴン自身、自分の姉妹を妻とし、それぞれに息子を生

ませた。ターガリエン家の旗印は、黒地に赤の、頭を三つ持つドラゴンであり、その三つの頭はエーゴンとその姉妹を表わす。ターガリエン家の銘言は〝炎と血〟である。

ターガリエン王家の継承順序

エーゴンの上陸を元年とする

一〜三七	エーゴン一世	エーゴン征服王、エーゴン・ドラゴン王
三七〜四二	エーニス一世	エーゴンとレーニスの息子
四二〜四八	メーゴル一世	メーゴル残酷王、エーゴンとヴァイセニアの息子
四八〜一〇三	ジェフリース一世	老王、調停王、エーニスの息子
一〇三〜一二九	ヴァイサリス一世	ジェフリースの孫
一二九〜一三一	エーゴン二世	ヴァイサリスの長男 ［エーゴン二世の昇格に対して、一歳年上

		の姉レーニラが異議を唱え、両者の戦いにより二人とも死亡。この争いは歌手たちによって〝ドラゴンの踊り〟と呼ばれた」
一三一〜一五七	エーゴン三世	ドラゴン殺し《ベイン》の異名をとる、レーニラの息子 「ターガリエンの最後のドラゴンが、エーゴン三世の治世に死んだ」
一五七〜一六一	デーロン一世	若いドラゴン王、少年王、エーゴン三世の長男 「デーロンはドーンを征服したが、それを保持することができず、若くして死んだ」
一六一〜一七一	ベーラー一世	親愛王、聖徒王、神官にして王、エーゴン三世の次男
一七一〜一七二	ヴァイサリス二世	エーゴン三世の四男
一七二〜一八四	エーゴン四世	無価値王、ヴァイサリス二世の長男 「かれの弟、プリンス・エーモン、別名ドラゴン騎士《ナイト》はネーリス女王の擁護者であり、その恋人という者もある」

一八四～二〇九	デーロン二世	ネーリス女王の息子、父はエーゴンまたはエーモン「デーロンはドーンのプリンセス・マライアとの婚姻によって、ドーンを国土に組みこんだ」
二〇九～二二一	エリス一世	デーロン二世の次男（子孫を残さなかった）
二二一～二三三	メーカー一世	デーロン二世の四男
二三三～二五九	エーゴン五世	不似合い王、メーカーの四男
二五九～二六二	ジェフリース二世	エーゴン不似合い王の次男
二六二～二八三	エリス二世	狂王、ジェフリースの唯一の息子

エリス二世は退位させられて殺された。それとともに、レーガー・ターガリエン皇太子もトライデント河畔でロバート・バラシオンによって殺害され、ここにドラゴン諸王の系譜は終わる。

ターガリエン家最後の人々

[エリス・ターガリエン王] 第二世、キングズランディング略奪の際に、ジェイム・ラニスターによって殺害された

その妹にして妻 [レーラ女王] ターガリエン家出身、ドラゴンストーンにて産褥で死亡

その子供たち

[プリンス・レーガー] 鉄の玉座の後継者、トライデント河畔でロバート・バラシオンによって殺害される

その妻 [プリンセス・エリア] マーテル家出身、キングズランディング略奪の際に殺害される

その子供たち

[プリンセス・レーニス] 幼い少女、キングズランディング略奪の際に殺害される

[プリンス・エーゴン] 幼児、キングズランディング略奪の際に殺害される

プリンス・ヴァイサリス 自称ヴァイサリス三世王、七王国の領主、乞食王《ベガー・キング》と

プリンセス・デーナリス　あだ名される
デーナリス・ストームボーンとあだ名される、十三歳の乙女

361
リアナ・スターク……………………54,55,57,187,188,265,267,276,339
リコン・スターク……………………182,223,339
リサ・アリン…………………………11,16,74,93,123,152-154,159-164,168,169,179-184,244-248,256-264,280,284-292,295,298,300,318,343,347
リン・コーブレイ……………………171,257,262,284,286,287,289,316,344
（マイスター・）ルーウィン………217,218,221,223,224,227,231,236-239,312,314,339
レーガー・ターガリエン……………18,29,47,61,137,143,191,203,270,276,359
レンリー・バラシオン………………30,33,34,42,60,62,63,70,74,123,136-139,190,335
ロドリック・カッセル………………11-14,18-23,25-27,89,94,99-103,107-110,152,156-158,257,279-282,286,287,293,297,340
ロバート・アリン……………………153,154,161,166,181,182,184,246,247,249,283,286,287,289-292,299,300,344
ロバート・バラシオン………………27,33,40,41,43,52-61,69,71,74,75,77-83,112,123,131,135,137-145,147,186-190,194,204,268,269,271-277,334
ロブ・スターク………………………130,216-227,229-239,306,338
ロラス・ティレル……………………21,34,35,38,51,65,66-69,123,356

ホスター・タリー……………………12,16,22,26,159,160,347
ボロス・ブラウント…………………81,142,335

【ま】

マーリン・トラント…………………31,51,81,276,336
マイア・ストーン……………………169-177,344
マイケル・レッドフォート…………169,171,344
マシャ・ヘドル………………………12,14,15,19,23-25,86
マリリオン（歌い手）………………20-23,25,26,94-97,100-103,109,110,242,257,264
マンス・レイダー……………………230,239
ミアセラ・バラシオン………………113-115,335
ムーン・ボーイ………………………39,58,336
メイス・ティレル……………………31,59,349
モーデイン尼…………………………29-32,34,36-39,43,61,114,127,340
モード（牢番）………………………240-242,249,251-256,259,323,324,344
モホー（傭兵）………………………94,95,99,100,107
モレック（従者）……………………87,94,100-102

【や】

ヨーレン（夜警団）…………………25,87,90,130-133,143
ヨーン・ロイス………………………29,30,34,168

【ら】

ラーリス（傭兵）……………………95,99,100,102,108
ランセル・ラニスター………………52-55

363
（プリンス・）トンメン……………113-115,129,335

【な】

ネスター・ロイス…………………161,162,165,167-170,257,262,
344

【は】

ハーウィン…………………………30,31,75,127,340
（マイスター・）パイセル…………80,138,140,142,145,196,222,268,
272,335
パトレック・マリスター……………13,14,30
ハリ（野生人）………………………230-234
バリスタン・セルミー………………32,41,49-51,53,55,57,69,70,72,
80,81,137-139,209,335
ハリス・モレン………………………221,339
バロン・スワン………………………29,31,33,70
ピーター・ベーリッシュ
（リトルフィンガー）…………11,12,36,41,62,63,70,73,80,97,
98,110,123,273,335
ピップ（パイパー／夜警団員）………301-306
ヒュー（騎士）………………………32,33,49,50
ブライス・キャロン…………………30-32,51
ブランドン・スターク………………265,293-295,339
ブリンデン・タリー…………………154-156,158-168,183,257,281,
282,284,344,347
ブロン（傭兵）………………………84,85,88,95,101-104,106-109,
113,151,152,157,158,168,170,245,257,258,264,289-299,316-331
ベンジェン（ベン）・スターク………131,132,221,226,230,302,305,339

ジョゼス（馬丁）……………………216,217,236,340
ジョノス・ブラッケン………………26,95,107,347
（プリンス・）ジョフリー…………37-42,48,58,59,78
ジョラー・モーモント………………135,197-206,214
ジョリー・カッセル…………………30,31,33,51,66,71,72,74,127,
143,149,185,186,191,194-196,222,225,265,269,270,339
ジョン・アリン………………………17,49,57-60,69,73,74,82,83,136,
144,145,151,152,160,161,166,179,181,182,190,245,259,262,284,287,
288,291,343
シリオ・フォレル……………………72,73,111,113,117,125,130
スタンニス・バラシオン……………74,123,145,189,190,204,341
スティヴ（元夜警団員）……………227-230,232-236,238,239
（ミアの）ソロス……………………29,34,71,78

【た】

タイウィン・ラニスター……………54,58,60,64,89,112,123,132,190,
204,249,279,328,341
タイレク・ラニスター………………52-55
チェット（夜警団員）………………308-314
チッゲン（傭兵）……………………84,85,95,101,102,106,108
チャタヤ………………………………187,188
デズモンド（衛兵）…………………130,132,133,339
トウド（トダー／夜警団員）………302-305
トム（トマード／衛兵）……………127,133,146,339
ドリア（侍女）………………………198,208,210-213
トレガー（衛兵）……………………194,195,272
（カール・）ドロゴ…………………140,197,198,200,202,205-210,214
ドンネル・ウェインウッド…………150,151,153,157,158,344

【か】

カーレケット（傭兵）………………96-98,104

クライダス（夜警団員）……………308,314

グレガー・クレゲイン………………29,32-34,43,44,46,47,342

グレン（夜警団員）…………………302-304

グンター（山の民）…………………330-332

（マイスター・）コールモン………152,160,178,180,280,282,288,344

【さ】

サーセイ・ラニスター………………40,41,58,60,61,75,77-79,147,167,190,249,250,271-276,287,334,342

サムウェル・ターリー………………302,303,305,306,308,310,311,313,314,350

サンダー・クレゲイン（ハウンド）………30,32-34,42-48,61-64,68,69,336

ジェイソン・マリスター……………13,14,29,30,34,347

ジェイム・ラニスター………………34,38,41,61-63,81,85,98,123,161,192-194,246,249,250,255,264,266,273,275,277,286,287,321,326,328,336,342

ジェイン・プール……………………28-32,34,339

シェラ・フェント……………………17,26,94,348

ジオー・モーモント…………………131,221,301,303,305,310,311

シオン・グレイジョイ………………217,219,223-227,236-239

ジキ（侍女）…………………………207,208,210,214

ジック（従者）………………………86-88,94,101,103,104,106,107

シャッガ（山の民）…………………330-332

ジャラバー・コー……………………30,70

人物索引

（名前／姓、敬称略）
※章題になっている人物は除く

【あ】

アーサー・デイン……………………266,267
アリザー・ソーン……………………301,302,306,310-313
アロン・サンタガー…………………34,53,54,336
アンダー・ロイス……………………30,31
イリ（侍女）…………………………207,208,210,214
イリーン・ペイン……………………78,79,81,336
イリリオ・モパティス………………201,206,210
ヴァーディス・エゲン………………178,248,255,256,259,260,263,264,285,289,291-293,295-299,344
ヴァイサリス・ターガリエン………58,134,136,197-202,210-214,267,359
ウィリス・ウォード…………………94,95,99-102,107-109,157,158,257,262,348
ウィル（衛兵）………………………185,186,191,194,222,339
ヴェイヨン・プール…………………127,142-144,146,268-270,389
ヴェリース（スパイダー）…………75-83,135,136,138-140,147,335
（マイスター・）エーモン…………307-315
エドミュア・タリー…………………11,23,160,279,281,295,347
エリス・ターガリエン２世…………59,137,138,193,209,266,275,359
オシャ（野生人）……………………230-232,234,236,238,239
オリーン（衛兵）……………………30,31,70,76,222,269,270,339

本書は二〇〇二年十一月に早川書房より単行本として刊行された『七王国の玉座』（上下巻）を五分冊にして文庫化するものの、第三分冊です。

訳者略歴　1931年生，1953年
大学文理学部卒，英米文学翻
訳書『ファウンデーション』
モフ，『拷問者の影』ウル
『王狼たちの戦旗』マーテ
（以上早川書房刊）他多数

CW01432224

氷と炎の歌①

七王国《しちおうこく》の玉座《ぎょくざ》Ⅲ

〈SF1573〉

二〇〇六年七月　二十　日　印刷
二〇〇六年七月三十一日　発行

（定価はカバーに表示してあります）

著　者　ジョージ・R・R・マーティン
訳　者　岡《おか》部《べ》宏《ひろ》之《ゆき》
発行者　早川　浩
発行所　株式会社　早川書房

郵便番号　一〇一 - 〇〇四六
東京都千代田区神田多町二ノ二
電話　〇三 - 三二五二 - 三一一一（大代表）
振替　〇〇一六〇 - 三 - 四七七九九
http://www.hayakawa-online.co.jp

乱丁・落丁本は小社制作部宛お送り下さい。
送料小社負担にてお取りかえいたします。

印刷・三松堂印刷株式会社　製本・株式会社明光社
Printed and bound in Japan
ISBN4-15-011573-7 C0197